DER GROSSE LIEBESROMAN

Von Carole Nelson Douglas
erschien außerdem als Heyne-Taschenbuch:

Der Trauzeuge · Band 28/131

CAROLE
NELSON DOUGLAS

Wagnis der Liebe

ROMAN

Deutsche Erstausgabe

WILHELM HEYNE VERLAG
MÜNCHEN

HEYNE – DER GROSSE LIEBESROMAN
Nr. 28/138

Titel der amerikanischen Originalausgabe
HER OWN PERSON
Deutsche Übersetzung von Rosmarie Kahn-Ackermann

Printed in Germany 1989
Umschlagzeichnung: Oliviero Berni/Schlück
Umschlaggestaltung: Atelier Ingrid Schütz, München
Gesamtherstellung: Ebner Ulm

ISBN 3-453-03541-0

1

Er war ein kleiner, drei- bis vierjähriger Junge wie aus einem Bilderbuch, ernsthaft, mit zerzaustem blondem Haar und den langen, bis zu den Wangen herabreichenden Wimpern, die bei Müttern von Mädchen so oft Neid erregen.

Cheryl ertappte sich dabei, daß sie Empfindungen zu hegen begann, die ihrer Ansicht nach zwischen leicht klebrigem und reinem Ahornsirup lagen, und zwang sich mit einiger Mühe dazu, die Szene mit kühler, sachlicher Strenge zu betrachten. Es handelte sich um ein typisch amerikanisches Wohnzimmer der oberen Mittelklasse: weiß gestrichener Kamin im Kolonialstil im Hintergrund samt allen dazugehörigen Utensilien aus pflichtschuldig funkelndem Messing, ein geschmackvolles Chesterfield-Sofa, ein verlassener Sessel und eine Ottomane.

Sie wußte, der Stuhl wirkte verlassen und nicht nur einfach leer – denn daneben auf dem Teppich lag die offene Aktenmappe eines Mannes, flüchtig beiseite geschoben. Der Eigentümer der Mappe hockte zusammen mit dem Kind auf dem Boden und betrachtete mit der gleichen knabenhaften Intensität wie der Kleine ein großes rotes Feuerwehrauto aus Plastik. Seine Hart, Schaffner & Marx-Anzugsjacke hing – von einem Daumen des Mannes leicht gehalten – über seiner Schulter, sein Nadelstreifenhemd wirkte eine Spur zerknittert. Ganz offensichtlich hatte er sich gerade aus irgendeiner Laune heraus dort niedergelassen – und war sich, genau wie das Kind, scheinbar des Idealbilds gar nicht bewußt, das sie beide abgaben. Vater und Sohn.

»Was meinen Sie?«

Cheryl preßte die eigenen, bedauernswert kurzen,

dunklen Wimpern gegen die Linse und spähte noch schärfer hinein. Jonah Mensch forderte nicht leicht andere auf, hinter das Stativ zu treten und durch seine Viertausend-Dollar-Hasselblad zu sehen (»die Kamera, die Scavullo benutzt«, pflegte er leichthin zu bemerken), und Cheryl wußte, daß sie gut daran tat, sich dieser Ehre würdig zu erweisen.

»Grandios«, sagte sie und richtete sich mit einem Lächeln auf. »Aber ich glaube, wir brauchen noch ein Requisit. Peg, hol man schnell eine Zeitung aus einem der Büros, ja? Ich möchte, daß sie, wie vergessen, auf der Ottomane liegt . . . Fantastisch, Jonah.«

Cheryl wandte sich dem Fotografen zu, der hinter ihr stand. Er war ein kleiner Mann, nervös wie so viele Fotografen, die ihre Porträtstudien im Atelier zugunsten schneller Werbeaufnahmen aufgegeben haben. Vielleicht war er übrigens gar nicht so klein. Angesichts ihrer eigenen ein Meter achtzig neigte Cheryl dazu, die Hälfte der männlichen Bevölkerung als ›klein‹ zu katalogisieren, obwohl sie sich von Jugend an auf Schuhe mit niedrigen Absätzen festgelegt hatte. Sie hätte es, nach zwölf Jahren Ehe mit Sonny, besser wissen können . . . Trotzdem, ihr Rükken schmerzte von der gebeugten Haltung, mit der sie durch Jonahs Kameralinse spähen mußte, und als sie ihm anerkennend zulächelte, kam sie sich wie eine wohltätige Göttin vor, die von der Höhe herab Lob spendet. Er strahlte seinerseits zu ihr empor.

»Mhm – macht sich gut«, gab Jonah bescheiden zu. »Hoffentlich rückt sie bald mit dieser Zeitung an. Ich möchte die Sache nicht – irgendwie schlapp werden lassen, verstehen Sie?«

Cheryl nickte und verzog sich aus dem Umkreis der Kamera hin zu einer Couch in der Nähe, wo Jo Hedley wartete.

»Er ist bewundernswert«, bemerkte sie im Flüsterton, während sie sich mit der Hüfte gegen die Couch lehnte.

»Welcher von den beiden?« erkundigte sich Jo, die eine Agentur für Fotomodelle leitete. Sie war eine scharfzüngige Person von Anfang Sechzig, mit einem Pilzkopf aus wolliger Haarmähne, der seine Blütezeit in den frühen sechziger Jahren gehabt hatte. Aber der raffinierte Mangel an Modernität stand ihr gut, und sie wirkte auf zeitlose Weise schick.

Cheryl schüttelte bedauernd den dunklen Kopf. »Den kleinen Jungen habe ich gemeint. Es war nett von dir, ihn selbst herzubringen.«

»Das ist eben der Ärger mit diesen Zuckerpüppchen. Zu viele berufstätige Mütter, die nicht kurzfristig liefern können.«

Cheryls Blick schweifte zu dem Mann hinüber. »Und was ihn betrifft, so kann man dir auch nur gratulieren. Er ist perfekt. Genau das, was ich mir vorgestellt habe. Wenn ich noch ein einziges weiteres Trio von lackierten Affen mit silbernen Schläfen zu Gesicht kriege, die aussehen, als ob sie vom Adamsapfel bis zum Bauch aus Beton bestünden, wird mir glatt übel. Der Vatertag muß nicht unbedingt fade sein, damit man aus diesem Anlaß Hemden verkauft. Der Mann ist großartig – jung und auf reizvolle Art ein bißchen verletzlich wirkend. Er erweckt in jedem Menschen den Wunsch, ihm zwanzig Hemden zu schenken. Wo hast du ihn aufgetrieben?«

»Oh, wir haben Dan schon seit einer ganzen Weile auf der Liste, aber er hat in nichts reingepaßt, was Maxwell gemacht hat.«

»Ich weiß. Außer für Sportkleidung scheinen wir niemals Dressmen zwischen zweiundzwanzig und achtunddreißig zu brauchen. Ich möchte ihn gern häufiger einsetzen. Dieser Laden hier mag erfolgreich sein, aber man kann sich nicht leisten, diese Generation mit ihrem Baby-Boom außer acht zu lassen. *Da* kommt das Geld rein.«

»Hm. Das ist *dein* Bier.«

Mit professionellen Blicken betrachteten die beiden

Frauen die Szene. Jo Headley schätzte ihre Modelle und deren mögliche zukünftige Verwendungsmöglichkeiten ab. Cheryl überprüfte das ganze Drum und Dran auf Schwachpunkte. Es handelte sich zwar nur um Mobiliar aus einem Kaufhaus, aber mit Hilfe des pfiffigen Arrangements wirkte die gestellte Durchschnittseinrichtung vor der Kamera lebensechter als in Wirklichkeit.

Sowohl der Mann als auch der Junge saßen nun entspannt da, der Plastiklöschwagen stand verlassen auf dem Teppich. Der Kleine war ein Profi; Spielzeuge waren bei der Arbeit für ihn lediglich Requisiten. Die beiden unterhielten sich leise, auf Betreiben des Mannes hin. Er schien es für einen Teil seines Auftrags zu halten, sich mit seinem jugendlichen Kollegen anzufreunden. Junger Sohn, junger Vater. Einfach perfekt, dachte Cheryl befriedigt und sah bereits das Werbefoto in der Sonntagszeitung vor sich – mit weichen Umrissen, ganzseitig. Stimmung ... das war es, was sich in diesen Zeiten der Geldgier gut verkaufte. Wen kümmerte es schon, wenn nicht jeder Streifen des Arrow-Hemdes glatt und exakt gebügelt aussah? Die Leute würden herbeiströmen und die Hemden wie die Verrückten kaufen, nur um einen Teil dieser perfekten häuslichen Idylle zu erwerben, die die Kamera da vor ihnen ausgebreitet hatte.

Cheryl beugte sich hinüber, um erneut mit Jo zu flüstern. »Diesmal bin ich wirklich stolz auf mich. Ich meine, diese Idylle wirkt so harmonisch, ich sollte wegen eines derartigen Schwindels verhaftet werden. Das letztemal, als Jayson für fünf Minuten still saß, war, als er einen Gipsverband um den Arm bekam.«

»Wie alt ist er jetzt, Cheryl?«

»Zehn. Dieses Kind hier macht mich direkt rührselig, aber wer sehnt sich schon erneut nach Masern? Jace ist wirklich ein netter kleiner Kerl. Nur haben Zehnjährige einfach nie saubere Jeans und können niemals genügend Erdnußbutterbrote bekommen. Ah gut – da ist die Zeitung. Danke, Peg.«

Cheryl schnappte sich die Morgenausgabe des ›Minneapolis Star-Trib‹, schlug sie schwungvoll auf Seite zwei auf – sie war mit einem ganzseitigen Maxwell-Inserat versehen – und arrangierte sie mit gekonnter Beiläufigkeit auf der Ottomane. Dann blinzelte sie Peg zu, die als weitere loyale Angestellte von Maxwell nun diesen Einfall mit der Werbung innerhalb der Werbung würdigen konnte.

»Hübsche Idee«, äußerte Jonah anerkennend, während er gebückt hinter seiner Kamera stand. Cheryl schlenderte zum Sofa zurück.

»Raffiniert, Cheryl, einfach raf-fi-niert«, sagte Jo. »Was würde dieser Laden tun, wenn du nicht für sein Image sorgen würdest?«

Cheryl lachte. »Verkaufen – wie gewöhnlich. Maxwell ist ein äußerst erfolgreiches Unternehmen, und Werbung ist nur ein Teil davon. Aber wenn alles so gut flutscht wie das hier . . .«, sie blickte mit etwas wie mütterlichem Stolz auf Vater und Sohn auf dem Teppich, ». . . dann macht's Spaß.«

»Und es geht so schnell.« Jo erhob sich, als Jonah den beiden Modellen zum Zeichen ihre Entlassung zunickte. »Ich werd' mal am besten Davey umziehen und zu Mama heimbringen.«

»Das ist okay, ich kümmere mich darum. Er ist so entzückend . . . Hi, Davey, du warst ganz *prima.*« Cheryl ergriff seine Hand und half ihm auf die Beine, wobei sie auch einen Blick für den perfekten Vater erübrigte.

Jo war sofort zur Stelle. »Das ist die Dame, für die du arbeitest, Davey. Cheryl Snow. Sie ist für die ganze Werbung bei Maxwell zuständig. Wenn sie also sagt, du seist gut, kannst du wiederkommen und arbeiten.«

»Ich auch, Mami?« erkundigte sich der Mann, indem er sich geschmeidig erhob.

»Aber klar«, sagte Cheryl und lachte leicht verlegen über die sorgfältig vereinfachte Ausdrucksweise, in die sie und Jo automatisch verfallen waren. »Sie haben ausgezeichnete Arbeit geleistet, vor allem auch darin, Davey die Sache zu erleichtern.« Cheryl schwang die Hand des Jungen hin und her, während sie sprach, um ihn nicht unruhig werden zu lassen.

»Dan kann auch hervorragend mit Hunden umgehen«, warf Jo ein.

Er lachte. »O Gott, Jo. Russische Wolfshunde«, erklärte er Cheryl und streckte die Hand auf Brusthöhe aus. »Zwei – ungefähr so groß. Für Schlamp's-Werbung für einen Silberfuchsherrenmantel. Das Ganze sollte sehr russisch wirken, aber seit Ende der sechziger Jahre war ich nicht mehr von soviel Haar umgeben.«

»Weißrussen, hoffe ich«, sagte Cheryl und sah ihn in einem Schneesturm vor sich, gehüllt in einen langen Silberfuchsmantel; ein Anblick wie Robert Redford in einer Rolle, für die nur Omar Sharif gepaßt hätte. Er hatte dieses bestimmte strahlende, gute Aussehen – von einer gewissen Zartheit und dabei kräftig – und hübsche, graue Augen. Der perfekte Dad. Und nun wand sich der perfekte Sohn am Ende ihrer Hand. »Na gut, ich werde Davey mal beim Umziehen helfen. Komm, junger Mann, Zeit, daß du deine Lord-Fauntleroy-Ausstattung loswirst.«

»Was ist 'n Fanneroy?« erkundigte er sich, als sie ihn fortführte.

»Na – feine Kleidung«, erklärte sie ihm in der Garderobe, während sie ihn aus dem hübschen T-Shirt und der farblich darauf abgestimmten Latzhose schälte. »Zurück zu den – hm – Cordhosen und deinem eigenen schmuddeligen Hemd.«

Du lieber Himmel, sie hatte ganz vergessen, daß Eltern von Kindern im Vorschulalter so viel Zeit damit verbrachten, auf den Fersen zu kauern. Cheryl richtete sich auf und hörte, wie ihre fünfunddreißigjährigen Knie protestierend knackten. Sie sah sich in voller Länge im Garderobenspiegel. Obwohl sie in einer Branche tätig war, die mit Mode zu tun hatte, war es doch nie dazu gekommen, daß sie sich deren stetig wechselnden Fassaden angepaßt hatte. Schon allein ihr Haar – Cheryl fuhr sich mit den Fingern durch die schwarze, schulterlange, glattgeschnittene Mähne. Ihre Frisur war unmodern, aber Sonny mochte sie nun mal. Er wollte, daß sie ihr Haar so trug wie damals vor siebzehn Jahren, als sie ihn kennengelernt hatte. Zusammen mit ihrem blassen Teint und den starkblauen, schwedischen Augen entsprach sie weitgehend der Vorstellung des Durchschnittsamerikaners von Liz Taylor. Sie seufzte. Es kostete ein Vermögen, ihr Haar schwarz zu halten, ohne daß es hart wirkte – es war damals nach der Schule, in den sechziger Jahren, einfach eine Laune von ihr gewesen, es zu färben. Aber dann hatte sie Sonny kennengelernt, und er wollte nicht, daß sie sich in irgend etwas von der Frau unterscheiden sollte, die er in sein Leben hineingezogen hatte.

»Ich bin fertig.« Eine leicht quengelige Stimme drang aus der Gegend ihres Knies zu ihr hinauf. Cheryl fuhr leicht zusammen. Es sah ihr gar nicht ähnlich, vor dem Spiegel zu träumen oder sentimentale Empfindungen angesichts eines Dreikäsehochs zu hegen, ganz gleich wie anbetungswürdig er sein mochte. Sie hatte ihr eigenes Kind, ihren eigenen Ehemann, ihr eigenes Heim – und ihre Arbeit –, um sich davon abzuhalten, allzuviel an sich selbst zu denken. Und so sollte es auch sein.

»Okay. Suchen wir Jo.«

Peg brachte die geliehenen Kindersachen weg, während Jo mit der Linken nach ihrer Tasche und mit der Rechten nach Daveys Hand griff.

»Vielen Dank, daß du das alles so schnell zusammengebracht hast, Jo. Als ich mir dieses blöde Werbefoto für die Hemden vom letzten Jahr angeschaut habe, mußte ich einfach was Neues ausprobieren . . .«

»Da ist Dad«, verkündete eine Stimme hinter ihr.

Ein mit Hemd und Anzug vollgehängter Kleiderbügel schwang in Cheryls Gesichtskreis. »Danke«, sagte sie und griff danach. Dann hielt sie inne. Der perfekte Vater steckte wieder in seiner eigenen Kleidung, und nun wirkte er völlig anders: in seinem T-Shirt, den angejahrten Bluejeans und einem Gürtel mit handgefertigter Silberschnalle um die schmalen Hüften. Obwohl Cheryl sich da nicht sicher war, glaubte sie, Cowboystiefel unter den ofenrohrartigen Hosenenden hervorlugen zu sehen, aber natürlich konnte sie nicht dorthin starren.

Der Bügel in ihrer Hand wog schwer, und sie brachte ein gemurmeltes »Nochmals vielen Dank« hervor, bevor der Mann den Aufzügen gleich hinter dem ›Kunsthandwerklichen Zubehör‹ zustrebte.

Jo lachte.

»Wohin ist bloß Captain Nadelstreif entschwunden?« fragte Cheryl schließlich, während sie entgeistert hinter ihm herstarrte.

»Typisch für jemanden aus der Werbebranche. Du bist ein Opfer der Vorstellungen, die du dir selbst schaffst. Dan ist Künstler und tut sich hart, seinen eigenen Stil zu bewahren.«

»Dan . . .«

»Englund. Er ist Bildhauer. Du kennst doch das große Ding aus Metall an der Orchestra Hall Plaza? Das ist sein – frag mich bloß nicht, was es ist.«

»Na ja.« Cheryl faltete die Kleidungsstücke über ihren Arm. »Ich trage mal besser die Sachen des perfekten, anheimelnden Daddys hinüber in die Männerabteilung.« Aber sie rührte sich nicht, behielt statt dessen einen Streifen blauer Hose im Augenwinkel und ließ Jo weiterreden. Nachdem Dan und die übrige Gruppe wartender Leute hinter einer sich öffnenden Aufzugstür verschwunden waren, schlenderten sie hinüber.

»Verdammt«, zischte Jo, als sich ihre Warterei in die

Länge zog. Maxwells Aufzüge waren ältliche Ungetüme, welche die Leute dutzendweise zwischen den zwölf Stockwerken auf und ab beförderten. Wenn man einen verfehlte, mußte man unter Umständen beträchtlich lange warten. »Tut mir leid, mein Kleiner«, entschuldigte sich Jo in Richtung ihrer Knie und Davey. »Aber ich muß dich nach Hause bringen und machen, daß ich wieder in die Agentur komme.«

Cheryl äußerte sich nicht, aber sie wartete darauf, daß der kirschrote Pfeil aufleuchten würde, der verriet, daß der herunterfahrende Lift bei ihnen hielt. Schließlich war es soweit, und sie hatten die riesige Kabine für sich, bis er im dritten Stock hielt. Cheryl trat hinaus und winkte Davey noch einmal zu.

Jo hatte recht – sie fiel auf ihre eigenen Fantasievorstellung herein. Fotomodelle waren einfache Menschen und entsprachen in nichts den Rollen, die sie zu spielen hatten. Der anbetungswürdige Davey war zu Hause höchstwahrscheinlich ein unverschämtes kleines Monstrum, und der ›perfekte Daddy‹ ein . . . Cheryl lachte über sich selbst.

Das, was vom perfekten Daddy übrig war, schlaff über dem Arm hängend, bahnte sie sich ihren Weg durch die Menge zur Männerabteilung.

2

Cheryls Schreibtisch bot das übliche Chaos, als sie schließlich bei ihm anlangte. Er war bedeckt mit Werbevorschlägen, garniert mit Requisiten vergangener Aufnahmeaktionen, die nicht zurückgebracht worden waren. Sie versuchte, die Papiere zu etwas zu ordnen, das man zur Not als Stapel bezeichnen konnte, und enthüllte dabei eine weiße Plastikzigarettenspitze, die angeblich Teerbestandteile für die Nikotinsüchtigen ausfiltern sollte. Da war er also, der Erwerb aus dem Drugstore, der einmal dazu benutzt worden war, bei Außenaufnahmen den Eindruck eines schicken Raucherutensils zu erwecken. Eigentlich gehörte er in die SOS-Tasche, die sie immer mit sich herumtrug. Man konnte nicht wissen, wann sie wieder mal dringend eine Zigarettenspitze brauchte ...

Sie seufzte. Alle waren fort. Sechs Uhr. Sonny würde wütend sein. Automatisch ordneten Cheryls Hände den Stoß mit Unterlagen um, wobei sie dann auf einen von ihr selbst verfaßten Merkzettel stieß: ›Sonnys Sachen von der Reinigung abholen.‹ Um Himmels willen, die Skyway-Reinigung mußte inzwischen zu sein. Sonny würde fuchsteufelswild werden, es war nun der dritte Tag hintereinander, an dem sie vergessen hatte, seinen Anzug abzuholen ... Sie setzte sich auf einen Stuhl und hörte auf, in ihrem selbstgeschaffenen Chaos zu wühlen. Es war alles ihre Schuld. Wenn sie nicht damals vor all diesen Jahren als Modefotografin angefangen hätte, der die Verantwortung oblag, die Werbefotos mit wirksamem Inhalt zu versehen, so würde sie nun, als künstlerische Beraterin und Koordinatorin, sich nicht noch immer um alles mögliche kümmern – bis hinab zur letzten Zigarettenspitze oder einer aufgeschlagenen Zeitung. Wäre sie keine solche Perfektionistin, so würde sie wie alle übrigen um fünf Uhr den Arbeitsplatz verlassen, ihr Schreibtisch wäre nicht mit Weinflaschen und Papierblumen übersät und Sonnys Anzug würde in seiner Plastikhülle am Mantelständer im Büro hängen, bereit, nach Hause befördert zu werden und Harmonie zu verbreiten.

Aber sie *war* eine Perfektionistin, die aufgeschlagene Zeitung *war* bei den Aufnahmearbeiten des Nachmittags eine gute Inspiration gewesen, sie war stolz auf sich, und das Werbefoto für den Vatertag würde ein Knüller sein. Was Sonny betraf ...

Das Telefon klingelte, und es war Sonny.

»Cher? Wo zum Teufel steckst du?«

»Immer noch hier in meinem Laden. Wir haben Aufnahmen gemacht. Warum?«

»Na, nun komm endlich nach Hause. Ich habe einen wichtigen Kunden hier, und ich habe ihm und seiner Frau versprochen, daß sie bei uns ein paar gute, hausgegrillte Steaks bekommen statt ihres Hotelessens, solange sie hier in der Stadt sind – na, nun gerate nicht in Panik. Es dreht sich ja nur um Steaks. Hol ein paar aus der Tiefkühltruhe und mach ein bißchen Salat dazu, du weißt schon.«

»Sonny – die Steaks sind nicht das Problem, aber das Haus ist ein einziges Chaos, und ich muß Jace bei Mollie abholen und . . .«

»Wenn du nicht so lange arbeiten würdest, sähe das Haus nicht so schrecklich aus.«

»Können wir sie nicht zu Murray's einladen? Das hat nichts mit einem Hotelrestaurant zu tun . . .«

»Cheryl – ich habe es dir doch gesagt. Ein bißchen Gastfreundschaft von seiten des Präsidenten der Firma ist einfach erforderlich. Wenn die Frau des Präsidenten das bewältigen könnte, ja?«

In seinen Worten lag eine gewisse Schärfe. Er, Sonny Rossi, hatte einen Zwölf- bis Vierzehnstundentag, damit die Baufirma Rossi eine der größten in Minneapolis blieb. Und das mindeste, was man von der kleinen Frau erwarten konnte, war, das Haus aufzuräumen und ein paar Steaks auf den eingebauten Grill zu legen, bis sie halb durch waren . . .

»Okay, ich bin schon unterwegs. Aber laß mir so viel Zeit wie irgend möglich . . .«

»Anderthalb Stunden – äußerstenfalls. Bis dann.«

Cheryl betrachtete, nachdem sie aufgelegt hatte, sinnend die Schreibtischplatte. Sie wirkte harmlos im Vergleich zu ihrem Wohnzimmer, nachdem Jayson und der Hund darin gewütet hatten.

Sie kramte in ihrer Segeltuchtasche nach den Wagenschlüsseln. Verdammt, in dem Ding konnte ja nur ein absolutes Durcheinander herrschen; sie fand ihre Schlüssel erst, nachdem sie sich die Fingerknöchel an den harten Kanten aufgeschrammt hatte. Sie zog sie am Ring heraus und betrachtete den Schaden. Großartig, die Präsidentengattin sah aus wie ein Preisboxer . . .

Cheryl flüchtete aus dem Büro, ihre Schuhe mit den flachen Absätzen klapperten auf dem kahlen, mit Kunststoffplatten belegten Boden des Kaufhauses. Maxwell's war jetzt leer bis auf ein paar Inspektoren, die sich in den verschiedenen Abteilungen aufhielten. Weiches Dämmerlicht herrschte in den riesigen Hallen, in denen jeder Laut widerhallte. Cheryl benutzte die Rolltreppen, obwohl sie abgeschaltet waren. Sie gelangte über die geriffelten Stufen schneller nach unten als wenn sie auf einen der trödelnden Aufzüge wartete.

Sieben Uhr dreißig, und Mr. Sowieso (»Ich bin in der Betonbranche«) und seine langweilige Gattin würden auf den zusammenpassenden weißen Sofas im Wohnzimmer sitzen und an dem nippen, was Sonny ihnen an der glitzernden Bar gemixt hatte, und das Wasser würde ihnen vor Vorfreude auf Cheryls hausgegrillte Steaks im Mund zusammenlaufen. Na klar. Und Schweine können fliegen.

Sie stürmte durch das Gewirr der Abteilungen im untersten Stock zur Tür, die auf die Achte Straße hinausführte, die einzige, die nach den Geschäftsstunden noch offen war.

»Hi, Harry«, sagte sie zum Wachmann. »Wiedersehen!«

»Wieder mal spät dran, wie?« sagte der uniformierte Mann liebenswürdig, schüttelte den Kopf und lachte leise. Cheryl kam immer in wilder Eile durch seine Tür gestürzt, ihre Tasche quoll über, die Wagenschlüssel baumelten in einer Hand, das Haar flatterte und – sofern es Winter war – der Mantel klaffte weit auf.

Aber im Augenblick war herrlicher Minneapolis-Frühling, Mai, und Cheryl brauchte sich wegen schneeverwehter Straßen, eines in der Wagentür eingeklemmten Mantelsaums oder eines Dutzend anderer winterlicher Widrigkeiten keine Gedanken zu machen. Allerdings mußte sie das angrenzende Parkhaus durch den Straßeneingang betreten und die graue Betontreppe hinaufeilen. Der Zugang vom Kaufhaus aus wurde um fünf Uhr dreißig geschlossen. Treppenaufgänge in Parkhäusern jagten ihr immer einen Schauder über den Rücken, aber im Augenblick hatte sie keine Zeit, um darüber nachzudenken.

Zum Glück trug sie heute ihr hafermehlfarbenes Anne-Klein-Kostüm mit der himmelblauen Bluse, das war zum Abendessen das Richtige – sofern sie in ihrer Hast nicht das Blut von den Steaks darauftropfen ließ ... Cheryl, das Riesenbaby, immer ein bißchen zu groß, um graziös zu wirken. Die Wagenschlüssel drückten sie in der Hand, immer in Bereitschaft, irgendwelche an den Parkrampen lauernden Burschen abzuschrecken oder, sobald man in den Wagen geglitten war, ins Zündschloß gesteckt zu werden, nachdem die Zentralverriegelung mit einem Druck auf den Hauptknopf arretiert war. Seit den Tagen ihrer ersten Verabredungen an hatte Sonny Cheryl eingebleut, wie wichtig es sei, sich sofort einzuschließen. Man konnte nie wissen, was passierte. Natürlich handelte es sich bei dem Wagen um ein neues Modell eines Lincoln Continental. Cheryl hatte manchmal den Eindruck, Sonny sei, was einen eventuellen Diebstahl seines Wagens betraf, wesentlich paranoider als bezüglich der Möglichkeit, seine Frau könne ihm abhanden kommen. Aber so war Sonny nun mal. Er hatte einfach eine Liebesaffäre mit dem Verbrennungsmotor. Wenn es etwas gab, das mit Knopfdruck oder Schlüssel zu starten war – Sonny Rossi hatte es – und nicht nur eines, sondern zwei oder drei und immer vom Besten: Wagen, Boote, Videoausrüstungen, Schneemobile ...

Sie manövrierte den Wagen aus der Parklücke und die mühselige Spiralenabfahrt hinab. Sie, Cheryl, haßte den Wagen. Sie hatte Sonny immer wieder gesagt, was sie bräuchte, sei ein wendiges kleines Vehikel für ihre Arbeit; sie wäre mit einer Chevette glücklich gewesen, hatte aber in der Hoffnung, der Reiz eines Sportwagens könne ihn umstimmen, einen Mazda RX7 vorgeschlagen. Es war nichts zu machen gewesen. Er selbst brauchte ein starkes, lässig wirkendes Vierradantriebsmodell, um damit zu dreckigen oder zugefrorenen Baugrundstücken zu fahren – also nahm Cheryl das Familien-Stadtauto zur Arbeit. Und der Rossische Familienwagen war immer ein Lincoln Continental gewesen. Es machte Cheryl verlegen, weil er so protzig wirkte. »Man könnte denken, du seist bei der Mafia«, pflegte sie einzuwenden, sobald er im Begriff war, den alljährlich neuen Wagen zu erstehen. »Und man wird glauben, ich sei die Witwe eines Mafiosi, wenn man mich darin fahren sieht.«

Aber Sonny lächelte dann lediglich, dieses reizvolle, leicht schiefe Lächeln, das einen völlig vergessen ließ, daß er ein abgehetzter kleiner Geschäftsmann mit schütter werdendem Haar und einem kleinen Schmerbauch war. Man empfand nur, wie präsent und selbstsicher er war, wie er es verstand, einen mitzuziehen, wohin immer er ging. Er war ein großartiger Verkäufer.

Also, Sonny lächelte nur und sagte: »Cher, nun komm schon. Ich möchte Qualität haben. Ich mag keinen dieser ausländischen Karren, die man nirgendwo richten lassen kann. Und Cadillac hat sein Image mit diesem überkandidelten Seville-Modell ruiniert. Nein, der Lincoln ist das Richtige. Und schwarz. Klasse.«

Also chauffierte sie den schwarzen Lincoln durch die noch hellen Straßen von Minneapolis. Sie erntete eine Menge Blicke – eine dunkelhaarige Frau in einem schnittigen, teuren, schwarzen Wagen. Mafia-Mama. Sonny. Seine blöden Abendessensgäste. Auf ihrer Longines-Uhr war es halb sieben. Cheryl gab verstärkt Gas und fuhr, nachdem sie die Innenstadt verlassen hatte, in unerlaubtem Achtunddreißigmeilentempo die gewundene Straße zu dem exklusiven Wohngebiet hinauf, das Kenwood hieß. Eines sprach für ihre vernünftigen niederen Absätze – sie hatte keinerlei Schwierigkeiten, Gas zu geben, wenn es sein mußte. Und das mußte sie jedesmal, wenn sie von einer Autobahn in den Normalverkehr einbog. Der Lincoln war, was das Anzugsvermögen betraf, ausgesprochen träge.

Sie hielt vor einem der wenigen restaurierten victorianischen Häuser Kenwoods, das aussah wie eine langgestreckte hölzerne Hochzeitstorte mit einer großen Veranda, die wie immer mit blauen Plastikkinderrädern, umgekippten kanariengelben Spiellastern und karminroten Feuerwehrautos übersät war. Die O'Garas hatten das Haus dunkel kakaofarben gestrichen und mit weißen Verzierungen versehen, als sie vor sechs Jahren dort eingezogen waren. Nun blätterte die Farbe ab. Es kostete eine Menge, diese ehemaligen Ruhesitze mit dreizehn Zimmern vor dem Verfall zu schützen – ein Grund, warum das Gebiet Kenwood bei Wohlhabenden so sehr im Schwange war. Cheryl seufzte. Sie hatte Mollie versprochen, nicht nach sechs zu kommen, und nun war es bereits über eine halbe Stunde später. Sie bahnte sich den Weg durch das Spielzeug und stieß die große, knarrende Tür aus Nußholz auf.

»Mollie, entschuldige, daß ich so verspätet bin. Die Arbeit, weißt du. Es hat einfach länger gedauert, als ich gedacht habe . . .«

»Komm rein. Jayson ist hinten im Garten, aber ich möchte erst mit dir sprechen.«

Cheryl mißbehagte das. Mollie O'Gara war eine kleine Frau mit sommersprossigem Gesicht, die in den vergangenen fünf Jahren Jayson nach der Schule betreut hatte. Sie hatte eine große Familie – ideal für ein Einzelkind –, und Tommy O'Gara war fast im gleichen Alter wie Jayson. Sonny mochte sich beschweren, daß die Familie eine Spur heruntergekommen sei, aber Cheryl schätzte sich glücklich, eine zuverlässige Tagesmutter gefunden zu haben, die ein bißchen Taschengeld brauchen konnte – und das in Kenwood, wo es den Frauen an nichts fehlte – es sei denn Verständnis, was nur deren Friseusen mit Sicherheit wußten.

Cheryl ließ sich auf einem altertümlichen Polsterstuhl in dem chaotischen ›Salon‹ nieder. Im Eßzimmer nebenan türmten sich Berge von Wäsche, aber die ganze Unordnung wirkte sauber und war unvermeidlich angesichts der – wie viele waren es noch? – ja, der sechs Kinder.

»Ich bin in Eile, Mollie«, warnte Cheryl.

»Hör zu. Ich weiß, es ist spät. Das Dumme ist nur, für mich ist es *zu* spät. Meine Kinder sind nun zum Teil älter und müssen zu Pfadfindertreffen gefahren und von Spielnachmittagen in der Schule abgeholt werden. Es tut mir leid, Cheryl, aber ich kann es mir einfach nicht mehr leisten, an deinen Zeitplan gebunden zu sein. Wenn du nur rechtzeitig kommen könntest . . .«

»Ich werde es versuchen. Aber mein Job – nun ja, wenn man bei irgendwelchen Aufnahmen ist, dann geht fast immer was schief, und es ist einfach unvorhersehbar, weißt du . . .«

Molly schüttelte den Kopf mit dem mausbraunen Schopf, bei dessen Anblick Cheryls Friseuse zusammengezuckt wäre. Mollies Gesicht war breit, anziehend und im Augenblick leicht mißbilligend gerunzelt.

»Ich verstehe leider nichts davon. Alles, was ich weiß, ist, was mein Neunjähriger und meine Vierjährige brauchen, und die anderen auch. Sie brauchen *mich* . . .« – da war sie wieder, die schweigende Verachtung der nicht berufstätigen Mutter gegenüber der berufstätigen –, ». . . und ich kann mir nicht leisten, auf heißen Kohlen zu sitzen, bis du endlich kommst, um Jayson abzuholen.«

»Aber ich zahle doch immer extra . . .«

»Geld«, sagte Mollie so steif, daß Cheryl sofort bereute, davon angefangen zu haben, »hat nichts damit zu tun.«

»Okay. Ich – äh – ich werde versuchen, andere Arrangements zu treffen. Ein Jammer«, fügte sie hinzu, während sie aufstand. »Du und deine Familie, ihr habt Jayson immer so gutgetan.«

Mollie antwortete nicht, sondern drehte sich nur um, um in den hinteren Teil des Hauses zu gehen, wo Cheryl nie gewesen war. »Ich werde Jayson rufen«, sagte sie über die Schulter weg und überließ Cheryl dem Anblick der Wäsche, des von vielen Kinderfüßen abgetretenen Teppichs, des schnüffelnden Labradors im Flur und dem Zifferblatt der Longines-Uhr. Zehn Minuten vor sieben! Du lieber Gott. Um eine andere Betreuerin für Jayson mußte sie sich später Gedanken machen. Es war so unfair! Wenn Sonny ihr nur erlaubt hätte, eine Haushälterin einzustellen. Sie könnte es sich leisten, auch wenn es sie die Hälfte ihres Gehalts gekostet hätte. Und *er* hätte es sich erst recht leisten können. Aber hier spielt ihre gemeinsame ›Abmachung‹ herein, getroffen vor elf Jahren, als er sich ein Kind gewünscht hatte und sie weiter arbeiten wollte . . .

Damals war sie jung gewesen und hatte eifrig allem zugestimmt. Doch, sie konnte ihren Job beibehalten und trotzdem ein Kind aufziehen. Sie konnte sogar ihren Mädchennamen benutzen, wenn es ihn so sehr bedrückte, daß seine Ehefrau arbeitete. Sie würde das Haus selbst in Ordnung halten, sich um Babysitter kümmern und sie bezahlen, alles würde sie tun. Warum sie nicht kündigen wollte, hatte er verblüfft gefragt. Tagsüber könnte sie im Club Tennis spielen, oder ihre Zeit mit dem Kind verbringen. Wenn sie aber unbedingt darauf beharrte, weiter zu arbeiten, dann sollte sie es tun. Aber sie mußte beweisen, daß sie mit allem ohne irgendeine

Haushaltshilfe fertig wurde. Es war damals so einfach gewesen, zuzustimmen, als sie nur eine Fünfzimmerwohnung hatten und Jayson nichts weiter war als eine medizinische Gewißheit ihres Gynäkologen . . .

Ihr Sohn kam jetzt ins Zimmer, größer als sie sich einen Zehnjährigen je vorgestellt hatte. Zumindest hatte er ihre Größe geerbt, nicht die Sonnys . . . Seine Gesichtszüge begannen bereits ihre Rundlichkeit zu verlieren, aber noch immer lauerte der vierjährige kleine Schlingel in ihnen. Er hatte Sonnys dunkle Augen und sein dunkles Haar, aber alle behaupteten, er geriete nach ihr. Cheryl konnte das nicht beurteilen; er war eben Jayson, absolut einmalig und eine Kostbarkeit, auch wenn er schauderhafte Bluejeans und ein bis zur Unkenntlichkeit verzogenes T-Shirt trug.

»Hi, Mom! Wir haben ein prima Feldlager hinten im Garten gebaut, aber Brian mußte zu den Pfadfindern, deshalb hab' ich's allein fertiggemacht.«

»Aus was gebaut – aus Dreck? Jace, wir müssen sofort nach Hause und dich sauber machen. Daddy bringt Gäste zum Abendessen mit.«

»Schon wieder? Ich wollte heute abend doch an meinem Computerprogramm arbeiten.«

»Zuerst wirst du dein Gesicht und deine Hände bearbeiten – und zwar mit Wasser.« Cheryl warf einen Blick auf die schweigende Zeugin dieser langjährigen abendlichen Wiedervereinigungen. Auf Mollies Gesicht lag der leicht mißbilligende Ausdruck, den Cheryl seit mehreren Monaten wahrgenommen, jedoch ignoriert hatte. Vermutlich hatte die Erwähnung des Computers diesen besonderen, angewiderten Zug hervorgerufen.

»Dann also vielen Dank, Mollie.« Cheryl führte Jayson zur Haustür. Die beiden Frauen blieben verlegen einander gegenüber auf der Schwelle stehen. Cheryl vermutete, daß Mollie in ihr eine typische Salonmutter sah, die ihren Sohn nur immer ablieferte oder abholte, und die außerhalb dieses halböffentlichen Raums niemals etwas wie ein warmherziges Familienleben führte. Wußte Mollie denn nicht, daß auch Cheryl eine Küche hatte und daß Jayson wie ein glücklicher junger Hund an ihren Fersen klebte und ihr gelegentlich beim Keksebacken half – an faulen Samstagen, wenn Sonny verreist war? Jayson hatte auch einen eigenen Hund, der immer ausgerechnet da zu schlafen pflegte, wo die Leute über ihn stolpern mußten. Und das große Haus der Rossis brachte seine eigene gemütliche Unordnung hervor; auch wenn es mit der der O'Garas nicht zu vergleichen war, so war es noch immer eine respektable Familienunordnung ...

Cheryl seufzte. »Ich werde es dich wissen lassen, sobald ich andere Arrangements getroffen habe ...«

»Was für Arrangements, Mom?« piepste Jayson, hellhörig wie immer.

Mollie O'Garas leicht gequältes Gesicht wurde vorübergehend weich. »Vielleicht, wenn du es wirklich *jeden* Abend bis halb sechs schaffen könntest ...«

Cheryl schüttelte den Kopf. »Ich kann einfach nicht dafür garantieren, verstehst du? Oh, wir müssen uns beeilen. Entschuldige.«

Sie schob Jayson die wackligen Holzstufen hinab und zum Wagen, wobei sie sich innerlich ausrechnete, in welcher Zeit sie bestenfalls die Steaks braten könnte und zugleich dachte, wie traurig es sei, daß dieses langgestreckte alte Haus nun nicht mehr ein Teil ihres Lebens, sondern nur noch etwas wie ein Wahrzeichen sein würde, an dem sie hin und wieder vorüberfuhr. Vielleicht, so überlegte sie nicht ohne Bitterkeit, wäre Mollie mitfühlender gewesen, wenn sie, Cheryl, nur einen Chevrolet gefahren hätte.

»Was gibt's zum Essen, Mom?« erkundigte sich Jayson, während er wie immer auf der üppigen grauen Polsterung des Wagens auf und ab wippte.

»Steaks, Jayson. Hübsche, dicke, saftige Steaks – hoffe ich wenigstens.«

3

Am Donnerstag der darauffolgenden Woche lag der Abzug des Fotos für den Vatertag glatt und frisch auf Cheryls Schreibtisch. Sie war überrascht, weil sie ihn völlig vergessen hatte.

»Er kam, während du Kaffee holen warst«, verkündete Peg von dem anderen Schreibtisch herüber. »Mit einem angehefteten Zettel von Mr. Maxwell.«

Pegs Ton, der auf hochgezogene Brauen schließen ließ, war angemessen. Alle wußten, daß der Manager des Kaufhauses zumindest ein Auge, wahrscheinlich aber drei, auf alles hatte, was in seiner Firma vorging – daß jedoch die dienstbaren Geister des Hauses dafür selten direkte Beweise erhielten.

Cheryl ließ ihre große Segeltuchtasche sachte auf den Boden gleiten und löste sorgfältig die Heftklammer von dem zusammengefalteten blauen Notizpapier. ›Büro Lou Maxwell‹ stand darauf – aber niemand wagte ihn ›Lou‹ zu nennen, abgesehen vielleicht von Mrs. Maxwell, aber den Fotos nach zu schließen, die von ihr in der Gesellschaftsspalte des ›Star-Trib‹ auftauchten, schien es eher unwahrscheinlich, daß sie je so weit auftaute.

Die schwarzweiße, ganzseitige Aufnahme sah prächtig aus. Normalerweise hätte sich Cheryl ein paar Minuten freudiger Betrachtung gegönnt. Dies war immer der befriedigendste Teil ihrer Arbeit – diese kurzen Augenblicke, nachdem alles so gelaufen war, wie es sein sollte, und das Resultat dann so atemberaubend war wie jetzt . . . Sie entfaltete den Notizzettel.

»Na?«

»Er . . . Es gefällt ihm. ›Gute, einfallsreiche Arbeit.‹ Das ist alles.« Cheryls Stimme klang leicht benommen. Dann schüttelte sie das Papier aus. »Kein Bonus.«

Peg stand auf und kam herüber. Sie war die typische Werbe-Volontärin – munter, helle und so eifrig, wie eine

Dreiundzwanzigjährige mit eigener Wohnung und einem kleinen Renault nur sein konnte.

»Es *ist* auch schrecklich nett, Cheryl. Der kleine Junge ist zum Fressen.«

»Was ist mit dem großen Jungen? Es war meine Idee, einen attraktiven jungen Dad mit hineinzunehmen.«

»Er ist okay . . .« Peg zuckte die wattierten Schultern ihres Pullovers, was flüchtig an Joan Crawford erinnerte. »Er sieht ein bißchen zu geleckt aus. Ich hab' nicht viel für junge Unternehmer übrig.«

»Was ist das? Laßt mich mal sehen, Ladys.«

Die Unterhaltung hatte Mary Lou Wallace aus dem Vorzimmer hereingelockt. Sie war lediglich Sekretärin, zugleich aber auch eine verpflanzte Texanerin und hatte keinerlei Scheu, ihre großzügige Nase in alles zu stecken, was sie nichts anging. Zuerst war es für alle diejenigen, die in minnesotaischer Höflichkeit und Zurückhaltung geschult waren, schwierig gewesen, sich an die laut dröhnende Mary Lou und ihr derbes, gutes Aussehen einer Rothaarigen zu gewöhnen, aber sie war warmherzig und wollte niemandem Böses. Nun begutachtete sie das Foto.

»Peg, du bist so grün und naß hinter den Ohren, daß du auch noch den dritten Staubsauger kaufst. Laß das Arrow-Hemd mal beiseite. Das ist ein Prachtstück von einem Mann. Wo hast du *den* aufgetrieben?«

»Jo Hedley war's«, antwortete Cheryl nachsichtig.

»Wetten, daß er gro-oß ist.« Mary Lou dehnte das Wort, um damit mindestens einen Meter neunzig anzudeuten.

Cheryl versuchte, sich ihn in ihrer Erinnerung vorzustellen, und stellte fest, daß ihre Eindrücke von ihm oberflächlich und nur bruchstückhaft waren. »Vermutlich ja. Modelle müssen das sein.«

»Vielleicht stammt er aus Texas . . .«

Cheryl lachte. »Nichts zu machen, Mary Lou. Er ist sicher ein echtes Gewächs aus Minnesota – mit einem Namen wie Englund.«

»Englund?« Mary Lou nahm das Foto in die Hand und betrachtete es erneut. »Hm ja, 'n Diplomhengst.«

»O Mary Lou, du bist unmöglich. Du bist eine böse alte Hexe. Und überhaupt – wir sind hier, um zu arbeiten.« Peg stürzte zu ihrem Schreibtisch zurück.

»Mal so, mal so. Jetzt bin ich für die junge Miß hier wieder zu grob. Na schön. Wetten, daß sie noch nie ein Playgirl-Magazin gesehen hat, sonst würde sie dergleichen besser zu schätzen wissen.« Sie grinste Cheryl zu und blinzelte, was ihre Krähenfüße um die Augen vertiefte. »Das Ganze lohnt die Aufregung nicht, Schätzchen. Er ist hübsch, aber wahrscheinlich stockschwul.«

»Wirklich, Mary Lou.« Cheryl entriß ihr das Foto. »Peg hat recht. Es ist nicht unsere Sache, Spekulationen über solches Zeug anzustellen. Hast du nicht zu arbeiten?«

»Na klar, hab' ich.« Mary Lou kehrte mit wiegenden Hüften zu ihrem Arbeitsplatz zurück.

Cheryl seufzte und setzte sich an ihren Schreibtisch, um dort die Stelle auf dem Foto glattzustreichen, wo Mary Lous gierige Finger es zerknittert hatten. Wenn sie wütend war, wurden ihre Wangen flammend rot. Und so war es jetzt – was einer dummen Bemerkung Mary Lous wegen einfach albern war. Ihre Fingerspitzen strichen über die glatte Oberfläche. Ihr perfektes Werbefoto war irgendwie befleckt worden – und nicht nur durch Mary Lous derbes Geschwafel. Nein, irgend etwas hatte sie persönlich getroffen. Was? Sie griff blindlings, während sie noch grübelte, nach ihrer Kaffeetasse, und trank einen Schluck. Fast hätte sie über dem Abzug alles wieder ausgespuckt. Das Zeug war besonders stark und völlig kalt. Cheryl schluckte es hinunter. Mary Lou hatte heute früh vergessen, diese verdammte, gemeinsam genutzte Kaffeemaschine anzustellen, und das waren nun die kalten Reste von gestern. Brrr. Cheryl stand auf und trug die Tasse in den Waschraum hinter der Abteilung für Damenunterwäsche, um sie auszuspülen.

Als sie zurückkehrte, war schon beinahe Mittagspause, und Ruth Benedict stand über den Fotoabzug gebeugt da, die kleinen, beringten Hände, an denen schon die Adern hervortraten, rechts und links auf die Schreibtischkante gestützt.

»Hallo – kommst du mit zum Lunch?«

»Mhm«, sagte Cheryl, noch immer leicht deprimiert.

Ruth, normalerweise sehr sensibel, nahm diesmal nichts wahr. »Das ist wirklich eine schöne Sache, Cheryl. Deine beste Aufnahme bisher. Ausgesprochen preisverdächtig. Das Kind ist einfach zauberhaft. Und der Mann . . .«

»Ja. Maxwell hat es auch gefallen. Wo willst du essen?«

»Wie wär's mit der Touristenfalle droben?« sagte Ruth und rückte den Riemen ihrer Tasche auf der schmalen Schulter zurecht. »Ich möchte sowieso ein paar Sachen hier einkaufen.«

»Okay.« Cheryl schnappte sich ihre Segeltuchtasche und folgte Ruth aus dem Büro, wobei sie sich klotzig und übergroß fühlte wie gewöhnlich, wenn sie sich in Ruths Fahrwasser bewegte.

Ruth Benedict war Maxwells Modeberaterin und Cheryls beste Freundin im Büro, trotz der zwanzig Jahre Altersunterschied. Als sie sich in dem für alle Ewigkeit mit frühlingshaftem Dekor ausgestatteten ›Brighton Room‹ niedergelassen hatten, Maxwells angeblich so harmonischem Restaurant im zwölften Stock, rückte Ruth zunächst ihr Besteck aufs penibelste zurecht. Dann bohrten sich ihre scharfen haselnußgroßen Augen in die Cheryls.

»Also – wo liegt das Problem?«

»Mary Lou. Es ist nicht der Rede wert. Sie hat wie gewöhnlich Peg auf die Palme gebracht.«

»Und dich auch, vermute ich.«

»Nein. Ich weiß ja, daß sie es nicht böse meint. Sie ist

eben Texanerin, und im übrigen tippt sie wie eine Irre. Mary Lou hat sich in Spekulationen über die sexuelle Orientierung des Modells auf dem Werbefoto ergangen.«

»Ich würde behaupten, nicht existent«, sagte Ruth und klappte die Speisekarte zu. Wie immer bestellte sie Salat.

»Doch nicht der Vierjährige!«

Ruth lächelte und schob ihr Armband aus Messing und Ebenholz höher in Richtung des Ellbogens. »An den dachte ich auch nicht. Na – und wie fiel das Urteil aus?«

»Schwul – Mary Lou zufolge.« Cheryl klappte ihre eigene Speisekarte zu. »Du bist doch in der Modebranche, Ruth. Du lernst eine Menge Modelle kennen. Warum nimmt jedermann automatisch an, ein männliches Modell müsse schwul sein? Ich meine, mir ist das völlig egal, solange gute Arbeit geleistet wird. Aber ich glaube, es ist mir einfach zuwider, daß jedermann voraussetzt, ich würde auf einem zwielichtigen, leicht dekadenten Gebiet arbeiten. Ich wollte, die Leute würden die Dinge öfters akzeptieren, wie sie sind.«

Nun lachte Ruth wirklich. »Aber Werbung ist doch *das* Gebiet, in dem nichts so hingenommen wird, wie es ist. Ja, natürlich gibt es Schwule und ebenso Heteros bei männlichen Modellen. Übrigens auch Lesben bei den weiblichen.«

»Na schön, ich werde ihn wieder verwenden, schwul oder nicht. *Wirkt* er auf dich auch schwul?«

»Cheryl – so etwas ist nicht so auffällig wie eine Hasenscharte. Und ich dachte, du hättest gesagt, es spiele keine Rolle.«

»Tut es auch nicht. Ich möchte nur nicht – na ja – begriffsstutzig wirken. Schön. Was gibt's Neues in der Mode?«

»Nicht viel, was problematisch ist. Ich versuche, ein paar Sachen für den Weihnachtskatalog zusammenzustellen. Darüber müssen wir noch reden – aber nicht jetzt. Ich möchte einen köstlichen Lunch mit Tratsch und

Klatsch genießen und Maxwell's – sagen wir –« sie zog ihre Uhr mit dem Armband aus Eidechsenleder zu Rate, »– für achtunddreißig Minuten völlig vergessen. Dann kaufen wir ein.«

Cheryl lachte. »Du hast einen noch kniffligeren Zeitplan als ich. Okay, tratschen wir. Gibt's was Sensationelles?«

Wie sich dann herausstellte, gab es eine Menge, worüber sie reden konnten. Ruth wußte alles über jeden. Das lag in ihrer Natur. Sie war eine winzige, zerbrechliche Frau von Mitte Fünfzig. Man hätte sie leicht für eine in Europa geborene Kosmetik-Koryphäe halten können, mit ihrem leicht gebräunten Gesicht, das seine Fältchen an den richtigen, weltläufigen Stellen hatte, der perfekten, zierlichen kleinen Figur und ihren Rundungen da, wo sie hingehörten, mit den Augen wie aus braunem Quarz, mit den diamantenglitzernden Händen und den makellosen Fingernägeln.

Cheryl bewunderte sie; Cheryl mochte sie sehr gern. Cheryl fühlte sich neben ihr immer ein bißchen wie eine ungeschickte, allzu groß geratene heranwachsende Tochter.

Während der Garnelensalat allmählich von ihren hellgrünen, wie aus Lattichblättern geformten Schalen verschwand, erfuhr Cheryl, daß der Ballettdirektor der Stadt angeblich ein Verhältnis mit einem Topmannequin hatte, während seine abgelegte Frau sich verzweifelt bemühte, einen Job zu finden – nicht einfach für ein weibliches Wesen, das über keine beruflichen Erfahrungen verfügte außer denen, Gastchoreographen in Minneapolis umherzufahren und in der Öffentlichkeit permanent charmant zu sein.

»Das ist schrecklich. Wie kann ein Mann nur so egozentrisch sein, um so etwas zu tun?«

»Das ist es, was ich an dir mag, Cheryl. Du bist so moralisch. Du hinderst mich daran, zur völligen Zynikerin zu werden. Wenn wir schon von Egozentrik reden, was treibt denn Sonny so in letzter Zeit?«

Cheryl fuhr mit der Gabel zerstreut über ihre Salatschale. Ruth hielt nicht viel von Sonny und scheute sich keineswegs, das zu zeigen. Die Rossis und die Benedicts verkehrten gesellschaftlich nicht miteinander, obwohl Cheryl Ruths Mann mochte. Er war ein Public-Relations-Mann, der nie seine Ellbogen benutzte. Wenn also Ruth auf Grundlegendes zu sprechen kam – wie zum Beispiel nach Sonny zu fragen –, so war es das Beste, sich mit einiger Leichtigkeit darüber wegzusetzen.

»Na, zum Beispiel hat er mir vergangene Woche wieder eine seiner plötzlichen Abendesseneinladungen untergejubelt. Aber ich war darauf vorbereitet. Ich machte den Kartoffelauflauf mit Sauerrahm – dein Rezept – und hatte ein tiefgefrorenes Dessert, das ich nur noch im Mikrowellenherd aufzuwärmen brauchte. Jayson half mir, nach alter guter Sitte in Windeseile das Haus in Ordnung zu bringen – du weißt schon, alles auf einen Haufen zu werfen und irgendwo zu verstauen –, also lief alles ganz glatt. Unsere Geschäftsfreunde trafen die perfekte Ehefrau und den perfekten Sohn an – und außerdem einen keineswegs perfekten altenglischen Schäferhund. Dieser Köter – sein Fell ist völlig verfilzt und er benimmt sich wie ein Geißbock.«

»Jeeves ist doch ein Rassehund«, bemerkte Ruth pikiert. »Hast du nicht gesagt, Sonny habe ihn von einem Kunden bekommen, dessen Frau sie züchtet?«

»Er macht nichts als Scherereien. Ein berufstätiges Ehepaar kann sich einfach keinen Hund leisten, der so viel Pflege und Bewegung braucht. Sonny brachte ihn eines Tages heim und setzte ihn mitten in die Küche. Da hast du was. Noch etwas, das das Haus in weitere Unordnung bringt . . . Wenn Jayson nicht einiges Pflichtgefühl aufbringen und sich um ihn kümmern würde, würde ich ihn in ein Tierheim stecken – wirklich!«

Ruth lächelte in ihre Kaffeetasse. »Du *müßtest* ja nicht unbedingt arbeiten, wie du weißt.«

»Na klar – und meine Tage damit verbringen, Jeeves Zecken aus dem Fell zu kämmen. Außerdem, wenn ich nicht arbeiten würde, würden mir ja so faszinierende Erlebnisse entgehen, wie mir den Kopf darüber zu zerbrechen, wer schwul ist und wer nicht.«

Ruth nippte an ihrem Perrier und blickte dann auf die Armbanduhr. »Zeit, Geld auszugeben. In Abteilung eins sind Sandalen, die ich, glaube ich, haben muß.«

Cheryl trieb sich am Rand der Schuhabteilung herum, während Ruth von einer teppichbelegten Schuhinsel zur anderen schoß, um nach Schuhen mit papierdünnen Sohlen, scharfen hohen Absätzen und winzigen Riemchen zu greifen.

»Entzückend! Was meinst du?«

»Ich weiß nicht, Ruth. Wahrscheinlich ganz hübsch.«

Ruth ließ Schuhe aus schwarzem Satin mit Reinkiesel-Riemchen vor ihrer Nase baumeln. »Du solltest die hier anprobieren; die sind fantastisch.«

»Meine Quadratlatschen sind zu groß für diese Schuhe, Ruth«, wandte Cheryl ein, während sie den Stühlen zustrebten. Ein Verkäufer schleppte einen Turm voller Schachteln herbei, und Ruth schlenkerte ihre teuren, hochhackigen Schuhe von sich, um alles durchzuprobieren. In Cheryls Augen sah alles durchweg gleich aus.

»Was für eine Größe hast du?«

»Achteinhalb.« Cheryl hoffte, daß der Verkäufer das nicht gehört hatte.

»Das ist gar nichts«, erklärte Ruth, während sie ihren Fünfeinhalbfuß in die nächste zierliche Sandale schob und ihn dann anmutig im Knöchel rotieren ließ, um die Wirkung zu begutachten. »Jackie Kennedy hat zehneinhalb oder irgendsowas Riesenhaftes.«

»Damals hat man keine hochhackigen Sandalen getragen.«

»Wetten, daß sie es jetzt auch tut?« Ruth suchte sich ein Paar aus, damit der Verkäufer sie herausschreiben konnte. Dann lehnte sie sich zurück und betrachtete Cheryl. »Hör mal, Mode ist mein Job. Ich arbeite mit ein Meter dreiundachtzig großen Modellen . . .«

»Sind sie schwul?«

»Sei nicht so spitz. Ich rede von Frauen. Heutzutage wirkt nichts so sexy wie eine gutgewachsene große Frau, die keine Angst davor hat, dank ihrer Schuhe noch ein paar Zentimeter zuzulegen – nur weil sich irgendein unsicheres männliches Wesen überwältigt fühlen könnte.«

Cheryl wußte durchaus, welches unsichere männliche Wesen damit gemeint war und ging dem Thema aus dem Weg.

»Dein Problem ist, daß du immer ein Mannequin sein wolltest.«

Ruth griff nach ihrer Schachtel und sie verließen gemeinsam die Schuhabteilung, und beide waren sich plötzlich des Unterschieds ihrer jeweiligen Körpergröße bewußt.

»Das stimmt. Für ein Mannequin war ich immer zu klein. Ich meine, mit einem Meter siebenundfünfzig kannst du nicht viel Staat machen.«

»Nach wie vor bist du die schickste Frau, die ich kenne.«

»Du hast doch mal Mannequin gespielt, oder nicht?«

»Ach, ich habe nur irgendwelches Teenagerzeug auf der Oberschule vorgeführt – und dann noch mal im College.«

Ruth blieb mitten im Gang stehen.

»Du wärst eine großartig aussehende junge Frau, Cheryl, wenn du nicht in ausgelatschten Altedamenschuhen herumliefst und dich von deiner ewigen Kombination aus Beige und Schwarz oder Schwarz und Beige in allen Nuancen trennen würdest. Wenn ich es nicht besser wüßte, würde ich annehmen, du ließest dir deine Garderobe von einer Markisenfirma entwerfen.«

»Das nimmst du keineswegs an. Ich trage nur, was ich

mag. Es ist einfach so, daß klassische Mode und klassische Farben eine gute Geldanlage sind.«

»Hmmm. Wenn wir schon von guten Geldanlagen sprechen – nun, nachdem ich meine Einkäufe getätigt habe, gäbe es da nicht etwas, was *du* haben möchtest?«

»Nur einen Regenmantel. Irgendwas – hm, klassisches, vielleicht in beigem Popelin.«

»Cheryl, du hältst mich jung – allein durch den Kontrast. Komm, ich nehme dich mit in die Kleiderabteilung, und diesmal erstehst du, was *ich* sage, abgemacht?«

»Abgemacht. Ich war erst letzte Woche dort, und *alles* besteht aus beigem Popelin . . .«

Das stimmte nicht. Cheryl hatte einfach einen Ständer mit Nylonregenmänteln übersehen, obwohl das angesichts deren schreiender Metallic-Sportwagen-Farben kaum vorstellbar war.

Ruth stürzte sich darauf.

»Probier einen an.«

»Ruth, das paßt einfach nicht zu mir.«

»›Abgemacht‹ hast du gesagt.«

»Na schön – dann vielleicht den Bronzefarbenen.«

»Das ist auch nur eine Abart von Beige, du Feigling.«

»Aber metallic, oder nicht?«

Cheryl drehte sich versuchsweise vor dem dreiteiligen Spiegel. »Ziemlich weit und auffallend.«

»Du bist groß genug, um dir das leisten zu können. Was hältst du davon?«

»Er ist, hm – na ja, anders.« Cheryl drehte sich um, plötzlich fasziniert von dem vergoldeten Regenmantel. »Er wäre fantastisch zum Abendkleid – für ein Symphoniekonzert? Zusammen mit Sonny in rigidem Schwarzweiß? Was kostet er? Ooh . . . Ist das die Medizin, die Sie verordnen, Madame?«

»Mhm.«

»Er *ist* hübsch.« Cheryls Hand fuhr über den glatten Stoff. Sonny würde außer sich sein. Das Ding war auffallend und laut, paßte eindeutig nicht zu ihr. »Ich nehme ihn.«

»Gutes Mädchen. Himmel, ich muß mich beeilen. Nun mach bloß keinen Rückzieher, nur weil ich nicht mehr da bin.«

»Bestimmt nicht«, versprach Cheryl und sah der davoneilenden kleinen Gestalt nach. Trotzdem – nach wie vor kam sie sich albern vor, als sie den Mantel mit den vielen Bronzefalten auf den Tisch legte.

Aber als sie die verräterische Schachtel mit ins Büro brachte, verlangten sowohl Peg als auch Mary Lou, einen Blick auf den Inhalt werfen zu dürfen.

»Hübsch, Cheryl«, sagte Peg anerkennend.

Mary Lou war noch eine Spur enthusiastischer. »Jaha ... Das wirkt tatsächlich sexy. Laß mich mal sehen ... Darf ich ihn anprobieren?« Beim Anblick Mary Lous, die mitten im Büro in *ihrem* neuen Mantel herumwirbelte, fühlte sich Cheryl sofort vergewaltigt. Vielleicht lag es auch an Mary Lous grellrotem Haarschopf über dem flatternden Bronzestoff. Cheryl faltete, nachdem die anderen verschwunden waren, den Mantel zusammen und verstaute ihn wieder in seiner Schachtel.

Sie ließ sich hinter ihrem Schreibtisch nieder. Das Werbefoto für den Vatertag lag noch immer da, nach der anfänglichen Bewunderung nun völlig vergessen. Sie betrachtete das Foto aufmerksam. Es war *gute* Werbung. Aber worin genau lag der Reiz? Oh, der Hintergrund, das bezaubernde Kind, natürlich. Aber in erster Linie lag es am männlichen Modell. Der vollkommene Dad. Zumindest wirkte er so auf sie, Cheryl.

Sie schlug ihr Notizbuch auf und wählte schnell, bevor sie sich anders besinnen konnte, Jo Hedleys Nummer.

»Jo? Gut, danke. Hör zu, ich habe gerade den Abzug von unserem Vatertag-Werbefoto bekommen – ja, es ist fantastisch. Ich bin sogar dafür von Mr. Maxwell schriftlich auf die Schulter geklopft worden. Hör mal, Jo – dieser

Mann – ja richtig, Dan Englund. Ich habe keine Unterlagen über ihn, oder? Nein, ich glaube nicht. Vielleicht könntest du mir welche herüberschicken – ach, du hast alles? Gut. Es ist nur für meine Unterlagen, weißt du. Da das Foto so gut geworden ist, habe ich vielleicht noch mehr Arbeit für ihn. Danke.«

Cheryl legte den Hörer auf. Ihre Handfläche war eine Spur feucht. Genaugenommen empfand sie eine Art Druck auf der Brust, und ihre Wangen fühlten sich warm an. Entweder brütete sie eine Erkältung aus, oder sie empfand so etwas wie Schuldgefühl. Ihr Blick fiel auf die schwarze Maxwell-Schachtel mit dem rosa Band. Schuldgefühl natürlich. Sonny würde wütend sein. Über zweihundert Dollar für einen Mantel, der gleißte wie die Innenseite einer Konservendose. Niemals hätte sie sich von Ruth dazu verleiten lassen dürfen.

4

Cheryl starrte bestürzt auf den gelben Teppichboden in Jaysons Schlafzimmer. Überall lagen verstreut Computerzubehör und verschiedene Socken, aber das war okay. Cheryl weigerte sich, der Ordnung halber in einem Kinderzimmer einen ständigen Nervenkrieg zu führen. Jungen waren nun mal Jungen.

Unordnung war eine Sache, aber frische Dreckspuren quer über den neuen Teppich war wieder was anderes.

»Jayson!«

Von ihrem Ton aufgeschreckt, tauchte er aus irgendeinem Winkel des Hauses auf. Dann sah er den Teppich. »Oje . . .«

»Hast du Jeeves ins Zimmer gelassen, obwohl es den ganzen Vormittag geregnet hat? Du weißt, daß er in der Küche bleiben muß, bis er trocken ist.«

Das war ihr einziger fortgesetzter Streitpunkt. Ein altenglischer Schäferhund, einmal naß geworden, braucht lange, bis er trocken ist, und Jaysons weiches Herz ließ ihn immer wieder den Hund durch die Schwingtür der Küche schlüpfen, während seine zotteligen Pfoten noch trieften.

»Jeeves ist in der Küche, ich habe ihn gerade gesehen«, sagte er bedrückt.

»Und du hast ihn nicht . . .«

»Nee. Ehrlich nicht.«

Sie glaubte ihm. Das war ihr bedeutendster schwacher Punkt als Mutter.

Sie seufzte, denn sie hatte die ehrliche Absicht gehegt, an diesem regnerischen Samstag das Haus praktisch auseinanderzunehmen und wieder makellos herzurichten. Die Zeit, die erforderlich war, diesen gelben Teppich zu reinigen, machte ihren gesamten grandiosen Plan plötzlich zunichte.

»Irgendwie müssen die Flecken dahingekommen sein, Jace.«

»Ich werde alles sauber machen.« Cheryl blickte zweifelnd. »Ganz sicher!«

Er nahm immer mit solcher Schnelligkeit ihre Reaktionen wahr – wie vermutlich alle Einzelkinder. Und er war eigentlich ganz gut darin, ihr im Haus zu helfen, vor allem an Tagen, an denen es sonst nicht viel zu tun gab. Ruth hatte sie gewarnt, daß sich das ändern würde, wenn er das schreckliche Alter von zwölf erreichte. »Es gibt nichts Entzückenderes als einen Jungen, der an seiner Mutter hängt«, hatte sie erklärt. »Aber dann ist ganz plötzlich Schluß. Im einen Augenblick sind sie noch neun und trotten fortgesetzt hinter dir her. Und gleich darauf sind sie elf, und Mütter rangieren noch hinter den Mädchen. Du wirst schon sehen; das liegt in der Natur der Sache.«

Aber Jayson hatte sich bereits zur Küche aufgemacht. Als Cheryl ihn einholte, hatte er schon den Plastikeimer mit Wasser gefüllt und suchte im Fach unter dem Ausguß nach einem Putzlappen. Sie hatten einen erheblich gestiegenen Verbrauch an Putzlappen, seit Jeeves dem Haushalt angehörte.

»Sieh, Mom – Jeeves ist hier.«

Der Hund, von dem die Rede war, lag einsam auf einem alten Teppich im hinteren Flur, der Salz-und-Pfeffer-Kopf ruhte auf den kaffeefarbenen Pfoten. Diese Melancholie hätte das Herz eines Eisklotzes schmelzen lassen, aber Cheryl stellte fest, daß sie äußerst resistent gegen eine Kreatur war, deren beste Züge – nämlich die flehenden braunen Augen – fortgesetzt durch Haar verschleiert waren.

Sie trat zu Jayson, der vor dem Durcheinander im Fach kniete. Noch etwas, das des Aufräumens bedurfte. Im Geiste zauberte sie eine stämmige deutsche Putzfrau hervor, die die Fenster reinigte, Lebkuchen buk und Ordnung im Haus herstellte – alles für nur vierzig Dollar pro Tag. Das wäre die Sache wert gewesen. Wenn nur Sonny nicht so starrköpfig gewesen wäre – Sonny! Cheryl kauerte sich auf die Fersen nieder.

»Jayson – wo ist dein Vater?«

»Weiß ich nicht. Vielleicht in der Garage.«

»Und er bastelt am Jeep herum, wette ich, und ist voller Dreck. Ist er vielleicht in deinem Zimmer gewesen?«

Jayson war inzwischen halb in das Fach gekrochen, und Cheryl zog ihn am Rückenteil seines T-Shirts heraus, um einen Blick in sein ehrliches kleines Gesicht werfen zu können. Er wich ihrem Blick aus, seine dunklen Augen glitten zwischen den aufgereihten Dosen mit Reinigungsmitteln hin und her, so als wollte er sich hinter ihnen verstecken.

»Jace – war es Daddy?«

Er zuckte die Schultern und sah sie nicht an. »Kann sein.« Das bedeutete, daß er es mit Sicherheit wußte.

»Warum hast du das nicht gleich gesagt?«

Er mochte nicht antworten, griff statt dessen nach einer Flasche Möbelpolitur und spielte nervös damit herum. »Dann hättest du vielleicht Krach gemacht«, murmelte er schließlich.

Nun verstummte plötzlich Cheryl verlegen. Geistesabwesend griff sie nach der Flasche mit Möbelpolitur und stellte sie zurück. Dafür gab sie ihm die Büchse mit dem Teppichreiniger.

»Jayson ... Wir haben doch keinen Krach. Wir haben vielleicht mal eine Auseinandersetzung. Jedenfalls bezeichnen das Erwachsene so, und es ist nicht ernsthafter, als wenn du und Tommy O'Gara sich darüber streiten, wo ihr Skateboard fahren wollt. Daddy gefiel mein neuer Mantel nicht, als ich ihn gestern abend heimbrachte, und mir paßt es nicht, wenn er mit seinen Schuhen Dreck auf dem gelben Teppich hinterläßt. Aber ich behalte den verdammten Mantel trotzdem, und Daddy wird weiterhin mit schmutzigen Stiefeln über Teppiche trampeln – das alles ist nicht so ernst zu nehmen.«

»Aber du *wirst* ihn nicht tragen.« Er blickte plötzlich zu ihr auf, mit aufrichtigem und irgendwie verletztem Ausdruck in den braunen Augen. Die üppigen schwarzen Wimpern aus seiner Kindheit schienen irgendwie verlorengegangen zu sein, während er größer geworden war, aber Cheryl fühlte sich an das kleine Modell erinnert – Davey – und an dessen bezaubernde, lange Wimpern.

»Was meinst du damit?« Der Mantel? Zehnjährige kümmerten sich doch nicht um Debatten, die sich um klassische Mode contra auffällige bronzefarbene Regenmäntel drehten.

»Du gibst immer nach, aber Daddy nie.«

»Das stimmt nicht«, platzte Cheryl heraus, obwohl ihr klar wurde, daß es so war. Der Bronzeregenmantel würde auf einen Bügel wandern und in der Kleiderkammer verschwinden. Und dort würde er bleiben, bis er lange genug gehangen hatte, um in den Stapel Kleidungsstücke zu wandern, den sie von Zeit zu Zeit einer Wohlfahrtseinrichtung überließ. Ganz gewiß würde sie ihn niemals anziehen, wenn sie mit Sonny ausging; es war keineswegs sicher, daß er sich nicht den ganzen Abend darüber beschweren würde. Und wann sonst sollte sie einen solch ausgefallenen, festlichen Mantel tragen als am Abend? Sie besaß ganz gewiß nicht das Selbstbewußtsein, ihn für ihre Streifzüge im Flugzeug anzuziehen. Damit würde sie nur Blicke auf sich ziehen. Nein, es war ein zutiefst unzweckmäßiger Kauf gewesen, es war ein Fehler, sich von anderer Leute Ansichten über Stilfragen beeinflussen zu lassen. Sie bewunderte Ruth, aber das bedeutete nicht, daß sie sie nachahmen konnte. Es wäre nett gewesen, wenn Sonny sie bei guter Laune gehalten und gemurmelt hätte, der Mantel sei ›schon okay‹, als sie ihn ihm und Jayson am Freitagabend im Wohnzimmer vorgeführt und sich verlegen vor ihnen gedreht hatte, die Wangen bereits hochrot im Gefühl, sich albern zu benehmen.

Statt dessen: »O Gott, Cher, wo hast du das Ding her? Hoffentlich hast du nicht viel dafür bezahlt. Zieh es bloß aus, es ist scheußlich.«

Und sie hatte ihn ausgezogen.

»Ich sag' dir was, Jayson. Ich *werde* den Mantel tragen. Irgendwann. Das verspreche ich.«

»Er ist nett«, platzte er heraus. »Er sieht aus wie aus ›Star Trek‹.« Gestern abend hatte er nichts gesagt, fiel Cheryl ein. Kein Wort. Sie hatte keine Ahnung, ob es ihn irgendwie kümmerte, was sie trug oder nicht. Vielleicht war es ihm egal. Aber was ihn mehr bewegte, als sie gedacht hatte, war, wie Sonny und sie mit ihren Differenzen fertig wurden. Darüber mußte sie ernsthaft nachdenken, vielleicht sogar mit Sonny darüber reden . . .

Cheryl legte die Hand auf Jaysons Schulter. »He – danke, daß du mir beim Teppichsäubern helfen willst.« Sein Gesicht hellte sich auf, wie es nur bei einem Zehnjährigen möglich ist, bekam einen Ausdruck strahlenden

Eifers. Einen Augenblick lang lächelten sie einander in vollkommenem Einverständnis zu, dann sprang Jayson auf und raste davon, den Putzlappen in einer, den überschwappenden schweren Eimer in der anderen Hand. Na schön.

Cheryl sah zu Jeeves hinüber, der am ehesten einem benutzten Mop glich, ehemals weiß und nun grau geworden. Irgendwo unter den wirren Haarfransen, über der schwarzen Nase, befanden sich zwei braune, flehende Augen. »Okay, Jeeves. Du kannst laufen.«

Erlöst tappte der Hund zu Cheryl hinüber, um ihr vergnügt mit der endlos langen, rosigen Zunge einmal über die Wange zu fahren, dann rannte er aus der Küche. Cheryl wischte sich angeekelt das Gesicht ab und ließ sich erneut auf den Fersen nieder, um das Fach mit den Reinigungsutensilien aufzuräumen. Sie konnte ebensogut hier wie sonstwo beginnen.

»Ich dachte, der Hund hätte Stubenarrest.« Sonny kam mit schmutzigen Arbeitsstiefeln durch die Hintertür gestapft, mit offener Daunenweste, die sackartigen Khakihosen von Dreck und Wasser verschmiert.

»Warum einen Hund das entgelten lassen, woran sich sein Herr und Meister selbst nicht hält?« Cheryl starrte eindrucksvoll auf Sonnys Stiefel.

Er wanderte unbekümmert durch die Küche und ließ sich auf einem der Hocker nieder, die vor der Frühstücksbar mit der Marmorplatte standen. Als Cheryl ihn kennengelernt hatte, hatte sie romantischerweise etwas von der Ausstrahlung eines John Saxon in ihm zu wittern geglaubt. Aber nun hatte sich das dunkle Haar bis auf ein paar quer über seine vierzigjährige Stirn gekämmte Strähnen verflüchtigt, und der geschmeidige, energiegeladene Körper hatte teilweise Fett angesetzt. Sonny selbst war die Veränderung bisher entgangen, dachte sie; er war zu sehr mit seiner Arbeit und damit, wie seine Frau aussah, beschäftigt. »Lieber Himmel, ist dort draußen eine

Schweinerei. Beim Jeep ist irgendwas mit der Kupplung nicht in Ordnung. Ich muß es in Ordnung bringen. Wo ist der Kaffee?«

»Ich hab' noch keinen frischen gemacht.« Cheryl richtete sich auf, um die Kaffeemaschine in Gang zu setzen.

»Ich dachte, heute sei der Tag, wo du wirklich mal das Haus säubern wolltest.«

»Ich bin dabei sozusagen entgleist. Verwendest du nie einen Gedanken darauf, Sonny, wohin du mit deinen Stiefeln wanderst? Jaysons Teppich sieht schauderhaft aus.«

»Mhm. Na ja, ich war so beschäftigt.«

»Wenn wir eine Haushaltshilfe hätten, wäre das kein Problem.«

»Cher, wie oft hab' ich dir's schon gesagt? Die Rossis haben niemals andere Leute bezahlt, damit sie ihr Haus in Ordnung halten. Mein Vater hat mit einer geborgten Spitzhacke angefangen, die auf dem Hinterhof aufbewahrt wurde, und meine Mutter hat mich und meine sechs Schwestern aufgezogen und das Haus in tadellosem Zustand gehalten. Man hätte vom Linoleum in der Küche essen können – schmutzige Stiefel hin oder her.«

»Sonny! Dieses wundervolle alte Familienheim, das du in Erinnerung hast, hatte sechs Zimmer; das hier hat sechzehn, vom Weinkeller ganz zu schweigen. Und deine Mutter hat nicht gearbeitet.«

»Behaupte bloß nicht, daß diese Frau nicht gearbeitet hätte. Aber sie hat es im Haus getan, und sie hatte noch nicht mal all diesen modernen Schnickschnack, der alles erleichtert – nein, Sir.«

»Dieser moderne Schnickschnack schafft mehr Arbeit als Hilfe. Schau dir diese Küche an. Eingebauter Grill, Sterilisierapparat, Mikrowellenherd, doppelter Backofen ... Ich verbringe mehr Zeit damit, das ganze Zeug zu reinigen, als es zu benutzen. Ich weiß nicht, weshalb du auf all diesen technischen Mätzchen bestehst und dich dann weigerst, eine Haushaltshilfe einzustellen. Das ist nur deine dickköpfige altitalienische Erziehung, die für deine Vorväter prima gewesen sein mag, aber heutzutage einfach lausig ist.«

Cheryl stellte mit einem Knall die Kaffeekanne in die Maschine und nahm einen neuen Filter heraus. »Ich kann nicht mal einen Pott Kaffee auf dem Herd kochen, nein, ich muß durch das ganze Ritual der Technik.«

Er stand auf und kam zu ihr herüber. »Hör zu, Cher, du weißt genau, wo das Problem liegt. Unsere Abmachung. Du hast diese Abmachung einfach satt. Ich nicht. Du weißt, was du dagegen unternehmen kannst – gib diesen Job auf. Es ist nicht so, daß ich dagegen bin, daß du etwas arbeitest. Du könntest zum Beispiel Kunstunterricht im Community College belegen, du hast immer gesagt, daß du gern malen würdest. Zum Teufel, ich halte dich doch davon nicht ab.«

»Aber der Job bei Maxwell's paßt dir nicht.«

Er zuckte die Schultern und erinnerte sie damit an Jayson. »Er nimmt schrecklich viel Zeit in Anspruch, Cher. Und du hast es nicht *nötig* zu arbeiten. Überlaß den Job jemandem, der ihn braucht.«

»Was du damit meinst, ist, Sonny Rossi hat es nötig, der Welt zu zeigen, daß seine Frau nicht des Geldes wegen arbeiten muß. Lieber Himmel, sind denn all diese Wagen, die Boote und die riesigen Fernsehapparate nicht ausreichend Beweis dafür? Ich rase wie der Boß eines Beerdigungsunternehmens in diesem blöden Continental herum, nur damit jedermann kapiert, wie stinkend reich du bist –«

»Jetzt reicht's. Ich muß nicht mit dir reden, wenn du streiten willst. Ich gehe in die Garage zurück.« Er drehte sich um und stapfte auf die Tür zu.

»Aber der Kaffee . . .«

»Scheiß auf den Kaffee.« Die Hintertür schlug zu.

Das brodelnde italienische Temperament. Es tauchte

immer dann auf, wenn sie an dem wunden Punkt ihrer häuslichen Fronarbeit herummäkelte. Es war besser, das Narbengewebe verhärten zu lassen. Sie war in Sachen Haushaltshilfe in nichts weitergekommen, statt dessen hatten sie erneut über das Dauerthema ›Arbeit‹ gestritten und über Jaysons offensichtliche Empfindlichkeit ihren Auseinandersetzungen gegenüber war kein Wort gefallen.

»Mom? Ich bin fertig.«

Er lungerte an der Schwelle herum wie ein Kind, das im Nebenzimmer zu viel mitgehört hat. Wahrscheinlich war es auch so. Sie nahm den Eimer mit dem kaffeebraunen Wasser in Empfang und leerte ihn in den glänzenden, rostfreien Ausguß, der so verteufelt schwer sauber zu halten war. Flüchtig dachte Cheryl, daß sie alles dafür geben würde, das alte weiße Porzellanspülbecken wiederzuhaben.

Das Schmutzwasser verschwand gurgelnd im Abfluß. »Na, sehen wir uns mal dein Werk an. Vermutlich hat Jeeves inzwischen sein Autogramm zu der übrigen Ferkelei dazugegeben.«

Sie warf einen Blick auf den noch feuchten Teppich. »Nicht schlecht.« Der Schmutz schien weitgehend weg zu sein. Der arme Kerl mußte sich die Seele aus dem Leib geschrubbt haben. Sauber hatte er alles haben wollen, sauber, so als wäre nie etwas vorgefallen, als hätten Mom und Dad in der Küche niemals darüber gestritten. »Das hast du gut gemacht, Jace. Saus ab und mach, was du willst.«

»Und was tust du?« Er sah bekümmert drein.

»Ich? Ich, hm, ich glaube, ich gehe hinauf und fange von oben herunter an. Staubsaugen. Schick Jeeves besser hinaus, er spielt verrückt, wenn er den Staubsauger hört.«

»Dann wird er wieder von oben bis unten schmutzig.«

»Schon gut. Schließlich ist es nur Dreck, oder nicht?«

Sie ging die Vordertreppe hinauf, ihre Hand glitt über

das geschnitzte Mahagonigeländer. Der Korridorboden gehörte eingewachst, stellte sie fest, und das Mahagoni bedurfte der Politur. Aber das war die Arbeit eines Tages, bei der sie auf der Treppe sitzen und in all die Vertiefungen der Schnitzereien mit dem Tuch hineinfahren mußte. Hundertjähriges Holz war durstig.

Du wirst dieses Haus lieben, hatte Sonny versprochen, und Cheryl mußte zugeben, daß sie der Gedanke, Herrin in einem von Kenwoods architektonischen Kunstwerken zu sein, sehr gereizt hatte. Allerdings hatte sie nicht mit den Jahren staubüberzogener Unordnung gerechnet, als Küche und Badezimmer renoviert werden mußten.

Jeder fand, sie hätte ein solches Glück, mit einem reichen Mann verheiratet zu sein.

In ihrem gemeinsamen Schlafzimmer blieb sie stehen. Es war zehn mal sieben Meter groß und hatte am einen Ende eine Nische. Das Schlafzimmer nebenan war in eine Kombination aus Kleiderkammer und Toilettenzimmer umgewandelt worden. Sonnys Kleiderkammer lag hinter dem geräumigen Badezimmer auf der anderen Seite. Er brauchte nicht viel, lief die meiste Zeit in Khakihosen, bequemen Mokassins und Rollkragenpullovern herum. Aber sie – sie hatte eine Garderobe, groß genug, um die Aufmerksamkeit einer Nancy Reagan zu erregen.

Cheryl trat in die Kammer, blieb mitten auf dem marineblauen Teppich stehen und blickte auf die Gestelle voller Kleidungsstücke. Eine Markisenfirma müsse sie ausgestattet haben, hatte Ruth behauptet. Und es war wirklich alles in monotonem Karamell, Kamelfarben, Beige und Sandbraun auf der einen Seite und auf der andern Schwarz, Schwarz und Schwarz, mit wenigen, zahmen Dessins in Beige, Braun – und wieder schwarzen Streifen in der Mitte. Diese Überfülle an klassischer Mode. Sie warf einen Blick auf die Schuhe in dem eigens dafür angefertigten Regal mit den Schrägbrettern. Für sie gab es keine Holzleisten, in die die Absätze eingehakt wurden. Nein, sie hatte glitzernde Plexiglasstäbe, von denen ihre reichhaltige Kollektion von Schuhen an den Absätzen herabhingen – diese niederen, dicken Absätze. Manche dieser Schuhe waren älter als Jayson; es war nicht einfach, eine Sammlung von Schuhen zu erhalten, deren Absätze nicht höher als knapp drei Zentimeter waren – wenn Spike-Absätze in Wellen von jeweils zehn Jahren die Mode monopolisierten. Wenn sie dann etwas fand, das ›hinhaute‹, so behielt sie es – für alle Zeiten.

Cheryl empfand einen plötzlichen Widerwillen gegen ihre geschmackvolle Kleiderkammer. Diese fragilen Plexiglasstäbe hätten Reihen von Ruths zierlichen, hochhackigen Schühchen festhalten sollen – nicht diese derbe Ansammlung aus schwarzem, braunem und – ja – beigem Schuhwerk, das einen leichten Anstrich von ›bequemen Latschen‹ hatte.

Sie wandte sich der an der Wand lehnenden Schachtel von Maxwell's zu, dessen rosa Band unordentlich wieder zusammengeknüpft worden war. Sie hatte den Mantel in das Seidenpapier zurückgestopft, so als sei er etwas, das für ein schnelles Begräbnis in der Mülltonne vorgesehen sei. Schnell löste sie das Band und hob den Mantel hoch, so daß er wie ein bronzeschimmernder Wasserfall auseinanderfiel. Was sollte sie damit tun? Wo konnte sie ihn aufhängen, damit sie ihn nicht mehr sah, nicht mehr an ihn dachte? Dort, an der Wand, sittsam hinter ihrem khakifarbenen Wollwintermantel. Wer brauchte im übrigen einen Regenmantel im Juni? Bis zum Herbst würde sie alles vergessen haben. Und Sonny hoffentlich auch.

Jayson, so dachte sie, würde es nicht vergessen haben – und ebensowenig ihr Versprechen, den Mantel zu tragen. Es mochte sich um eine Bagatelle handeln, aber Jungen zählten nun mal darauf, daß ihre Mütter Wort hielten. Wer sonst? Sie *würde* den Mantel tragen, entschied sie, während sie die letzte Falte des vielen Stoffes hinter den khakifarbenen Wollmantel schob. Sie wußte nur noch nicht, wo und wann.

5

Ein Manila-Umschlag mit dem Aufdruck der Initialen von Jo Hedleys Büro lag oben auf dem Stoß von Cheryls Posteingängen, die am Montag um neun Uhr dreißig eintrafen.

Peg lud das Ganze ab und setzte sich danach auf gefährliche Weise auf die Kante des bereits überlasteten Schreibtischs.

»Ich bekomme kaum Post, und ich bin schon sechs Monate hier«, erklärte sie mit Schmollmund. »Und du bekommst so interessantes Zeug.«

Cheryl schob den Stapel beiseite. »Es nützt etwas, wenn du seit zwölf Jahren bei Maxwell's bist und auf allen Versandlisten für Kosmetika aufgeführt bist. Hier – sieht nach einem Gratislippenstift von Ultima II aus. Mit einem Stich in Richtung Orange, nicht meine Nuance. Willst du ihn haben?«

»Danke.« Peg nahm die Kappe ab und fuhr mit dem Stift fachkundig über ihre Lippen, ohne dazu einen Spiegel zu benutzen. »Wie sehe ich aus?«

»Atemberaubend«, sagte Cheryl und beugte den Kopf über den Schreibtisch. Sie dachte nicht daran, ihre Post zu öffnen, solange Zeugen in der Nähe waren . . .

Peg nahm den Wink mit dem Zaunpfahl nicht zur Kenntnis. »Wie war dein Wochenende?«

»Okay.«

»Meines war eine Pleite. Ich meine, ich mußte dem Kerl, mit dem ich ausging, praktisch eine verpassen. Nur weil ich bei einer Party jemanden kennenlerne und damit einverstanden bin, mit ihm zu Abend zu essen, bedeutet das noch nicht, daß ich mit ihm ins Bett hüpfe oder so was. War der vielleicht auf der Palme. Und ich hatte ihm auch einiges zu sagen. O Cheryl, es ist einfach deprimierend, sich mit solchem Quatsch abgeben zu müssen. Männer sind wirklich das letzte.«

Cheryls herabhängendes Haar verdeckte ein Zucken um ihre Mundwinkel. Aber es gelang ihr, Peg mitfühlend anzusehen. »Beurteile den Wald nicht nach einem Baum.«

»Na ja, der Kerl schien erst mal gar nicht so übel zu sein. Börsenmakler. Kann's was Verläßlicheres geben als das? Also gehe ich mit ihm aus, und nach dem Essen kommt die alte Tour mit ›Gehen wir zu dir oder zu mir?‹ Und ich drauf: ›Heute abend nicht, aber es war ein grandioser Abend, vielen Dank ...‹ Und er: ›Was ist denn los, Süße? Hast du 'ne Ladehemmung oder so was?‹ Ich war stinkwütend!«

Cheryl mußte unwillkürlich lächeln. »Du meine Güte, Peg, diese Art Routine ist mir völlig fremd. Ich bin direkt froh darüber, daß ich da aus dem Rennen bin. Vermutlich mußt du einfach hin und wieder mit solch einem Trottel rechnen.«

»Aber fortwährend?« Peg stand auf und strich sich mit den Fingern durch das sorgfältig trockengefönte, kurze blonde Haar. »Ich werde im nächsten Winter mit Skifahren anfangen«, drohte sie düster. »Vielleicht treffe ich dabei mal jemand wirklich Netten.« Sie seufzte und verzog sich dann, um den Rest der Post zu verteilen.

Cheryl zog endlich ihren eigenen Stapel heran. Ihr Brieföffner war unauffindbar, er war vor einer Woche als Requisit für Aufnahmen gebraucht worden. Cheryl benutzte ein Tafelmesser, ein Überbleibsel, das aus einer Beigabe eines Haushaltskatalogs stammte, um die Umschläge aufzuschlitzen. Die meisten enthielten Werbekataloge, die sie, auf der Suche nach Einfällen, durchblätterte, und gelegentlich prägte sie sich etwas Auffallenderes ein. Ziemlich alles wanderte in den Papierkorb neben ihren Füßen.

Jo Hedleys Umschlag öffnete sie zuletzt und kam sich dabei merkwürdig heimlichtuerisch vor. Er enthielt nur ein Blatt.

Das war's. Nur ein gewöhnliches Registrierblatt. Der übliche matte Abzug, das übliche Format. Foto und die erforderlichen Angaben auf der Vorder-, ein paar andere Aufnahmen auf der Rückseite ... Himmel, sah der Mann gut aus, sie hatte ganz vergessen, wie gut. Da starrte er direkt in die Kamera mit seinen babyblauen Augen – in schwarzweiß natürlich. Sie überflog die Angaben unter dem Bild – natürlich waren die Augen nicht baby-, sondern schieferblau. Sie glaubte sich zu erinnern, daß sie mehr Grau als Blau gesehen hatte, obwohl es nur ein flüchtiger Blick gewesen war. Sie las die Angaben genauer. Ein Meter achtundachtzig – Mary Lou hatte sich getäuscht, aber ein größeres Modell hätte gar nicht in die gängigen Kleidergrößen gepaßt. Gewicht neunzig Kilo. Haar blond. Das Alter war nicht angegeben. Ein Registerblatt würde dadurch zu schnell veralten und außerdem war ein gutes Modell nur so alt, wie es aussah – ob weiblich oder männlich. Und er war ein ausgezeichnetes Modell. Er mußte irgendwas zwischen, hmmm, sagen wir mal vierundzwanzig und zweiunddreißig sein. Und er zielte genau auf das Herz der Achtzehn- bis Vierunddreißigjährigen. Einfach perfekt. Sie drehte das Blatt um. Ja, der vollkommene Segler, eine Aufnahme im Freien bei Wind, der vollkommene Cowboy, scharfäugig nach einem Ziel Ausschau haltend, der vollkommene Geschäftsmann, korrekt in Tweedanzug und Krawatte, der vollkommene ...

Es war eine völlig untypische Aufnahme, vielleicht verblüffte sie sie deshalb so sehr. Nichts daran war vollkommen. Es handelte sich um ein fast düsteres Schwarzweißfoto, voller tiefer Schatten und matter Beleuchtung; es war überhaupt kein Werbefoto. Nie würde es das betreffende Produkt so zur Geltung bringen, daß es gekauft wurde. Aber es hinterließ einen starken Eindruck – ein Mann, nackt bis zur Taille, der an einem Amboß stand und Metall hämmerte; weiße Funken sprühten, das erhellte Gesicht war teilweise geheimnisvoll hinter einer Schutzbrille verborgen, der Widerschein eines verborgenen Schmiedefeuers überglänzte seine gestrafften Muskeln so, daß sie die abstrakte Form annahmen, die man im allgemeinen nur bei Statuen findet, das Ganze roch nach Hitze, Anstrengung, Schweiß ...

Cheryl drehte das Blatt um und studierte erneut die Vorderseite. Ihre Wangen fühlten sich eine Spur warm an, so als wäre sie zu nahe an das verborgene Feuer geraten. Das erste Bild war angemessener. Gute Werbeaufnahme. Werbung war ein ›kühles Medium‹, wie Marshall McLuhan zu sagen pflegte. Das Foto aber war in dieser Hinsicht entschieden mehr als heiß. Vielleicht bewies es Vielseitigkeit und ganz gewiß war es eine wirkungsvolle Demonstration für die Fähigkeit, auch einen Arbeiter darzustellen, also zum Beispiel um Drillbohrer für Furnierholz zu verkaufen – aber es hatte schwerlich etwas mit einem so eleganten Unternehmen wie Maxwell's zu tun.

Cheryl zog die Aktenschublade heraus und heftete das Blatt unter ›E‹ ab.

»Es hat keinen Sinn, der Schlacht ausweichen zu wollen«, erklärte ihr Ruth beim Lunch am Mittwoch. Sie saßen im Nankin-Café und schwelgten in der sorgfältig erhaltenen, leicht schäbigen Atmosphäre der vierziger Jahre.

Cheryl ließ ihre Gabel in einem Haufen von Maisstärke zusammengehaltenem *chow mein* stecken. Aus irgendeinem Grund war es derzeit mit ihrem Appetit nicht weit her ...

»Was meinst du damit?« Ihr Ton war defensiv, und sie konnte sich nicht vorstellen, warum.

»Der Weihnachtskatalog. Wir müssen ihn innerhalb einer Woche konzipieren. Sonst werden wir noch nicht einmal bis Ostern damit fertig.«

»Ruth, es ist doch erst . . .«

»Es ist der 12. Juni. Wirklich, Cheryl, ich weiß nicht, wo du derzeit mit deinen Gedanken bist . . .«

»Vielleicht liegt's daran, daß ich einfach keine brillanten Ideen habe. Und dann ist Sonny zu irgendeiner blöden Konferenz irgendwelcher Baumaschinenfabrikanten gefahren, und das bedeutet noch mehr Herumrennerei.«

»Hmm. Ich hätte gedacht, es würde *weniger* Herumrennerei bedeuten.«

Cheryl spießte eine Portion auf die Gabel und begann sie langsam zu zerkauen. Das ›Nankin‹ war seit Jahrzehnten bekannt für sein *chow mein,* aber ihr Lunch schmeckte heute wie Pappe. Sie sank gegen die chartreusefarbene Kunststofflehne zurück.

»Ich weiß nicht, Ruth. Vielleicht hast du einen guten Einfall. Vielleicht macht mich einfach die Hitze fertig. Hör zu, ich mache mich daran, sobald ich wieder zurück bin, ja?«

»Okay.« Ruths Stimme klang eine Spur gedämpft.

Cheryl hatte nicht scharf sein wollen, aber es schien einfach mehr Mühe zu machen, sich zu entschuldigen, als die Dinge laufen zu lassen . . .

Ruth ging hinterher die Nicollet Mall entlang, um einzukaufen, während Cheryl allein zum Kaufhaus zurückwanderte. Die Gehsteige glühten in der völlig untypischen Junihitzewelle; die meisten Passanten hielten sich an die mit Klimaanlagen versehenen Gebäudedurchgänge oberhalb der Straße. Cheryl unternahm einen Streifzug durch ihr eigenes träges Innenleben und ihr wurde klar, daß sie in letzter Zeit nicht mehr weit von Lethargie entfernt war. Nichts schien mehr die erregende Wirkung von früher auszustrahlen. Vielleicht hatte Sonny recht – zwölf Jahre der gleiche Job waren genug.

Vielleicht hatten sich ihre guten Einfälle schlicht erschöpft.

Sie blieb bei Rotlicht stehen, empfand noch nicht einmal mehr die gewohnte Ungeduld. Während sich eine Gruppe wartender Passanten um sie herum ansammelte, beschäftigte sie sich damit, die Fassaden der zwei- und dreistöckigen Gebäude um sie herum zu betrachten. Niemand beachtete sie je, und einiges an der Architektur war faszinierend – Greifvögel aus Stein, Schnitzereien. Die Häuser waren vor langer Zeit gebaut worden, als solche Dinge noch eine Rolle spielten. Gleichzeitig entstandene Monstren mit Spiegelglas wie der siebenundfünfzigstökkige IDS-Tower waren damals nicht mehr als ein flüchtiger Blick in die Zukunft gewesen. Als sie sich umdrehte, um zum IDS-Gebäude hinüberzusehen, fiel ihr Blick auf eine Reklame auf dem zweistöckigen Bau zu ihrer Rechten. Eine Zigarettenreklame. Nicht irgendeine Zigarette. Marlboro. Das trübe schimmernde Licht in ihrem Kopf schien plötzlich mit einem Knall zu explodieren. Was für eine Idee! Natürlich! Brillant, Cheryl, brillant. Leute drängten sich an ihr vorbei. Cheryl ließ sie vorüberfluten, drehte sich auf ihren flachen Absätzen um und rannte förmlich ins nächste Plattengeschäft der Mall.

Innen, wo die Hintergrundmusik fast in ihrem eigenen Kopf zu spielen schien, blieb sie stehen und studierte die Reihen von Platten, die alle – der leichteren Lesbarkeit wegen – in einem Winkel von sechzig Grad nach hinten geneigt waren. Stereo war etwas, das in der Rossischen Villa nicht geduldet wurde. Sonny haßte das, was er als ›Lärm‹ bezeichnete, und ohnehin ließ er immer irgendeinen anderen Apparat laufen, vorzugsweise einen lautstarken. Also war Cheryl bezüglich der letzten Hits nicht auf dem laufenden. Aber das spielte keine Rolle. Sie schnappte in ihrem Job genügend davon auf, um zumindest eine vage Vorstellung zu haben, was an gängiger Musik kam und ging.

Ah, da. Rock. Und dann hinab zum anderen Ende der Reihe. Sie fand, was sie gesucht hatte, zog das Schallplattenalbum heraus und betrachtete es strahlend. Perfekt. O Schätzchen, du bist schlicht super. Ruth wird hingerissen sein. Das Album an die Brust gepreßt, eilte Cheryl mit dem Stolz einer erfolgreichen Jägerin zur Kasse, noch immer vor sich hinlächelnd. Einfach super.

6

Cheryl wartete bis halb vier, bevor sie Ruth anrief. »Also, ich habe mir noch und noch den Kopf zerbrochen, und es scheint einfach nichts dabei herauszukommen. Ich habe unsere alten Kataloge herausgezogen. Vielleicht solltest du mal herkommen, dann können wir möglicherweise gemeinsam was ausbrüten, das Sinn und Verstand hat.« Sie seufzte kunstvoll.

»Ich komme sofort«, versprach Ruth.

Und sie rückte tatsächlich innerhalb weniger Minuten an, einen Stapel ›Vogues‹ im Arm, die Vergrößerungsbrille auf der kleinen Nase, was den besorgten Ausdruck ihrer Augen noch verstärkte. Falls Ruth Benedict einer Brille bedurfte, so war sie mit Sicherheit weitsichtig, und ihr Aussehen – nichts als riesige, haselnußbraune Augen – würde immer von dieser Notwendigkeit profitieren.

Ruth war energiegeladen. »Also gut. Ich habe ein paar ›Vogues‹ herausgezogen. Vielleicht sollten wir diesmal versuchen, eher seriös als spektakulär zu wirken. Wir können uns nicht Jahr für Jahr steigern.«

»Ich weiß. Was wir aber keinesfalls wiederholen wollen, ist, allzuviel durchsichtige Damenunterwäsche zu bringen. Die Presse im letzten Jahr war voll davon.«

»Diese Stadt . . .« Ruth schüttelte den Kopf. Ihre Finger mit den harten Nägeln blätterten geschickt die Zeitschriften durch. »Eigentlich ist das alles ganz simpel: Klunker, Fummel und Titten – darauf läuft es bei einem Weihnachtskatalog hinaus. Wenn wir es ganz einfach halten . . .«

»Ich halte das nicht mehr aus!«

Ruth spähte über die Brillenfassung zu Cheryl hinüber, als sie hörte, wie Cheryls Stimme kippte. Tränen? Nein, Gelächter. Cheryl schlug sich mit der Hand auf den Mund und ließ sich mit einem Lachkrampf auf ihren Stuhl fallen.

»Ich konnte einfach nicht anders! Du warst beim Lunch so bekümmert, und ich habe eine Idee – das schiere Dynamit! Wirf das Zeug da weg. Ich habe was für dich, das ich dir konkret vorführen möchte. Wir werden zwar Al Johnson überreden müssen, aber . . .«

Cheryl drehte sich auf dem Stuhl zu dem Karteikasten um, der hinter ihr stand, und zog eine mit Katalogen anderer Kaufhäuser vollgestopfte Schublade heraus. Sie griff nach einem besonders großflächigen und legte ihn vor Ruth auf den Schreibtisch.

»Ah ja.« Ruth rückte die Brille zurecht. »›Esprit de Corps‹ – Versandhaus in San Francisco – stimmt's?«

»Stimmt. Und immer im Trend. Was fällt dir daran auf?«

Ruth blätterte den Katalog langsam durch. Die Seiten waren größer als üblich. Auf dem Titelblatt ein Mädchen mit drapiertem Schal. Dann Doppelseiten mit sechs bis zwölf Modellen, die das Neueste zur Schau stellten – Pulloverkleider, Röcke, Oberteile, Hosen, Blusen, Schuhe und Gürtel.

»Das Format ist für uns zu groß.«

»Und?«

»Der Hintergrund ist relativ billig. Abgesehen von dem vermutlich ausgeliehenen blauen Mercedes ist alles im Haus selbst gemacht worden, es werden Stühle, Telefone, Puppen, Klapptische benutzt – schau her, dieses Modell dort steht auf einem Handwagen . . .«

»Elementar, mein lieber Watson. Und?«

Ruth seufzte. »Na ja – mir gefällt, wie sie ihre Modezeichner und das Personal in die Gruppenfotos eingebaut haben. Aber *das* werden wir gewiß nicht tun.«

»Abgesehen vom Personal und den Modellen – wer taucht sonst noch regelmäßig auf?«

»Fotografen. Du lieber Himmel, die Fotografin dort nimmt ihre eigene Vorderseite auf. Das ist mir zuerst gar nicht aufgefallen. Sexy, diese Idee. Raffiniert, aber sexy. Ich sage dir aber gleich, darauf wird Johnson nicht eingehen.«

»Keine Angst, es ist nicht diese Einstellung, die mich interessiert. Was ist das durchgehende Thema? Hier.«

Cheryl schnappte sich den Katalog, blätterte ihn durch und hielt ihn Ruth immer wieder hin, während sie ihren Standpunkt klarmachte. »Okay. Wer ist das dort in den Khakihüfthosen und der Baseballmütze im Hintergrund?«

»Du meinst den Burschen mit der Tarzanbrust?«

»Ganz recht. Und hier, auf der nächsten Seite?«

»Der blonde Kerl in Jeans, der das Modell in die Schachtel ›packt‹?«

»Und sieh dir diese Seite an. Modelle, eine Gruppe mit Topfpflanzen – und wieder er. Bluejeans, barfuß, Muskelprotz – was schließt du daraus?«

»Äähh – sie lassen ein männliches Modell durch den gesamten Katalog laufen. Aber das haben wir vor zwei Jahren mit dem Symphoniedirigenten auch gemacht. Du weißt doch noch, schwarze Krawatte und Schwalbenschwanz, eine Art Markenzeichen – wie ein Pinguin.«

»Ich fand, daß er auf der Nachthemdenseite eher wie Dracula von Bräuten umringt aussah. Warum gehen wir nicht in die andere Richtung? Warum nicht . . .« Cheryl öffnete die flache, mittlere Schreibtischschublade und zog ihr neuerworbenes Plattenalbum heraus.

Ruth betrachtete das Cover lange Zeit, die Lippen nachdenklich gewölbt. Schließlich legte sie es auf den Schreibtisch. Es war ein ›Village-People‹-Album, die Bandmitglieder standen aufgereiht da, mehr Modelle als Sänger, in ihrer repräsentativen Aufmachung – der Polizist, der Bauarbeiter, der Cowboy.

»Ich weiß immer noch nicht, worauf du hinauswillst . . .«

Die Schublade neben Cheryl wurde aufgezogen, sie holte ein einzelnes Blatt heraus und legte es, Rückseite nach oben, vor Ruth hin. »Presto. Unsere Ein-Mann-Band.«

Ruth hob eine Augenbraue, ohne die andere auch nur im geringsten zu bewegen, schob die Brille höher auf die Nase und hielt Dan Englunds Agenturblatt auf Armlänge vor sich hin. Cheryl lächelte dem milden Männergesicht, das sie ansah, ihrerseits zu und versuchte sich Ruths Reaktion auf den erdhaften Schnappschuß vorzustellen, den sie auf der Rückseite begutachtete.

»Hmmm. Hitze und Dampf. Jetzt kapiere ich. Er soll unser Mann auf der Straße sein.«

»Ganz recht. Der Macho im Overall. Wir könnten ihn zum Beispiel aus einem Schachtloch auftauchen lassen, Helm auf dem Kopf. Drumherum flatternde Röcke, ein Warnzeichen. Oder wir ziehen eine ›Magnum‹-Nummer ab, mit Hawaiihemd, Groucho-Marx-Brille und Oberlippenbart, dazu all die exotischen Vögel und das Grünzeug im Zoo – der perfekte Hintergrund für irgendwas Langweiliges wie zum Beispiel weiße Blusen. Und was diese verdammten Nachthemden betrifft – statt irgendeiner künstlich intimen Umgebung könnten wir ein schickes Büro bei Nacht hernehmen. Wir könnten es ›Wunschträume‹ nennen. Und eine Putzfrau zwischen den Modellen. Und er – er könnte ein Fensterputzer sein, der hereinspäht. Das würde dem Ganzen einen hübsch dekadenten Anstrich geben.«

»Aber diskret. Um Himmels willen, bleib diskret, Cheryl.«

»Ich verspreche es. Mittelwestliche Dekadenz. Nur eine minimale Andeutung.«

Ruth griff erneut nach Dan Englunds Agenturblatt, betrachtete das Foto erneut und drehte dann das Blatt um, um den Namen zu lesen. »Dan Englund. Das ist doch der, den du für die Vatertagsreklame verwendet hast?«

»Ich habe die Unterlage am Montag bekommen.«

Ruth drehte das Papier erneut um, was vielleicht ihre Unentschlossenheit widerspiegelte. Wenn Ruth bei Cheryls Genieblitz nicht mitspielte, bestand keine Hoffnung, Al Johnson, den Werbemanager, dafür zu gewinnen.

Ruth sah stirnrunzelnd auf das Foto auf der Rückseite. »Merkwürdige Aufnahme. Ich frage mich, wieso es dazugenommen wurde? Das verändert völlig sein Image. Es bedeutet viel Selbstvertrauen, einiges an Schauspielerei . . .«

»Den Vatertag kannst du beiseite lassen. Ich habe ihn in Bluejeans gesehen. Aber Höhe muß er vertragen können. Diese Sache mit dem Fensterputzer – selbst wenn wir eines der unteren Stockwerke benutzen . . . Und wir könnten Prärieröcke draußen auf dem Land aufnehmen – er hinge dann als Monteur oben an einem Telefonmast. Ich wette, die Telefongesellschaft würde da mitmachen. Und ich könnte einen Hebekran oder so was von Sonny bekommen, wir könnten eine Seite auf einem Bauplatz machen . . . Da gibt es endlose Möglichkeiten.«

Ruth nickte bedächtig. Sie nahm ihre Brille ab und schob sie ins Etui. Dann fixierte sie Cheryl mit ihrem Äbtissinnenblick.

»Dir ist doch klar, daß dies eine Menge Koordination bedarf? Außenaufnahmen. Die ›Kostüme‹ für unseren Mann auf der Straße müssen erbettelt, geborgt oder gestohlen werden. Zeit. Geld. Ein Mammutprojekt, was besagte Koordination betrifft.«

»Das ist mein Job – ich bin koordinierende Werbeberaterin. Laß das meine Sorge sein.«

Ruth stand auf und wirkte mit ihren ein Meter siebenundfünfzig plus siebeneinhalb Zentimeter Absätzen sehr kompetent. Sie sammelte ihre unbenötigten ›Vogues‹ ein.

»Wir werden einen Kleiderplan für die verschiedenen Szenerien ausarbeiten müssen. Der Gedanke an Prärieröcke gefällt mir. Jonah wird wahrscheinlich bei der Idee, Nachtaufnahmen für die Unterwäsche machen zu müssen, wahnsinnig werden, aber vielleicht kann er irgendwas zusammenbasteln, das wie nächtliche Atmosphäre wirkt.«

Cheryl atmete tief aus. Ruth stand auf ihrer Seite. Ihr Lächeln bewies das. »Es ist eine fantastische Idee, Cheryl. Wir werden einen Mordsspaß daran haben, aber wie die Narren arbeiten müssen.«

»Ich weiß nicht, wie es mit dir steht, aber ich könnte das Training gut brauchen«, erwiderte Cheryl lachend.

»Du weißt doch«, fügte Ruth auf ihre bedächtige Weise hinzu, und Cheryl spürte, daß ihr eigentlicher Vorbehalt nun endlich zur Sprache kam, »daß die ›Village-People‹ eine Gruppe von Schwulen ist und voll in die entsprechende Szene integriert ist?«

»Klar. Aber sie würde nicht so ankommen, wenn sie nicht auch auf eingefleischte Heteros wirken würde. Mach dir nichts vor, Ruth. Sex verkauft sich nun mal. Seit Urzeiten sind Frauen dafür benutzt worden. Jetzt sind die Männer an der Reihe. Die Zeiten ändern sich. Männer kaufen keine Luxusgegenstände für Frauen, wenn sie nicht am Nasenring hingeführt werden. Frauen erstehen sich die Dinge heutzutage allein, ob es sich nun um modische Unterwäsche oder was anderes handelt, und sie reagieren mehr auf *ihn* vor irgendeinem fantasievollen Hintergrund als auf irgendeine andere Frau, ein professionelles Modell, das keine fetten Hüften oder Zellulitis oder Probleme mit Babysittern hat. Werbung bedeutet, die Bedürfnisse der Leute zu stillen, bevor sie sie überhaupt erkennen. *Das* ...« Cheryl tippte mit dem Finger auf das

Foto, mitten auf die nackte Brust des Mannes, ». . . ist das, was eine Menge Frauen im Augenblick brauchen – oder zumindest die Illusion davon.«

Ruth lächelte. »Das haben sie immer gebraucht. Du wirst gut daran tun, dir den Knaben erst einmal zu sichern, bevor wir weitermachen. Er ist sozusagen die Schlüsselfigur, vermute ich, obwohl wir immer noch sehen könnten, ob wir nicht jemand Erfahreneren bekommen . . .«

»Kommt nicht in Frage, Ruth.« Cheryl wählte bereits Jo Hedleys Nummer. »Ich setze nun mal auf diesen hier.«

7

Am Donnerstag vormittag hatte Cheryl endlich das große Regal mit acht Monate alten Probeabzügen und überholten Notizen ausgemistet. Jetzt befanden sich nur noch zwei Schriftstücke darauf, unten rechts ein Zettel, auf dem das Datum von Jaysons nächstem Zahnarzttermin stand, und oben links Dan Englunds Agenturblatt – das Foto, auf dem er wie Vulcanus persönlich aussah, nach oben gekehrt. Das Regal war mit roten Schnüren in Abteilungen aufgeteilt worden – ähnlich einem riesigen Kalender –, und jedes Quadrat repräsentierte eine Seite des geplanten Weihnachtskatalogs.

Es war Cheryl sogar gelungen, auf dem Schreibtisch vor ihr eine freie Fläche zu schaffen, auf der eine Tasse dampfenden Kaffees stand – Mary Lou hatte es endlich geschafft, regelmäßig die Kaffeemaschine im Vorzimmer einzuschalten. Cheryl hielt einen Bleistift zwischen den Fingern und tippte mit seiner Spitze ungeduldig auf ein leeres Blatt Papier. Sie hielt den Telefonhörer am Ohr und gab sich der Hoffnung hin, diesmal endlich zu Jo Hedley vorzudringen. Im Augenblick hatte man sie zum Warten aufgefordert. Jo war am vergangenen Nachmittag weg und bis zu diesem Zeitpunkt ›nicht erreichbar‹ gewesen. Cheryl drehte sich auf dem Stuhl um und spähte besorgt auf Dan Englunds Foto. Das war der Ausgangspunkt ihres gesamten Konzepts. Wenn es gar nicht anders ging, so konnten sie noch immer jemand anderen einsetzen, aber es würde einfach nicht dasselbe sein.

»Jo – Gott sei Dank! Hör zu, ich habe eine Superidee für den Weihnachtskatalog, und ich möchte dafür Dan Englund haben.«

»Großartig.« Cheryl konnte hören, wie sich Jo in ihrem Schreibtischstuhl bequemer hinsetzte. Und was sie beinahe hören konnte, war, wie Jos kleine graue Zellen zusammenrechneten, was für eine dicke Provision ihre Agentur (BFF – Best Faces Forward) einstreichen würde, wenn hier ein großer Auftrag heraussprang. Aber wie groß er war, das wußte Jo noch nicht, also umriß Cheryl kurz das Konzept.

»Es wird zeitraubend und teuer sein mit all den Außenaufnahmen, Jo. Wir brauchen auch die übliche Anzahl weiblicher Modelle. Darüber wird Ruth noch mit dir sprechen. Wir wollen diese Sache wie ein Drehbuch für einen Film aufziehen – nichts dem Zufall überlassen.«

»Klingt fantastisch. Ich bin entzückt, daß du Dan brauchen kannst. Das wird ein richtiger Durchbruch für ihn, und ich könnte mir vorstellen, daß er das Geld brauchen kann.«

»Ah ja, ganz richtig – er ist ja Künstler. Glaubst du, daß er die Zeit aufbringen kann?«

»Kein Problem. Er kann sich seine Zeit immer entsprechend einteilen.«

»Das eine Foto auf seinem Agenturblatt – du weißt schon, Thor, der Donnergott oder was es sonst sein soll –, wieso wurde das aufgenommen?«

Jo seufzte. »Dan arbeitet erst neuerdings als Modell. Ich glaube, irgendeines der Aktmodelle in der Kunstakademie hat ihm vorgeschlagen, das auszuprobieren. Er hatte nicht viel Aufnahmen von sich, also war die Auswahl nicht groß. Also habe ich dieses Foto mit hineingenommen. Ich weiß, es ist keine werbewirksame Sache, aber ein Freund von ihm, der Fotograf ist, macht fortwährend Bilder von Künstlern in ihren Ateliers, und es wirkt doch ziemlich dramatisch ...«

»Du brauchst dich nicht zu entschuldigen.« Cheryl lachte. »Genau das war es, was mir die Idee ›Mann auf der Straße‹ eingab. Äh – wann war er eigentlich auf der Kunstakademie?«

»Du lieber Himmel, das weiß ich nicht. Vor ein paar Jahren. Warum – ist das wichtig?«

»Nein, nein. Es hätte ja nur sein können, daß ich jemanden kenne, der zur gleichen Zeit dort war. Hör mal, ich rufe ihn am besten selbst an und teile ihm die Nachricht mit. Für diesen Auftrag sind ein paar spezielle Fähigkeiten erforderlich, und ich möchte nicht, daß du ihm sagst, er bekäme ihn, und hinterher stellt sich heraus, daß er nicht schwindelfrei ist oder so was. Kannst du mir seine Nummer geben?«

Der gelbe Bleistift kritzelte die Zahlen auf das Papier, Cheryl gab die üblichen flapsigen Lebewohllaute von sich und legte auf. Sie warf einen Blick auf die Uhr. Zehn Uhr fünfzehn. Eine gute Zeit, um anzurufen. Nicht einmal ein Künstler würde so lange schlafen. Sie trank einen Schluck Kaffee. Dann zog sie ein weiteres Blatt Papier heran, für den Fall, daß sie etwas notieren müßte. Sinnend betrachtete sie die Telefonnummer, die mit 874 begann – wahrscheinlich hauste er irgendwo in dem Künstlerviertel mit den niedrigen Mieten südlich des Guthrie-Theaters und des Walker-Kunstzentrums. Sie griff nach dem Hörer und zögerte. Irgendwie war sie nervös. »Verdammt ...«, zischte sie sich selbst zu. Sie trank einen weiteren Schluck Kaffee, während sie versuchte, einen Grund für dieses Zögern herauszufinden. Sie verbrachte ihr halbes Leben am Telefon und nun fühlte sie sich – sie fühlte sich genau wie damals, als Schulmädchen, als sie sich zum Familientelefon vorgepirscht hatte, wenn sonst niemand da war, um einen Jungen anzurufen und sich mit ihm in einer Eisdiele zu verabreden. Sie kam sich wie eine dumme Gans vor.

Das reichte. Sie war zu lang in ihrem Job, um sich so aus dem Gleichgewicht bringen zu lassen. Sie wählte die Nummer mit einer Energie, die sie beinahe einen Fingernagel kostete, dann lehnte sie sich im Stuhl zurück und wartete.

Niemand meldete sich. Cheryl schüttelte über sich selbst den Kopf. Was für ein Sturm im Wasserglas. Was für eine Idiotin sie war. Sie ließ neunmal klingeln und wollte eben den Hörer vom Ohr nehmen, als mitten im Rufzeichen plötzlich auf der anderen Seite abgenommen wurde.

»Hallo?«

»Oh . . . Sie sind ja da. Ich meine, ich wollte eben auflegen. Hier ist Cheryl Snow von Maxwell's. Spreche ich mit Dan Englund?«

»Als ich mich das letztemal im Spiegel gesehen habe, war ich's jedenfalls noch.«

»Sie erinnern sich, Sie haben für mich bei dieser Vatertagswerbung mitgemacht . . .«

»Ja, klar.«

»Ich habe mit Jo Hedley gesprochen, und wir möchten Sie für den größten Teil der Aufnahmen für den Weihnachtskatalog haben. Ein großer Auftrag.«

»Na prima.«

»Aber die Sache ist ein bißchen ausgefallen. Deshalb wollte ich mich erst bei Ihnen erkundigen. Wir wollen Ende des Monats mit den Außenaufnahmen im Stadtgebiet anfangen, und Sie sollen so was wie unser Maskottchen sein – der Kerl in Bluejeans zwischen all den eleganten Luxusdamen, mit Schutzhelm, der aus einem Straßenschacht auftaucht, der auf dem Dingsda steht, das man bei Hochhäusern zum Fensterwaschen braucht, der an einem Telefonmast klebt . . . Die Frage ist, haben Sie Probleme mit großen Höhen?«

»Das war der Grund, weshalb ich so lange gebraucht habe, um ans Telefon zu kommen – ich stand oben auf einer vier Meter hohen Leiter und habe an einer meiner Skulpturen gearbeitet. Schwindelprobleme habe ich keine, das können Sie mir glauben.«

»Oh, gut. Großartig. Und noch was . . .« Cheryl machte eine Pause. Wie sollte sie sich ausdrücken? Ganz entschieden nicht so, wie das bei den Mädchen innerhalb des Büros üblich war. »Es muß alles richtig nach freier Natur aussehen, so als verbrächten Sie den gesamten Tag an der Sonne, also ist Bräune notwendig . . .«

»Auch kein Problem. Ich bin bereits braun. Zufällig installiere ich derzeit auf der leeren Fläche gegenüber dem ›Walker‹ eine Immobilienwerbung – und dort gibt's nicht mehr als drei Bäume.«

»Gut, gut. Aber es müßte eine – Körperbräune sein. Wissen Sie, wir werden vielleicht mal vorne ein offenes Hemd brauchen.« Sie sprach hastig weiter. »Oder überhaupt keines.«

»Oh, Sie müssen mein Agenturblatt gelesen haben.« Seine Stimme klang, als ob er grinste.

»Ja, Jo hat es mir geschickt«, erwiderte sie spröde. »Nun ja, ich bin froh, daß die, äh, speziellen Erfordernisse bei diesem Auftrag kein Problem darstellen.«

»Bräune von Kopf bis Zeh und keinerlei Schwindelanfälle, das kann ich versprechen.«

»Klingt ausgezeichnet. Ich werde die Aufnahmetermine festlegen, und Jo kann Ihnen eine Liste Ihrer Rollen und der erforderlichen Requisiten zukommen lassen, die wir brauchen. Es ist fantastisch, daß Sie es machen können.«

»Es ist fantastisch, daß Sie an mich gedacht haben. Ich freue mich, mit Ihnen zusammenzuarbeiten.«

»Ich auch. Also, wir sehen uns dann bei den Aufnahmen, die ich jetzt erst noch planen muß.« Sie lachte.

»Ich habe den leichteren Job. Danke für Ihren Anruf.«

»Gern geschehen. Also, *ciao*.«

»*Ciao*.«

Nun ja, es würde ihr keinen Oscar für das aufregendste Telefongespräch einbringen, aber es war ausgestanden, und Cheryl fühlte sich plötzlich erleichtert.

Sie hatte nicht viel Zeit, um ihre merkwürdige Reaktion zu analysieren, da sie Peg gebeten hatte, mit ihr um zehn Uhr dreißig über Einzelheiten des Katalogs zu diskutieren, und so spät war es nun beinahe. Und da tauchte Peg auch schon auf. Das Ganze erinnerte Cheryl an die Zeit, als ihre kleine Schwester sie beinahe bei einem Telefongespräch mit Lance Kennedy, *dem* Herzensbrecher der Washington High-School, ertappt hatte.

»Was gibt's?« Peg ließ in begierigem Eifer die weißen Zähne blitzen.

»Eine Menge. Wir müssen uns auf den Weihnachtskatalog werfen, und du bist noch nicht lange genug hier, um eine solche Produktion schon mitgemacht zu haben. Nicht nur das, das Konzept, das wir für dieses Jahr geplant haben, läßt Cecil DeMille vergleichsweise wie einen Produzenten für Amateurfilme erscheinen. Das bedeutet Scheinwerfer, Action, Kameras und Schauplätze für Außenaufnahmen – von Kopfschmerzen ganz abgesehen.«

Cheryl umriß den Gesamtplan und beauftragte Peg, mit den entsprechenden Leuten die Orte für die Außenaufnahmen festzulegen. »Das umschließt, daß du dir das Okay der Telefongesellschaften besorgst, wenn wir Aufnahmen von unserem Störungssucher am Mast machen, und dazu die nötige Ausrüstung, außerdem mußt du einen echten Fachmann als Berater auftreiben, der unserem Mann zeigen kann, wie man an einem Telefonmast hochklettert. Das alles ist schwierig und verantwortungsvoll. Aber um dir zu zeigen, daß Werbung nicht nur Arbeit, sondern auch Vergnügen sein kann ...«, Pegs Augen waren immer größer geworden, als ihr klar wurde, was ihr da aufgehalst wurde, »... darfst du die Schmuckseiten selbst zusammenstellen.«

»Ich? Sie zusammenstellen? *Wirklich*?«

Cheryl lächelte. »So was nennt man ›schöpferische Kontrolle‹, und du wirst merken, daß es sich da um eines der unkontrollierbarsten Gebiete im Bereich der Werbung handelt. Wie dem auch sei, wir werden alle wie die Verrückten arbeiten müssen, um den Katalog unter Dach und Fach zu bringen.«

Peg nickte unverzagt, ihr Blick schweifte zu dem abschreckend leeren Regal hinter Cheryls Stuhl hinüber. »Ist das *er*?«

»Ganz recht. Und du machst dir am besten eine Kopie von diesem Blatt; seine Personalangaben sind auf der Rückseite. Du wirst seine Größe brauchen, wenn du dich um die Ausrüstung kümmerst.«

Peg sprang auf und ging um den Schreibtisch herum, um das Blatt zu holen. »Oha – ich werde nicht das geringste dagegen haben, mit *dem* zusammenzuarbeiten. Eine Wucht.«

»Als du das letztemal sein Bild gesehen hast, hast du nicht viel von ihm gehalten. Das Vatertagsfoto, erinnerst du dich?«

»Das ist der gleiche Bursche?« Peg schnippte mit dem Finger gegen das Papier. »Wirklich? Auf dem Bild damals sah er wie ein Stockfisch aus.«

»Das sollte er ja auch. Jetzt handelt es sich um was anderes. So ist das nun mal bei der Werbung.«

Peg nickte weise. »Schon kapiert. Nichts ist so, wie es scheint.« Sie seufzte schwer. »Genau wie im wirklichen Leben. Ich meine, dieser Kerl hier sieht vielleicht grandios aus, und ich glaube, Mary Lou täuscht sich, wenn sie meint, er sei schwul – mit Sicherheit nicht. Aber ich wette zehn zu eins, daß er ein echtes, chauvinistisches Macho-Schwein ist. Das sind sie doch alle.«

Sie schnappte sich das Blatt vom Regal und strebte dem Kopiergerät zu.

Cheryl nahm versuchsweise einen Schluck Kaffee. Kalt. Es war ein langer Vormittag gewesen. Zumindest hatte sie diesen Eindruck. Aber mit Herumtrödeln war es nichts. Sie hatte eine Menge zu tun. Sie warf ihren Bleistift in die henkellose Tasse, die als Behälter diente – Organisation ist alles, Cheryl, also bleibe am Ball –, sammelte ein paar Notizen auf, die sie mit Ruth besprechen wollte, und hielt dann inne. Der Zettel mit Dan Englunds Telefonnummer lag einsam und verlassen auf der Schreibtischplatte. Kleine Wische wie diese hatten die fatale Neigung, unbeachtet im nächsten Papierkorb zu landen.

Cheryl griff erneut nach dem Bleistift und kritzelte die Nummer in die große Agenda auf ihrem Schreibtisch, unter den Initialen ›D. E.‹ Nur für den Fall, daß sie sie einmal brauchen würde.

8

Der Juli in Minneapolis war wie auf einer Ansichtspostkarte – blaue Seen in der Stadt, Zuckerwattewolken, nichts als Sonne.

Zwei Dutzend Segelboote wiegten sich auf der sanften Fläche des Calhoun-Sees; Cheryl beobachtete die in der Ferne vorübergleitenden keilförmigen Segel und hoffte, daß sie niemals wieder einem solchen Ding näher kommen würde als jetzt . . .

»Wie hat denn Sonnys Boot bei der Regatta auf dem White-Bear-See abgeschnitten?« erkundigte sich Ruth.

Cheryl wandte den Blick nicht ab. »Er hat natürlich gewonnen, was sonst?« erwiderte sie zerstreut und wandte sich dann doch wieder dem Krabbensalat auf dem Teller vor ihr zu.

Sie saßen im Calhoun-Strandclub, einem umgebauten Hotel, das in einen feudalen Stadt-und-Land-Club für die Besitzer der Wohnanlagen verwandelt worden war, die nun rings um das Seeufer aufragten. Der Speisesaal lag der Straße und dem dahinter liegenden Calhoun-See zu, beides durch hohe Bogenfenster sichtbar. Der Raum war völlig weiß gestrichen, es gab weiße Korbstühle und große grüne Salonpalmen in Töpfen, welche die Gäste voneinander trennten. Irgendwie fühlte sich Cheryl an einen Rogers- und Astaire-Film aus den dreißiger Jahren erinnert.

»Weißt du eigentlich, wie lange es her ist, seit wir miteinander zu Mittag gegessen haben? Wochen? Deshalb habe ich heute auch darauf bestanden, daß du kommst.«

Ruth Benedict wirkte in dem Korbstuhl mit der Pfauenradlehne winzig und zerbrechlich. Aber Cheryl wußte, daß Ruth am allergefährlichsten war, wenn sie zerbrechlich aussah.

»Trotzdem, Mittag zu essen ist unpraktisch. Wir haben heute nachmittag die Aufnahmen für die Unterwäsche im IDS-Tower. Du wirst mich in die Stadt zurückfahren und in der Parkrampe einen neuen Platz finden müssen, was um die Mittagszeit herum nicht einfach ist.«

»Ich finde immer einen. Das liegt an meiner positiven Denkweise.«

»Es liegt daran, daß du einen schicken kleinen Mustang fährst statt solch eines Ungetüms wie ich.«

»Weißt du, Cheryl, du mußt ein bißchen öfter aus dem Büro herauskommen. Du läßt dich von diesem Projekt einfach auffressen. Wir haben seit gut drei Wochen mittags nur noch am Schreibtisch aus der Tüte gefuttert. Ich glaube nicht, daß wir auch nur eine Minute lang ohne diesen verdammten Katalog geschlafen, gegessen und getrunken haben. Mein Mann sagt, er wolle eine Stellung bei meinem Friseur annehmen, Alexander sähe mehr von mir als er. Wird denn ausgerechnet Sonny nicht auch ungeduldig?«

»Es ist Sommer«, brachte Cheryl zwischen zwei Bissen ihres besonders üppigen Krabbensalats heraus. »Sommer und Herbst sind die Jahreszeiten, in denen im wesentlichen gebaut wird. Sonny schuftet ebenfalls zwölf Stunden am Tag. Er vermißt mich kaum.«

»Was ist mit Jayson? Ich dachte, du hättest dringend nach einer neuen Ersatzmama für ihn gesucht.«

Cheryl senkte schuldbewußt den Kopf. »Keine Zeit.«

»Aber du bist pflichtschuldigst jeden Abend um fünf weggefahren, um ihn abzuholen.«

»Das ist ein Ausweg. Ich hole ihn pünktlich bei Mollie ab und fahre anschließend auf ein, zwei Stunden ins Büro zurück – blick nicht so finster drein, Ruth, das schafft Krähenfüße. Mollie ist glücklich, Jayson spielt mit dem Bürocomputer, Sonny vermißt mich nicht und ich schaffe meine Arbeit. Die perfekte Lösung. Wie sonst, glaubst du, bringen wir die Liste der Schauplätze mit allen Details bis hinab zur Fliege auf den Fruchtschalen zustande?«

»Cheryl . . .« Ruth schnalzte verdrossen mit der Zunge. Dann trank sie einen Schluck Perrier, wobei sie in ihrem breitrandigen weißen Strohhut wie ein Filmstar aussah. Ruth war möglicherweise die einzige Frau in Minneapolis, die gewohnheitsmäßig Hüte trug, und jedes weibliche Wesen, das sie sah, fing an sich zu überlegen, ob es sich nicht auch einmal auf einen ähnlich gearteten Kopfschmuck umstellen sollte. »Na ja, zumindest treibt dich Sonnys blinde Leidenschaft für alles, was sich auf Rädern bewegt . . .«

»Und mit Segeln.«

». . . und mit Segeln – an den Wochenenden ins Freie. Aber du solltest dich nicht so von der Sonne verbrennen lassen. Das ist sehr schlecht für die Haut.«

Cheryl spürte, wie ihr bereits warmes Gesicht sich noch mehr erhitzte.

»Ruth, du sorgst dich wie eine Glucke um die falschen Dinge. Ja, ich habe einen Sonnenbrand, und weißt du, wie ich dazu gekommen bin? Ich fuhr mit dem Motorboot zu Sonnys verdammtem Segelboot hinaus, um ihm Eis zu bringen, und als ich zurückfahren wollte, hatte das elende Ding kein Benzin mehr, weil Sonny vergessen hatte, es aufzutanken! Und die Segelboote formierten sich bereits zur Regatta. Also mußte ich eine gute Stunde lang dort draußen herumsitzen und Daumen drehen, bis Sonny gewonnen hatte und zurückkam, um mich ans Ufer zu bringen. Ich muß schon sagen, ein paar Überstunden zu machen ist leichter als das.«

Ruth lehnte sich, soweit das der Hutrand zuließ, in ihrem Korbstuhl zurück.

»Er ließ dich da einfach sitzen – allein? Und in der Sonne braten? Dieser Mann – hätte er nicht das Rennen sausenlassen können?«

»Er hat den ganzen Sommer über darauf trainiert. Außerdem war es das erste Mal, daß er Jayson dabei wirklich mitmachen ließ, und Jace wartete am Ziel auf ihn ... Es war aufregend für den Jungen, zuzusehen, wie der ›Condor‹ gewann.«

»Mhm. Sonny ist der typische Gewinner.«

»Oh, ich habe ihm die Hölle heißgemacht, als er zurückkam. Aber du kennst Sonny, er schreit zurück.« Cheryl seufzte und legte die Gabel hin. »Sehe ich wirklich so schrecklich aus? Ich habe genügend Noxema aufs Gesicht geschmiert, um praktisch eine zweite Haut zu haben. Ich hasse es, zu Aufnahmen mit all diesen wundervollen Modellen gehen zu müssen, deren Hüftknochen man durch ihre Point-d'Esprit-Teddys sehen kann, und ich selbst sehe aus wie ein gekochter Hummer ...«

Ruth lächelte. »Trägst du deshalb dieses blaue Kleid, das dir ungewöhnlich gut steht?«

»Vielleicht schlägt es die Röte tot – vielleicht sollte ich mir mal Visine ins Gesicht streichen.«

»Du solltest dich selbst hören. So was von düster! Hör zu, die Sache mit dem Katalog läuft glänzend. Ich sollte nicht an dir herumnörgeln, du hast schon genügend Scherereien. Und du hattest recht – Dan ist einfach ein Schatz. Er hat sich hervorragend gehalten. All die weiblichen Mitarbeiter bleiben stehen und sehen bei den Aufnahmen zu – und, glaube mir, es liegt nicht an den verschiedenen Moden.«

»Ich weiß.«

»Sogar dabei klingt deine Stimme noch mürrisch. Komm schon, Cheryl. Was du brauchst, ist eine stilistische Veränderung. Du hast jetzt diese typische Mittdreißigerin-Melancholie – morgens wie immer aufstehen, hinterher immer die gleichen Gesichter ... Willst du in dieser Woche nicht mal bei Alexander hereinschauen und was mit deinem Haar machen lassen?«

»Ruth, du weißt, was Sonny davon hält ...«

Ruths pikantes kleines Gesicht zog sich zusammen wie das einer ganz besonders selbstzufriedenen Katze. »Ich weiß es. Eine neue Frisur würde Wunder bei dir wirken.«

»Du meinst ... Es würde ihm für den vergangenen Sonntag recht geschehen. Oh, ich würde gern gehen – meine Güte, es ist fast halb zwei. Danke für den Lunch, Ruth.«

Cheryl stand auf, während Ruth die Rechnung unterschrieb und sich dann ebenfalls erhob, was sie auf gleiche Höhe mit der Rückenlehne des Stuhls brachte. Sie wirkte daneben wie eine ziemlich gereifte, aber eingeschrumpfte Alice im Wunderland. »Du wechselst das Thema«, bemerkte sie mit leichtem Lächeln.

»Nein, das stimmt nicht«, bestritt Cheryl und warf ihr gerades, schulterlanges Haar zurück. »Ich werde darüber nachdenken.« Sie lächelte zurück. »Ich werde gründlich darüber nachdenken.«

Ruth fand nicht sofort einen Parkplatz, denn es war schon halb drei vorbei, als sie sich zu der Gruppe von Leuten gesellte, die im IDS-Tower das überaus elegante Büro eines Maklers übernommen hatte.

Es gab sechs Modelle, teils blond, teils dunkelhaarig, alle ansehnlich und zudem chaotisch bekleidet – halb in Jeans und Stiefeln, halb mit der raffiniertesten Unterwäsche in schimmerndem Schwarz, Rot und Silbergrau angetan, die Ruth aus Maxwell's Beständen hatte auftreiben können. Man hatte ihnen den Konferenzraum nebenan zum Umkleiden zugewiesen, aber der Strom der ein und aus gehenden Mitarbeiter sorgte für aufreizende Blicke auf Spitzen, Beine und nackte Taillen. Nicht daß Jonah Mensch, der mit ausreichend vielen Stativen und Schirmen aus Silberlamé hantierte, um eine Ein-Mann-Produktion zu bilden, an irgendeinem anderen Anblick interessiert war als an dem, der sich schließlich vor seiner Kameralinse darbieten würde.

»Entschuldigung«, sagte Ruth demütig bei ihrem Eintritt. Sie nahm den Hut ab und sah sich um. »Jetzt – kann ich irgend etwas tun?«

»Wirf einen Blick auf Dan«, bat Cheryl, die bereits völlig abgehetzt aussah.

Dan verursachte wie üblich keinerlei Probleme, er steckte bereits in seiner ›Uniform‹. Als man herausgefunden hatte, daß Fensterwäscher olivgrüne Arbeitshemden und -hosen trugen, war der Plan gefaßt worden, Dan mit einem Kampfanzug auszurüsten, so als ob er soeben mit dem Fallschirm vors Fenster abgesprungen sei, um einen Blick hereinzuwerfen. Jeder war zu dem Zeitpunkt der Meinung gewesen, dies sei ein grandioser Einfall, aber jetzt nörgelte Jonah daran herum, weil Dans Aufmachung zu trübselig sei, um wirkungsvoll herauszukommen.

»Ich brauche ja ein Stroboskop, um das dort draußen zu schaffen, Ruth«, beschwerte er sich, während er ihr und Cheryl zu Dan hinüber folgte, der an dem in Frage kommenden Fenster wartete.

Cheryl warf einen prüfenden Blick nach unten. »Oh, das scheint aber schrecklich tief zu sein. Es war wirklich schwierig, ein schön protziges Büro auch nur im fünften Stock zu finden. Die wirklich spektakulären liegen alle ganz oben. Der Hausverwalter hat mir geschworen, daß die Ausrüstung ganz sicher sei . . .«

Keiner hörte ihr zu. Ruth hatte die Hand auf ihre schmale Hüfte gestützt und wies mit dem anderen, mit Armreifen geschmückten Handgelenk auf Dan. »Sie wissen schon, was *Sie* brauchen – irgendwelche Camouflageschmiere auf dem Gesicht. Sie wissen schon, Schmutz vom Nahkampf oder so was.«

»Ich brauche *mehr* Licht dort draußen, nicht noch jemanden mit einem schwarzen Gesicht!« stöhnte Jonah.

Cheryl biß sich auf die Lippe. »Sind die echten Fensterputzer gekommen? Irgendeiner?«

Ruth wandte sich an Jonah. »Das läßt seine Augen und Zähne funkeln, Jonah, mein Lieber. Wir sind hier auf raffinierte Wirkung aus.« Sie trat weiter vor, kniff die Augen zusammen und knöpfte drei weitere Knöpfe an Dans Hemd auf. »Da haben wir's, Jonah. Fleischtöne. Das würde helfen.«

»Vielleicht irgend etwas Glitzerndes«, schlug Cheryl vor und gab das Problem mit den Fensterputzern auf. »Mehr herunterhängendes Gerät. Ich hab's – einen Feldstecher. Wir können uns einen in der Firma ausleihen.«

»Feldstecher sind *schwarz*!« tobte Jonah.

»Aber sie reflektieren das Licht. Wir brauchen wirklich nur einen Eindruck von der Gestalt vor dem Fenster. Das Ganze muß nicht überrealistisch sein, oder, Ruth?«

»Stimmt. Ich kümmere mich jetzt besser um die Mädchen. Manche von ihnen sind zu jung, um jemals auch nur einen Strumpfhalter getragen zu haben, sie ziehen ihn womöglich verkehrt herum an. Unglaublich, was jetzt alles wieder in Mode kommt, wie?«

»Wissen Sie, Jonah, Sie haben recht«, seufzte Cheryl, als Ruth davongestoben war. »Er wirkt tatsächlich ein bißchen trübe.« Sie betrachtete Dan prüfend von oben bis unten. Camouflage war Camouflage. »Wir brauchen was, um die Sache aufzuhellen . . .«

Ihr Studienobjekt mischte sich ein. »Wie wär's mit Cowboystiefeln?« schlug Dan eine Spur grimmig vor. »Das wäre es, was noch fehlt.«

Cheryl runzelte die Stirn und überlegte. »Cowboystiefel – warum eigentlich nicht? In der Firma gibt es ein paar knallrote, schwarze und welche mit silberner Schlangenhaut. Sie würden zu der Unterwäsche passen, die wir aufnehmen . . . Das würde dem Ganzen einen verrückten Anstrich geben – keinerlei Erklärung. Peg!«

»Hier.« Peg kam durch die Konferenztür gerannt, durchsichtige Wäschestücke hingen wie Schals von ihrem Arm herab. »Was ist?«

»Lauf in die Firma und hole ein paar Feldstecher und welche von den Hundertdollarstiefeln aus der Herrenabteilung, die schwarz und roten – welche Größe war es noch?«

»Zehneinhalb. Aber ich kann sie selbst holen«, bot sich Dan an. »Geben Sie mir einen Zettel oder so was mit.«

Cheryl war wie vom Donner gerührt.

»Sie werden dafür bezahlt, um hier zu stehen, das ist alles.«

»Aber Sie haben doch alle Hände voll zu tun. Ich stehe hier nur bis zur letzten Minute herum, und Sie sind sowieso schon für die Aufnahmen bereit. Ich werde Ihnen damit Zeit sparen.«

»Aber Sie haben sich schon umgezogen . . .«

Er zuckte die Schultern und lächelte. »Dann ziehe ich mich eben wieder um. Anders als bei denen dort . . .«, er nahm den Helm ab und wies mit dem Kopf in Richtung des Konferenzzimmers, ». . . brauche ich nicht einen ganzen Tag dazu. Niemand kümmert es, wenn ich ein bißchen zerzaust aussehe.«

Cheryl hob die Hände ob seiner Logik, setzte sich und zog ein Blatt Briefpapier über den Generaldirektorschreibtisch mit der tischtennisgroßen Platte zu sich heran. »Hier. ›Benötigte Requisiten für Werbefotos. Cheryl Snow.‹ Das wird reichen.«

Er beugte den blonden Kopf darüber und las es. »Also nur die Stiefel und den Feldstecher? Okay?« Er nickte und sah auf. »Sie haben eine hübsche Handschrift.«

»Oh – äh, danke.«

Cheryl blieb noch einen Augenblick lang sitzen, nachdem er in seinen Kampfstiefeln davongestapft war, um sich in der Direktorentoilette umzuziehen. Hübsche Handschrift. Und das zu einem solchen Zeitpunkt . . . Aber Dan schien ohnehin völlig unbeeindruckt von dem Chaos zu bleiben, das sich bei Aufnahmen regelmäßig einstellte. Er machte sich fertig, wartete ab und beobachtete. Irgendwie schien er sich immer am Rand der Verrücktheiten anderer Leute aufzuhalten – und sich Notizen zu machen. Sie hatte den Eindruck, daß er eine Menge Notizen machte.

Peg trat wieder neben sie und hielt einen Sack mit Kleidungsstücken umklammert, der fast so groß war wie sie selbst.

»Da ist alles. Wohin soll ich damit?«

»Im Augenblick schaffe es hinter Schloß und Riegel.«

»O Cheryl, es ist klasse. Luchspelz ist so, so . . .«

»Ich weiß. Arme Tiere, deren Pech es ist, daß sie den in der Welt am meisten geschätzten Pelz mit sich herumtragen. Aber über den Dessous wird er grandios aussehen. Versuch's mal mit dem Einbauschrank dort drüben. Da gibt es ein verschließbares Mantelabteil.« Im Nu war es halb vier. Dan war zurück und bereits wieder in seinem

Kampfanzug. Er setzte sich auf den Schreibtisch und fuhr mit den Füßen in die Cowboystiefel. Ruth und Cheryl sahen kritisch zu.

»Okay«, entschieden sie dann beide zugleich. Die Zeit wurde knapp und kostete Geld.

Dan stand auf und schlang drei Feldstecher an ihren Riemen um den Hals. »Ich dachte, ein bißchen Übertreibung könnte nicht schaden.«

»Gute Idee.« Ruth trat auf ihn zu, eine Tube mit dunklem Augenschatten in der einen Hand; die Hälfte davon schmierte sie auf ihre Fingerspitzen. Geschickt massierte sie alles auf Dans Gesicht, seinen Hals und seine Brust. »Bitte.« Ruth trat zurück und legte den Kopf prüfend auf die Seite. »Wie Tab Hunter in *Battle Cry*. Nimm sie, Tiger.«

»Ich bin froh, daß du das für mich getan hast«, gestand Cheryl im Flüsterton, als Dan weggegangen war.

»Ist das Erröten oder Sonnenbrand, was ich da wahrnehme?«

»Beides. Diese Sache bekommt allmählich etwas so Unpersönliches und zugleich allzu Persönliches. Wo sind die ›Madames‹?« So hatten sie inzwischen die Unterwäschemodelle getauft – angesichts des Modetrends, der sich samt schwarzen Strümpfen und Strumpfhaltern in Richtung Bordell entwickelte.

»Voilà.« Ruth öffnete schwungvoll die Tür zum Konferenzraum und heraus quoll eine Reihe exotisch anmutender und spärlich bekleideter weiblicher Wesen.

»Hmm, die Spritzpistolenknaben werden ihre Freude haben. Gut, Ruth? Du arrangierst sie jetzt. Ich fahre hinunter, um diesen komischen Fensteraufzug zu überprüfen. Wir wollen keine Unfälle haben. Gib mir vom Fenster oben ein Zeichen, wenn du fertig bist, dann werde ich Dan hinaufschicken.«

Cheryl schwebte in dem geschniegelten Chromstahlaufzug ins Erdgeschoß hinunter und eilte auf die Straße hinaus, wo sich bereits eine Menschenmenge um einen Mann in olivfarbenem Arbeitsanzug drängte, der sich mit Dan unterhielt.

»Wir hätten um Polizeischutz bitten sollen«, sagte sie und sah sich verärgert in der gaffenden Menge um. »Hi – ich bin Cheryl Snow. Sie sind sicher Larry.«

»Stimmt.«

»Ich wollte, Sie könnten mit Dan hinauffahren, aber anscheinend gibt es keine Möglichkeit, Sie aus dem Bild herauszuhalten. Die Plattform hier sieht nicht besonders stabil aus. Ich meine, um damit fünf Stockwerke hochzufahren – geschweige denn fünfzig.«

»Das mach' ich die ganze Zeit über«, sagte Larry und entblößte beim Grinsen einige angeschlagene Zähne, die wahrscheinlich von einem gelegentlichen Sturz aus ein paar Stockwerken Höhe herab stammten.

»Wie steht es mit Wind?«

Die beiden Männer blickten belustigt drein. »Kein Grund zur Sorge. Dan wird nichts passieren. Er hat gleich begriffen, wie man's macht.«

»Gut.« Cheryl ließ Dan einen der wenigen direkten Blicke zukommen, die sie an diesem Tag erübrigen konnte. »Behalten Sie die Ruhe. Wenn was schiefgeht, vergessen Sie nicht, daß es sich nur um einen blöden Katalog handelt. Dort oben winkt jetzt Ruth.«

Dan nickte und sprang auf die Plattform. Nach einem Druck auf einen Knopf begannen die Kabel oben, das Ding langsam aufwärts zu ziehen. Cheryl beobachtete zusammen mit den übrigen Umstehenden, wie Dans auffällige Cowboystiefel gemächlich auf Augenhöhe und dann weiter nach oben schwebten.

»Sie bleiben doch hier, bis er wieder sicher hier unten ist?«

»Na klar. Das haben sie mir in der Hausverwaltung gesagt. Machen Sie sich keine Sorgen, Ma'am.«

Ma'am. Du lieber Himmel, sie mußte wirklich

scheußlich aussehen. Cheryl starrte verwirrt auf den unschuldig grinsenden Fensterputzer, nahm dann seine beruhigende Versicherung so hin, wie sie gedacht zu sein schien, und floh durch die Menge zurück ins Gebäude, um in dem Rohr aus blitzendem Chromstahl wieder in den fünften Stock geschossen zu werden. Dann huschte sie den teppichbelegten Korridor entlang und durch die Tür ins Büro.

»Oh, gut. Cheryl, was hältst du von diesem Arrangement?«

»Großartig. Ganz großartig, Ruth. Nur – hm – der Luchsmantel sollte dort ein bißchen weiter über die Hüfte zurückgeschoben werden, damit man den Strumpfgürtel sieht. Ja, so ist es gut.«

Cheryl schlängelte sich durch die kunstvoll verteilten Modelle zum Fenster hinüber. Den Aufzugsmechanismus konnte sie nicht sehen, er war zu nahe am Gebäude angebracht. Sie rannte zurück zur Tür, wo Jonah mit seinen Kameras installiert war.

»Gut. Ziemlich gespenstisch, all diese halb ausgezogenen Mannequins sozusagen auf dem Schreibtisch drapiert. Sind Sie sicher, daß die Beleuchtung einen Eindruck von Nacht hervorruft?«

»Wenn alles hinhaut, ja«, sagte Jonah grimmig. Das bekümmerte Cheryl nicht weiter. Es klappte bei ihm immer, und je mehr Untergangsstimmung er zu verbreiten suchte, desto mehr bemühte er sich zugleich, sie zu bewältigen.

»Da kommt Danny«, verkündete Ruth. »Dreht euch nicht um, um zu glotzen, Mädels!« fuhr sie die Modelle an. »Kümmert euch um euch selbst.«

Die Plattform war jetzt ein bißchen oberhalb des Fenstersimses angekommen und hielt.

»Höher!« befahl Jonah, die Augen am Objektiv.

Cheryl machte eine Geste, die ›hinauf‹ besagte.

Die Plattform hob sich um einen knappen halben Meter

und kam dann mit einem Ruck zum Stillstand. Cheryl warf über die Schulter weg Jonah einen fragenden Blick zu.

»Genau richtig. Nun verziehen Sie sich, damit wir die Sache über die Bühne bringen.«

Plötzliches Geknatter unmittelbar hinter Cheryl veranlaßte sie herumzufahren. Ruth hielt ein Walkie-talkie mit ausgezogener Antenne in der gepflegten Krallenhand. »Setz dich mal mit unserem Jungen am Sims dort in Verbindung. Es war eine großartige Idee, diese Walkie-talkies einzusetzen.«

»Es kostet mich meinen Kopf, wenn ich Jayson die Dinger nicht heil nach Hause bringe.« Cheryl stellte den vereinbarten Kanal ein und drückte auf den Knopf des Mikrofons. Sie fühlte sich ebenso albern wie zu Hause bei Jayson, als sie ihr: »Hallo, hallo, hören Sie mich?« hineinrief.

»Klar«, kam Dans Stimme durch das Walkie-talkie zurück. »Irgendwelche Instruktionen?«

»Bleiben Sie da, wo Sie jetzt sind. Falls Jonah eine andere Stellung möchte als die vereinbarte, laß ich Sie's wissen.«

Dans Walkie-talkie quakte zweimal.

»Was ist los, Cheryl, klappt es nicht?«

»Nein. Das ist nur so ein Walkie-talkie-Kürzel. Für ›Okay‹ und ›Auf Wiedersehen‹ müssen Sie zweimal auf den Mikrofonknopf drücken.«

»Sie kennen sich aber auch in den merkwürdigsten Dingen aus.«

»Nein, ich nicht, aber zehnjährige Jungen. Okay, Jonah, schießen Sie los.«

Das war der leichtere Teil – die eigentlichen Aufnahmen. Ruth und Cheryl verzogen sich in den Hintergrund, die Blicke noch immer scharf auf die Szene gerichtet, aber doch plötzlich entspannt.

Ruths winzige Gestalt rekelte sich in einem der Schalenstühle. »Das war nun die Hauptsache.«

»Mhm. Nun müssen wir uns nächste Woche nur noch den Kopf über die Titelseite zerbrechen.«

»Und über Pegs Schmuckseite.«

»Oh, darüber brütet sie schon Tag und Nacht und an den Wochenenden. Wir werden das noch vor dem Titelblatt aufnehmen, damit wir beide dabeisein können. Eigentlich müßte das ein Klacks sein. Ohh – Jonah ist fertig. Noch nie in meinem Leben habe ich für eine so kurze Aufnahme so lange gearbeitet. Sieh zu, daß diese Modelle nach Hause und von unserem Geldbeutel verschwinden. Ich werde mich um Dan kümmern.«

»Ich bin überzeugt, daß er den Weg hier herauf auch alleine findet«, bemerkte Ruth.

»Ich möchte nur sicher sein, daß er den Weg *hinunter* findet«, sagte Cheryl, stürmte davon und verfluchte dabei innerlich ihr Verantwortungsgefühl.

Aber Dan war schon fast auf ebener Erde angelangt und sprang von der Plattform, noch bevor sie den Boden berührte.

»Da haben Sie das gute Stück wieder. Danke für die Fahrstunde«, sagte er zu Larry und wandte sich dann an Cheryl. »Hat alles geklappt?«

»Super.« Sie drehte sich um und eilte ins Gebäude zurück, Dan auf den Fersen. »Kann ich irgendwas tragen – die Feldstecher vielleicht?«

»Nein, es ist alles okay.«

Es ging aufs Ende der Arbeitszeit zu. Die Aufzüge zum zweiten Stock des IDS-Atriums waren gestopft voll mit Leuten. Alle starrten Dan an.

Cheryl, die vor ihm im Aufzug war, sah über die Schulter zurück und schüttelte den Kopf. »Diese Leute! Stört es Sie denn gar nicht, in diesen gespenstischen Aufmachungen herumzulatschen?«

Dan entwirrte die ineinander verschlungenen Riemen der Feldstecher und schüttelte seinerseits den Kopf. »Für schöne Frauen tue ich alles.« Er lächelte sie an, seine

Augen in dem ölverschmierten Gesicht waren blaugrau und klar wie der Calhoun-See.

Cheryl spürte, wie sich der Ansatz eines innerlichen Höhenflugs urplötzlich in eine Bauchlandung verwandelte. Er *konnte* sie nicht gemeint haben. Sie war überhaupt nichts Besonderes ... Schnell wandte sie den Kopf nach vorne und schluckte einander widersprechende Empfindungen wie Entzücken und Enttäuschung hinunter. »Nun ja, es warten immerhin *sechs* schöne Frauen im fünften Stock ...«, sagte sie dann ebenso freundlich wie unpersönlich über die Schulter zurück. Er lächelte noch immer.

Aber die sechs Modelle warteten keineswegs auf sie. Ruth hatte sie in ihrer unnachahmlichen Tüchtigkeit weggeschickt. Cheryl blieb inmitten des kurzfristig gemieteten Büros stehen und streckte die Arme in die Höhe. »Bin ich froh, daß *das* vorüber ist«, teilte sie Jonah mit, der seine Gerätschaften in die Metallbehälter packte, ebenso Ruth und Peg, die Wäsche aufhängten, und auch Dan, der die Feldstecher von den Schultern nahm und auf die gepolsterten Sessel ablud. »Hört zu, bringt alles in Ordnung und stellt es zusammen, dann gehen wir alle hinunter ins Marquette Inn, um auf Maxwell's Kosten ein Glas zu trinken. Wir können morgen jemanden hierherschicken, der das Zeug abholt. Ich gehe voraus und halte einen Tisch frei.«

Die Mienen um sie herum hellten sich auf. »Kann Maxwell's sich so viel Großzügigkeit leisten?« erkundigte sich Ruth mit erhobener Braue.

»Wir sind nur zu fünft, und ich behaupte, wir haben's verdient. Bis gleich.«

Cheryl fuhr im Aufzug hinab; es war wahrscheinlich, daß es im Restaurant nach der Arbeit voll wurde, weil die für den Freitag abend üblichen Paare hereindrängten. Sie fand noch einen freien Tisch in der Nähe des Balkons, von dem aus man in den Hof blicken konnte. Vielleicht war es genau der, an dem Mary Tyler Moore und ihr damaliger Ehemann Grant Tinker für die Fernsehshow gefilmt worden waren, die Minneapolis berühmt gemacht hatte.

Cheryl ließ sich fast auf den weißen Metallstuhl fallen – wirklich nicht sonderlich bequem – und bestellte ihren gewohnten 7 und 7, als der Kellner eintraf. Seagrams 7 und 7-Up. Sie erwartete nicht, daß in den nächsten paar Minuten jemand eintreffen würde, und genoß die Ruhe nach einem langen Tag, an dem sie nur auf den Beinen gewesen war und schnell und unausgesetzt hatte überlegen und entscheiden müssen.

»Hi.« Dan zog den Stuhl neben dem ihren vom Tisch weg.

»Oh – Sie waren aber schnell.«

»Die schwarze Schmiere von Ruth zu entfernen, war das Zeitraubendste«, sagte er, zog eine Grimasse und fuhr sich mit den Fingern über die Wange. Cheryl bemerkte, daß die Reste des dunklen Make-ups feine Krähenfüße um seine Augen vertieften. Also konnte er gar nicht mehr so jung sein . . .

Er äußerte irgend etwas seltsam Klingendes zu dem herumlungernden Keller, der gleich darauf mit einer Flasche Importbier zurückkehrte und die dunkle Flüssigkeit in ein Glas goß. Cheryl legte die Finger um ihr Highballglas. 7 und 7 schien ihr plötzlich eine ziemlich unpassende Wahl zu sein. Sie hatte es seit ihren Collegetagen immer getrunken. Es hatte sich dabei um die gängige Methode ihrer Generation gehandelt, die Kluft zwischen den erlaubten harmlosen Getränken und den ersten verbotenen Früchten vergorener Flüssigkeiten zu überbrücken. Ein bißchen unschuldigen 7-Up, dazu etwas weniger unschuldigen Whisky. Sie nippte an der vertrauten Mixtur und wurde sich plötzlich der Tatsache bewußt, daß sie sie nicht einmal mochte. Sonny war es recht, wenn sie es trank, denn er konnte es nicht ertragen, wenn ihm an der

Bar etwas Komplizierteres zugemutet wurde als die Zubereitung einiger elementarer Mixgetränke. Cheryl glaubte nicht, daß ihr 7 und 7 überhaupt je geschmeckt hatte. Und sie hätte wetten mögen, daß Dan Englund nur immer bestellte, was er gern mochte ...

»Sie sind sicher müde.« Er beobachtete sie, und wahrscheinlich machte sie auf ihn einen deprimierten Eindruck.

»Müde, ja. Und erleichtert. Das ist ein großes Projekt.«

»Ich weiß. Sie werfen sich wirklich mit Feuereifer auf Ihre Arbeit. Es ist faszinierend, Ihnen dabei zuzusehen.«

»Wirklich?«

Dan nickte bedächtig. »In gewisser Weise ist es so, wie wenn man an einer Skulptur arbeitet. Nur besteht das Medium aus Leuten. Sie formen sozusagen die Szene, die Menschen darin – ja sogar den Fotografen, wenn er nicht scharf hinsieht – wir alle sind so was wie Figuren auf dem großen Schachbrett in Ihrem Kopf, und Sie bereiten fortgesetzt den nächsten Zug vor.«

»Das klingt aber ein bißchen unheimlich.« Sie lächelte ihm zu, bevor sie einen Schluck ihres milden Drinks nahm.

»Ist es auch. Es hat schlicht etwas mit Machtgefühl zu tun. Die Macht, etwas zu schaffen. Es ist das gleiche, was ich mit Metall tue – ich versuche, es mit Zuckerbrot und Peitsche dazu zu bringen, das auszudrücken, was ich mitteilen möchte, etwas, das nicht einmal ich deutlich artikulieren kann. Nur haben Sie es mit Leuten zu tun, also müssen Sie ›bitte schön‹ sagen, wenn Sie Ihre Macht anwenden.«

»Aber hören Sie – ich bin zwar nicht sonderlich vertraut mit Ihrer Arbeit, aber Sie können sie doch in keiner Weise mit der trivialen Schinderei vergleichen, die ich für Maxwell's auf mich nehme – was Sie machen, ist echte Kunst.«

Er lächelte und nippte an seinem dunklen Bier. Es war

erst der zweite Schluck, den er zu sich genommen hatte. Cheryls ungeliebter Highball war bereits bis zu den Eiswürfeln abgesunken.

»Ich bin also der reine Künstler und Sie sind auf den ›Kommerz‹ beschränkt, ja?« Dan lächelte noch immer, nun nachdenklich. »Ich will nicht behaupten, daß das, was Sie hervorbringen, Kunst ist, aber ich habe mit vielen Werbekoordinatoren zusammengearbeitet, und Ihre Art zu arbeiten kommt einer Kunstform näher, als ich das je erlebt habe. Vielleicht habe ich mich falsch ausgedrückt.« Er runzelte leicht die Stirn und schob mit einer entscheidenden, aber zugleich seltsam zärtlichen Bewegung das Bierglas von sich weg. Sie bemerkte an ihm plötzlich etwas von der unverhüllten Kraft, die das eine Foto auf dem Agenturblatt ausstrahlte, und zugleich die unglaublich subtile, aber spürbare Sensitivität, mit der sie unter Kontrolle gehalten wurde. Allein diese Wahrnehmung bedeutete für sie eine weit größere Intimität, als ihr erwünscht war. Sie wartete auf das, was er nun sagen würde, auf seinen nächsten Gedanken, auf den sie aus dem Stegreif antworten würde; darin war sie gut, in dieser Manipulation menschlicher Oberfläche, immer nur der Oberfläche . . .

»Vielleicht spreche ich . . .«, sagte Dan auf der Suche nach Exaktheit, die Hände vor sich auf der Tischplatte, die Finger leicht gespreizt, so als versuche er aus Luft einen Gedanken zu formen. »Vielleicht spreche ich von Leidenschaft.«

Das Wort traf sie wie ein lähmender, vernichtender Schlag. Leidenschaft war ein Thema, das sie mit Dan Englund in keiner Weise diskutieren wollte, egal in welcher Gestalt oder Form. Weder was ihren Job betraf, noch was für eine Rolle sie in Politik oder Religion spielte . . . Nein, überhaupt nicht.

»Seid ihr schon bei der zweiten Runde? Ich bin offenbar sehr spät dran.«

Das war Ruth. Dan stand auf, um ihren Stuhl herauszuziehen, und sie sank darauf – kühl, beherrschend, gelassen. »Ein Rob Roy«, sagte sie über die Schulter weg zum Kellner. »Na . . .«, ihre haselnußbraunen Augen glitten munter von einem zum anderen, »habt ihr beide alles für die Titelblattaufnahme nächste Woche besprochen?«

Cheryls Seitenblick begegnete dem Dans. »Noch nicht«, sagte sie. »Wir sind mit der Analyse der heutigen Aufnahme noch nicht zu Ende.«

»Die ist fertig. Da gibt es nichts mehr zu analysieren«, sagte Ruth leichthin. Cheryl wartete, bis der Kellner schwungvoll einen zweiten 7 und 7 vor sie hingestellt hatte. Sein fragender Blick, als er Ruths Bestellung entgegengenommen hatte, schien ein Kopfnicken erforderlich gemacht zu haben. Nun stand ein weiterer Drink, den sie eigentlich gar nicht hatte haben wollen, vor ihr. Cheryl seufzte, nippte am Glas und unterdrückte den Wunsch. Dan zu bitten, einmal von seinem Bier kosten zu dürfen.

»Was ist das für ein Heuschreckensaft, Dan?« fragte statt dessen Ruth. »Lassen Sie mich mal einen Schluck trinken. Brr, bitter. Vermutlich ein Geschmack, der Ihnen anerzogen worden ist. So wie Mode. Oh, gut, da kommen Jonah und Peg. Na, Kinder, ein weiterer Schritt zur Unsterblichkeit wäre also getan. Hättest du nicht Jayson abholen müssen, Cheryl?«

»Ich bin ausnahmsweise dispensiert.« Sie lächelte schwach. »Freitag. Er kann zum Essen bei den O'Garas bleiben. Ich dachte mir schon, daß wir länger brauchen würden.«

»Cheryl, Sie erheben dieses Geschäft zu einem wahren Kunstwerk«, sagte Jonah und prostete ihr mit dem Glas Black Russian, das ihm der Kellner gebracht hatte, zu. »Vor allem auch die Art und Weise, in der Sie Ihre Wertschätzung zeigen.«

»Noch eine Aufnahmereihe, Jonah, und Sie sind ein freier Mensch bis zum nächsten Katalog.«

»Für Sie tue ich alles, Cheryl«, erklärte er großmütig. Niemand war so wortkarg bei der Arbeit wie Jonah, und keiner so mitteilsam hinterher.

Peg lehnte sich in ihren Stuhl zurück und nippte an ihrem Glas Chablis. »Ich kann es jedenfalls kaum erwarten, mich in das Schmuck-Layout am nächsten Mittwoch zu verbeißen.«

»Dafür werde ich jedenfalls nicht gebraucht«, sagte Dan und stand auf. »Wir sehen uns dann alle am Mittwoch abend für das Titelblatt.«

»Ganz recht, das Titelblatt«, pflichteten alle bei und murmelten dann einen Abschiedsgruß. Niemand am Tisch schien Dans Abwesenheit sonderlich zu registrieren. Ruth, Peg und Jonah plauderten über das gesellschaftliche Dasein der Modelle. Peg unterbrach ihren Redefluß lang genug, um Cheryl zu verkünden: »Oh, und ich habe den Luchspelz zurückgebracht, bevor ich hergekommen bin. Also keine Sorge.« Cheryl nickte zerstreut. Den kostbaren Luchs hatte sie vergessen, vielleicht deshalb, weil sie sich Sorgen um die heilen Glieder und das Leben eines der Modelle gemacht hatte. Obwohl Dan nicht die geringsten Schwierigkeiten gehabt hatte. Warum war er eigentlich so früh gegangen? Cheryl warf heimlich einen Blick auf das dunkle Glas der Bierflasche, die er zurückgelassen hatte, aber sie konnte nicht feststellen, ob sie leer war oder nicht.

Ruth beugte sich vertraulich zu ihr hinüber, den Kopf schräg in die Hand gestützt. Neben ihr erging sich Peg Jonah gegenüber in einer detaillierten Schilderung all dessen, was sie für die Aufnahmen am Mittwoch in petto hatte. »Wir haben euch doch nicht in irgendeiner wesentlichen Unterhaltung unterbrochen, oder?« fragte Ruth hinterhältig.

»Nur in einer philosophischen Diskussion. Junge, Junge, wir sind alle geschafft, wir wissen's bloß noch nicht. Ich kann es gar nicht erwarten, bis dieser Katalog unter Dach und Fach ist. Ich glaube, ich bin bereits auf dem absteigenden Ast, und dabei steht uns das Titelblatt noch bevor ... Reden wir über was anderes als über diesen elenden Katalog!«

»Worüber denn?«

»Hm ...« Cheryl beugte sich ihrerseits zu Ruth hinüber. »An was für einen neuen Haarstil hast du denn gedacht?«

»Das ist doch wohl nicht dein Ernst – du tust's wirklich?«

»Vielleicht paßt die neue Frisur besser zu dem Hummergesicht als die, die ich jetzt habe.«

»Ich werde dich für Montag früh bei Alexander anmelden. Hast du je ›Hart, aber herzlich‹ gesehen? Schade. Ich finde, du hast Haar, das mit einem Schnitt wie dem von Stefanie Powers perfekt aussehen würde – das werden wir am Montag herausfinden. Glaub mir, Alexander würde nie auch nur ein Haar anrühren, wenn er nicht vorher wüßte, daß hinterher alles hervorragend ist. Cheryl, du wirst wie eine total neue Frau aussehen – ich kann's kaum erwarten! Daß du mir bloß an diesem Wochenende keine kalten Füße kriegst und mich versetzt!«

Cheryl schüttelte leicht den Kopf und spürte das vertraute Streicheln ihres schulterlangen Haars am Hals. Es würde seltsam sein, nach all diesen Jahren ein verändertes Gesicht und eine veränderte Haarform auf dem Kopf zu haben, aber es würde Sonny recht geschehen nach diesem letzten Wochenende. Vielleicht würde sie sogar die ursprüngliche Farbe herauswachsen lassen – jedenfalls irgendwann mal.

»Ich schwöre es dir. Ich werde es versuchen. Ich kann es ja vermutlich immer wieder nachwachsen lassen. Aber weißt du, Ruth ...« Cheryl machte eine Pause, die Ruth dazu benutzte, um den Satz in Cheryls Sinn zu beenden.

»... Sonny wird fuchsteufelswild sein.«

9

»Um Himmels willen, Cher, was hast du mit deinem Haar angestellt?«

»Sonny, schrei nicht. Es ist mal was Neues, das ich für eine Weile versuchen möchte.«

»Versuch, verdammt! Du hast die ganze Frisur ruiniert. Es sieht scheußlich aus. Laß es dir wieder richten wie vorher.«

»Das geht nicht. Es muß erst wieder wachsen.«

»Dann trag einen Schal. Du siehst aus wie dieser verdammte Hund. So wie du jetzt aussiehst, nehme ich dich nirgendwohin mit.«

»Das tust du ohnehin nicht.«

Danach herrschte Stille am Tisch, abgesehen vom Klirren der Gabeln auf den Tellern. Sie aßen nicht in dem riesigen Speisezimmer, sondern an dem runden Kapitänstisch in der Küche. Wie gewöhnlich war Sonny spät nach Hause gekommen und erst am Tisch eingetroffen, als sich Cheryl und Jayson bereits gesetzt hatten. Wie gewöhnlich war sein Essen lauwarm, weil es zu lange dagestanden hatte, und seine Laune war ohnehin gereizt. Wie gewöhnlich hatte er an Cheryl keinerlei Veränderung wahrgenommen, bis er halb mit seiner Mahlzeit fertig war.

»Die Erbsen sind auch tiefgefroren«, brummte er und ließ sie von der Gabel rollen. »Und kalt außerdem.«

»Ich mag's.«

»Hm?« Sonny betrachtete Jayson stirnrunzelnd über den Tisch weg. »Du magst tiefgefrorene Erbsen?«

»Nein. Moms neue Frisur. Mir gefällt sie.«

»Willst du, daß deine Mom rumläuft wie ein Mop? Du bist vielleicht ein Kind. Ich wette, das war die Idee von dieser Benedict«, zischte Sonny Cheryl an. »Sie hat überhaupt keinen Geschmack.«

»Ruth ist die schickste Frau, die ich kenne . . .«

»Das ist dein Problem. Sieh dir mal meine Sekretärin

an. Diese Frau muß fünfzig sein, aber sie ist immer tadellos gepflegt. Die Haare in so 'ner Art Netz, ein bißchen Make-up, hübsche flache Schuhe, einfache Kleider, ruhige Farben . . .«

»Sonny, Maxine mag deine rechte Hand im Büro sein und außerdem sehr nett, aber sie ist ein bißchen zu konservativ, als daß ich sie mir zum Vorbild . . .«

»Ein bißchen konservativ . . . Angesichts dessen, wohin das Land steuert, könnten wir ›ein bißchen konservativ‹ gut brauchen.« Er war inzwischen an den Hackbraten geraten, der ebenfalls kalt war, und beschmierte ihn ausgiebig mit Ketchup.

»Sonny – du hast es immer gern gehabt, wenn ich mich schick angezogen habe, sobald wir ausgingen – ob nun in den Minikahda-Club oder sonstwohin. Und früher fuhren wir eben woanders hin als mit einem benzinlosen Motorboot auf den White-Bear-See hinaus . . .«

»Aha, du bist noch geladen wegen des letzten Wochenendes.« Er zielte förmlich mit der Gabel nach ihr. »Deshalb hast du es getan – um mir das heimzuzahlen.«

»Son-ny.« Sie warf ihm einen bedeutungsvollen Blick zu. »Jayson.«

»Schon gut, schon gut. Keinen Streit vor dem Kind. Es wird dich doch nicht stören, Jace, wenn wir – äh – eine kleine freundschaftliche Betrachtung über Mommys blöde neue Frisur anstellen?«

»Sie ist nicht blöd!« Jayson sprang auf, die riesige Leinenserviette in der Hand zusammengeballt – Sonny bestand auf Stoffservietten, Papier duldete er nicht. »*Du* bist blöd!« platzte der Junge heraus. »Du bist saublöd.« Er rannte hinaus.

Cheryl hatte sich halb erhoben.

»Du bleibst hier.« Sonny zog sein Erdbeertörtchen zu sich hin. »Ein Kind, das seine Eltern als ›blöd‹ bezeichnet, muß nicht auch noch verhätschelt werden.«

»Sonny . . .« Sie rückte ihren Stuhl näher an den seinen

heran und senkte die Stimme. »Ich glaube, wir sollten uns mehr mit dem befassen, was in Jayson vorgeht. Zehn ist ein schwieriges Alter; es bedrückt ihn, wenn wir streiten . . .«

»Er steht ohnehin immer auf deiner Seite.« Sonnys Blick löste sich vom Teller, und seine dunklen Augen sahen sie verärgert an. »Es ist gerade so, als ob ich hier überhaupt nicht zählte. Wer bezahlt denn das Haus hier? Wer kauft den Atari und die großen Fernseher und das ganze Zeug?«

»Ich verdiene ja auch was . . .«

»Die paar Groschen. Ich bin's, der die Kohlen heimbringt, die zählen, und ich sollte hier das Sagen haben. Und dein Haar ist scheußlich. Und jetzt wirst du vermutlich gleich in Tränen ausbrechen und auch vom Tisch wegrennen.«

Cheryl legte die Gabel hin. Sie war nicht mehr in Stimmung, ihr eigenes Erdbeertörtchen zu essen – nicht, solange das Jaysons sich langsam in einen zerfließenden Schlagsahneberg verwandelte. Törtchen war sein Lieblingsdessert, und die Erdbeeren aus Kalifornien hatten besonders lecker ausgesehen.

»Nein, Sonny, ich renne nirgendwohin«, sagte sie.

Er blickte auf und nickte. Seine Augen glitten zu ihrem Nachtisch hinüber. »Heb' mir das Törtchen auf, wenn du's nicht ißt«, sagte er.

Niemand konnte ihre Frisur in Ruhe lassen. Beim Lunch am Dienstag bestellte Ruth ihren gewohnten Salat, nippte an ihrem gewohnten Perrier-Wasser und erkundigte sich: »Was hält Sonny von deinem neuen Mop?«

»Genau das – was hast du erwartet?«

»Also, Alexander und ich finden es toll. Erstaunlich, was eine kleine Dauerwelle, ein guter Schnitt und ein bißchen Trockenfönen ausmacht. Gefällt es dir nicht?«

»Oh, ich glaube, mir schon. Aber solange Sonny fortwährend einen Zankapfel daraus macht . . . Aber ich sollte mich nicht beklagen. Ich wußte das ja von vornherein.«

»Kann er denn niemals jemand anderem recht geben?«

»Du mußt Sonny verstehen. Er leitet eine große Firma, er muß fortgesetzt harte und schnelle Entscheidungen fällen. Sein Vater hat das Geschäft aus dem Nichts aufgebaut, und Sonny möchte alles erhalten. Mit nur sechs Schwestern . . .«

»Nur?«

»Ich meine – er hat nur Schwestern, und die gesamte Last der Firma liegt auf seinen Schultern. Er ist besessen von der Idee, es Jayson später zu überlassen, und er kann irgendwelche Hochs und Tiefs bei den Leuten um ihn herum nicht brauchen, während er draußen Berge aufgräbt und Wolkenkratzer errichtet. Außerdem gehört er zu denen, die mehr bellen als beißen, und daran muß man sich einfach gewöhnen. Er hat gar nicht die Absicht, so – so unnachgiebig zu sein. Das ist eben das altitalienische Erbe, alles ist schwarz oder weiß. Wie zum Beispiel die Frage des Hausputzes . . .«

»Ach, das! Es ist einfach lächerlich, daß du dieses Mausoleum ohne irgendeine Putzfrau in Ordnung halten sollst.«

»Es war eine Abmachung, Ruth. Als ich mit Jayson schwanger war und trotzdem weiter arbeiten wollte, wurde das vereinbart. Die Situation mag sich geändert haben, aber Sonny hält sich nach wie vor an die alten Abmachungen.«

»Das ist einfach läppisch.«

»Nein, das ist Sonny.« Cheryl lächelte. »Weißt du, was er an Jaysons neuntem Geburtstag gemacht hat? Er ließ einen anderthalb Meter hohen Kuchen in Form eines Krans anfertigen und auf den Eßzimmertisch stellen, und Jaces gesamte Klasse stand darum herum, als er von der Schule heimkam. Wem sonst würde etwas so Extravagantes einfallen? Jayson war hingerissen.«

»Aber das sind doch Spiele, Cheryl. Es hat nichts mit dem wirklichen Leben zu tun. Da zählen die alltäglichen Dinge mehr als die großen Gesten.«

»Ich weiß nicht. Ich glaube, das war der Grund, warum ich ihn geheiratet habe.«

»Wieso?«

Cheryl lächelte und betrachtete versonnen das Gitterwerk, das ihren Tisch in einen Alkoven verwandelte. »Er war immer gut in großen Gesten. Ich erinnere mich an das erste Mal, als er mich einlud – es handelte sich um den ROTC-Ball an der St. John's University in Collegeville. Ich mußte dorthin gefahren werden, blieb über Nacht auf dem Campus. Es gab ein superfeines Mittagessen und einen Tee für die Partnerinnen der Jungen, und wir Mädchen trugen alle Hüte und Handschuhe ... Dann der Ball, all die Jungen in Militäruniform – und ich trug das fantastischste Kleid, das ich je erstanden habe, und hatte eine Todesangst, es könnte unpassend sein. Es war ziemlich gewagt für eine Achtzehnjährige. Wenn Sonny mich ausführte, dann handelte es sich immer um eine Fahrt auf dem St.-Croix-Fluß in seiner Motorjacht, mit Lunch in einem der Hafenrestaurants. Und dann machten wir eine Tour durch die Städte am Fluß und kauften Antiquitäten ...«

»Das Ganze liegt lang zurück, Cheryl. Was hat er in letzter Zeit für dich getan?«

»Er hat sich für meine Kleider- und Haarpflege interessiert«, sagte Cheryl mit gepreßter Stimme. Aber ihre blauen Augen erklärten das Thema für beendet, und Ruth wandte ihre Aufmerksamkeit zögernd dem Langustensalat zu.

Sonny war an diesem Abend zu Hause und hatte Jayson ein neues Computerspiel mitgebracht.

»PAC-MAN. Der Kerl im Laden hat behauptet, es sei ein Verkaufsrenner«, erklärte Sonny Cheryl. »Mach schon, Jayson. Hol deinen Atari und probiere es im Fernseher in deinem Zimmer aus.«

»Kann ich es nicht hier unten ausprobieren, Dad – bitte?«

»Nicht auf dem Fernseher mit dem großen Bildschirm. Ich habe es dir doch gesagt, Jace, diese Spiele ruinieren ihn. Du kannst dich mit dem kleinen Fernseher amüsieren. Lieber Himmel, diese Kinder heutzutage, nie können Sie den Hals vollkriegen.«

Jayson nahm die abschlägige Antwort mit gewohntem Charme hin. »Ich werde es in meinem Zimmer ausprobieren. Möchtest du es dir auch ansehen, Mom? Vielen Dank, Dad.«

»Das war nett von dir, Sonny«, sagte Cheryl, nachdem Jayson verschwunden war, die neue Computerkassette gegen die mit T-Shirt umhüllte Brust gepreßt. »Er hatte sein Herz an dieses neue PAC-MAN-Spiel gehängt.«

Sonny ging zur lederbezogenen Couch und ließ sich in eine Ecke sinken. »Mann, ich bin hundemüde. Im Büro ging's heute hoch her. Ein großer Kontakt. Wann gibt's was zu essen?«

»Es dauert noch ein paar Minuten. Ich habe frische Karotten im Dampftopf, und sie brauchen ihre Zeit . . .«

»Setz dich. Lauf dir nicht die Füße ab. Ich bringe dir was zu trinken. Was möchtest du haben?«

Er schien milder Stimmung zu sein, sogar charmant. Cheryl fiel ein, was sie Ruth gegenüber am Mittag des gleichen Tages über ihn geäußert hatte. Er war keineswegs das Ungeheuer, für das ihn alle hielten. »Hmm, vielleicht mal was anderes. Wie wäre es mit einem – einem Black Russian?«

»Laß das doch, Cher. Ich habe keinen dieser modischen Alkoholsorten auf Lager. Du wirst deinen Wodka pur nehmen müssen . . .«

»Ein 7 und 7 ist okay.« Immer schien sie zuviel zu verlangen.

Aber das Abendessen verlief heiter; die Karotten waren noch ein bißchen kernig, so wie Sonny sie mochte, und Jayson schlang seinen Apfelkuchen hinunter, um zu seinem PAC-MAN zurückzurasen, nachdem er seinen Eltern das Versprechen abgerungen hatte, sich das Spiel später ebenfalls anzusehen.

Sonny allerdings schaffte den Gang nach oben nicht. Cheryl stöberte ihn, nachdem sie das Geschirr in die Spülmaschine gestapelt hatte, in seinem Büro unten auf, wo er es sich bequem gemacht hatte, und er war nicht dazu zu bewegen, sein Versprechen einzulösen.

Cheryl hoffte, das neue Spiel würde Jayson so sehr beschäftigen, daß er es nicht bemerkte. Er war völlig davon in Anspruch genommen, als sie zu ihm in sein rot-weißblaues Zimmer hinaufkam – für Sonnys Sohn gab es nur hundertprozentig männliches Dekor. Cheryl sah eine Weile bewundernd zu, versuchte sich selbst am Computer und offenbarte ihre völlige Unzulänglichkeit, den Joystick schnell oder feinfühlig genug zu handhaben, um den daherkommenden freßgierigen Figuren auf dem Bildschirm auszuweichen. Dann machte sie sich zum Insbettgehen fertig. Sonny würde erst später kommen, viel später. Im allgemeinen schlief sie schon, wenn er in ihr gemeinsames Prunkbett kam. Sie wußte nicht, wann diese Gewohnheit begonnen hatte, aber sie rechnete nun damit und es war ihr sogar lieber so.

In dem riesigen Badezimmer, das in einem der ehemaligen zusätzlichen Schlafzimmer installiert worden war, erlaubte sich Cheryl, zum erstenmal ihre Frisur eingehend zu begutachten. Nachdem es geschehen war, hatte sie Hemmungen gehabt, sich genau zu betrachten, bevor sie Sonnys Reaktion kannte. Nachdem diese erfolgt war, hatte sie sich davor gefürchtet, feststellen zu müssen, daß er absolut recht hatte und daß sie albern aussah.

Cheryl ließ die Finger durch die weichen, leicht fransigen Locken gleiten, die ihr Gesicht umgaben, und wieder in die alte Form zurück schnellten, wenn sie sie losließ. Hinten war ihr Haar ebenso lang wie zuvor – es handelte sich lediglich um eine veränderte Form, hatte Alexander behauptet. Cheryl drehte den Kopf von einer Seite zur anderen und betrachtete sich kokett in dem riesigen Spiegel über dem Waschbecken. Sie zupfte an der neuen Frisur herum und machte einen verführerischen Schmollmund. Gar nicht schlecht. Sie sah aus wie Suzy Parker – du lieber Himmel, damit gehörte sie selbst schon zum alten Eisen, obwohl Modelle heutzutage länger im Einsatz waren, bis in ihre Dreißigerjahre hinein. Vielleicht sogar – bis fünfunddreißig?

Cheryl steckte ihre Locken oben auf dem Kopf fest und nahm ein langes, heißes Bad in der tiefen Wanne, die Sonny speziell in schwarzem Kunststoff hatte anfertigen lassen. Sonny hatte eine Schwäche für Schwarz, ob es sich nun um Wagen, Telefone oder Badezimmereinrichtungen handelte. Er und Henry Ford wären großartig miteinander ausgekommen. Nachdem sich Cheryl abgetrocknet hatte, grub sie tief in ihrer Schublade mit Nachthemden nach und erwischte schließlich irgend etwas Hauchzartes, das dem, was die Modelle in der Woche zuvor getragen hatten, ähnlich war. Es war zwar nur aus undurchsichtiger rosa Seide, aber sie zog es an und besah sich erneut im Spiegel. Nicht schlecht für einen alten Zirkushund mit einem einzigen neuen Trick. Na schön – einmal eine neue Frisur. Vielleicht konnte Sonny trotzdem noch dafür erwärmt werden ...

Sie ging ins Schlafzimmer, das Haar noch immer hochgesteckt, feuchte Strähnen streichelten ihr Gesicht. Sonny lag bereits im Bett, gegen Kopfkissen gestützt, Papiere vor sich auf der Decke ausgebreitet. Auf seine eigene unnachahmbare Weise zeigte er damit an, daß er heute nacht an der Erfüllung seiner ehelichen Pflichten interessiert war. Er blickte auf und über den Rand seiner Brille weg, die er zum Lesen trug.

»Neues Nachthemd?« fragte er, und sie konnte den Unterton in seiner Stimme nicht recht diagnostizieren.

»Ein altes«, erwiderte sie.

»Gut«, sagte er. »Das Ding ist für eine Frau gedacht, die Holz vor der Hütte hat, um es hochzuhalten. Ich dachte schon, du wüßtest dir was Besseres als so was zu kaufen.« Er senkte den Blick wieder auf die Papiere.

Cheryls Kehle fühlte sich plötzlich trocken an. Sie ging ins Badezimmer zurück und ließ ein Glas mit Eiswasser aus dem Spezialhahn über dem Waschbecken vollaufen. Sie sah sich, ihr hoffnungslos flachbrüstiges Selbst im Spiegel. Suzy Parker war vermutlich auch flachbrüstig, aber die war auch nicht mit Sonny Rossi verheiratet. Alles war fade – die neue Frisur, das alte Nachthemd, sogar das Wasser. Aber irgendwann mußte sie ins Bett gehen, und wenn es soweit war, würde Sonny da sein, um das herauszuholen, was er gewohnheitsmäßig von ihr erwartete – bereitwillige Nachgiebigkeit. Sonny war wie 7 und 7, das wurde Cheryl plötzlich klar. Eine Gewohnheit in ihrem Leben, von der sie nicht mehr mit Sicherheit wußte, ob ihr noch etwas daran lag, ob ihr überhaupt je etwas daran gelegen hatte. Eines nur wußte sie mit Sicherheit – an ihr selbst lag ihr im Augenblick auch nicht sehr viel.

10

»Cheryl, Cheryl, was hältst du davon?«

»Hm? Entschuldigung, ich habe mir gerade über das Drum und Dran der Titelblattaufnahmen den Kopf zerbrochen. Laß mal sehen.«

Peg lungerte hinter Cheryls Rücken und registrierte jede Reaktion, während diese den Schmuck im Auditorium des Kaufhauses inspizierte. Wenn irgendein besonderes Ereignis oder eine Sonderausstellung bei Maxwell's fällig war, pflegte die Dekorationsabteilung den Saal, in dem jeder Ton widerhallte, in alles mögliche zu verwandeln, angefangen von einer vorzeitlichen Höhle bis zur Zwergenwerkstatt. Im Augenblick völlig leer, war der Raum nichts weiter als ein farbloses, riesiges Nichts.

Ruth hatte für den gesamten Schmuck schon vor langem ihr Okay gegeben – goldene Armbänder und Ohrringe in Muschelform, Ohrknöpfe mit Perlen, *minaudières* aus Sterlingsilber, Ringe, Schweizer Uhren, gelegentlich sogar ein Knöchelkettchen . . . Und Cheryl selbst hatte Pegs Idee, dieses ganze kostbare ›Smorgasbord‹ auf großen, vereinzelten Pflanzenblättern auszustellen, gutgeheißen. Sie lagen, schlaff und grün, vom Hausfloristen abgeschnitten, auf schwarzen Plexiglasscheiben. Peg hatte, nachdem der Schmuck arrangiert worden war, liebevoll jedes einzelne Blatt mit Wasser besprüht, das Ganze wirkte wie die Schatzkammer des Froschkönigs auf Seelilienblättern.

»Sehr hübsch.«

»Hier – hast du gesehen, wie ich diese Ringe am Stengel befestigt habe? Und dort, die Perlen, die wie Tautropfen aussehen?«

»Großartig, Peg, einfach großartig. Ich weiß wirklich nicht, wofür du mich noch brauchst. Sag Jonah, er solle zur Aufnahme kommen.«

»Cheryl, du wirst Jonah oben nicht vor halb sechs brauchen, wenn der Laden hier zumacht. Und ich habe dich hier noch für etwas dringend nötig.«

»Tu, was du willst. Ich habe genug gesehen, um zu wissen, daß du genau weißt, was du vorhast. Du brauchst doch nicht meine Erlaubnis . . .«

»Nein, es ist nicht deine Erlaubnis, die ich brauche.«

»Was dann?«

Peg preßte nervös die Lippen zusammen. »Deine Hände.«

»Doch nicht schon wieder? Im Budget wäre doch wohl noch ein Handmodell enthalten gewesen.«

»Ich weiß. Aber mir ist diese Idee eben erst gekommen. Es ist ein echter Geistesblitz, es wird einfach super ... Komm schon, Cheryl.« Peg griff nach Cheryls in Frage kommender Hand und führte sie zu einer Vignette hinüber. Dort hatte sie einige Schmuckstücke in Form eines Gesichts ausgelegt – eine wie Lippen geformte Korallenbrosche als Mund, zwei zusammenpassende, mit Diamantensplittern besetzte Onyxnadeln als Augen, eine Perlenkette, die die Umrisse des Gesichts bildete, ja sogar einen eleganten, kleinen Federhut.

»Also, was ich möchte: in der Ecke dort sollst du deine Hand hinstrecken, mit diesem Korallen- und Onyxarmband, und du sollst die kleine Discotasche aus Sterlingsilber darin halten – so als ob es die Hand des Gesichts wäre – kapiert?«

»Kapiert. Wirklich raffiniert. Du hast Glück, daß mein rechter Zeigefingernagel nicht abgebrochen ist, denn das ist die Hand, die du brauchst. Sieh her.« Cheryl streckte die linke Hand aus und Peg zuckte beim Anblick der vier angemessen langen und des einen bis auf Kuppenhöhe abgeschnittenen Fingernagels zusammen.

»Die Hand mit dem Ehering brauchen wir sowieso nicht«, sagte sie verächtlich mit einem Blick auf Cheryls breiten goldenen Ring. Cheryl hatte ihn schon seit geraumer Zeit nicht mehr betrachtet. Er war von einem der bekanntesten Goldschmiede der Stadt handgefertigt worden – auf Sonnys Anweisung hin, sie selbst war natürlich nicht gefragt worden. Er war inzwischen wesentlich wertvoller als damals, der Goldpreis war gestiegen. Zuerst hatte ihr das tief eingravierte Muster auf der Oberfläche eine Menge Komplimente eingetragen. Nun stellte Cheryl fest, daß er dank unzähliger Besuche auf Damentoiletten durch Seifenrückstände matt geworden war. Soviel über Kunstwerke. Und Leidenschaft – künstlerische oder persönliche. Sie mußte den Ring demnächst einmal mit einer Zahnbürste behandeln.

»Machst du's also, Cheryl? Wenn deine Hand im genau richtigen Winkel hereinkommt – fantastisch. Ich werde Jonah holen. Du bist ein erstklassiges Handmodell.«

»So erstklassig nun auch nicht. Ich weiß nur, wie ich meine Hände entspannen kann. Das ist übrigens das Schlüsselwort für jedes Modell. Achte auf ihre Hände – wenn sie gute Hände mit leichten Bewegungen hat, dann kann sie alles übrige auch.«

Cheryl wartete, ihr Arm ruhte auf dem Plexiglas. Es war ermüdend. Sie mußte sich auf dem niederen Tisch auf einen Ellbogen stützen, ihr Rücken befand sich in einer ungeschickten Position, zudem mußte sie die Hand auf Schulterhöhe halten, damit das Blut nicht hineinschoß und die Venen hervortreten ließ. Eigentlich sollte sie sich geschmeichelt fühlen, daß ein Teil von ihr für ausreichend attraktiv erachtet wurde, um im Notfall Verwendung zu finden. Aber sie war schon seit Jahren eingesprungen, wenn in letzter Minute noch eine Hand gebraucht wurde, und sie würde das wahrscheinlich immer weiter machen, bis sie einmal Flossen hatte, die wie Klauen aussahen ... Manche Leute wußten nicht, wann sie aufzuhören hatten.

»Lächeln«, befahl Jonah, als er seine Kamera eingestellt hatte. Cheryl gehorchte automatisch und realisierte im Bruchteil einer Sekunde später, daß ihr Gesicht ja gar nicht aufs Bild kam.

»Schon besser«, sagte Jonah und nahm die Augen vom Objektiv, um ihr zuzublinzeln. »Sehen Sie nicht so finster drein, Cheryl. Noch eine Aufnahmereihe, und der Mist ist fertig.«

Jonah benutzte so selten derartige drastische Ausdrücke, daß Cheryl zu lachen begann, und er tauchte wieder hinter seiner Kamera unter, zufrieden mit sich selbst.

»Sie sehen wie ein U-Boot-Kommandeur aus hinter

Ihrem Objektiv, Jonah«, neckte ihn Cheryl ihrerseits. »Kein Wunder, daß hier überall soviel Wasser ist.«

Als sie schließlich ihre Hand wegziehen durfte, war sie leicht naß und halb taub durch das Gewicht, das sie auf ihren Ellbogen hatte legen müssen. Sie schüttelte sie und warf einen Blick auf die Armbanduhr an ihrem anderen Handgelenk. »Fast fünf. Ich geh' mal besser in die Möbelabteilung hinauf. Kommt nach, sobald ihr könnt.«

Oben sah es aus wie im Wunschtraum eines Katalogdesigners. Eine Ecke der Möbelabteilung war erst leergeräumt und dann im Verlauf mehrerer Tage von Cheryl und Wade Mitchell, dem Chefdekorateur, sorgfältig eingerichtet worden. Es handelte sich um eine schmissige, sehr städtisch wirkende Kulisse, alles voller Chrom, Messing und Spiegel. Weihnachten für die oberen Zehntausend. Der mit Spiegel versehene Kamin war von Messingzubehör flankiert, eine große Chrom-Glas-Skulptur ragte in einer Ecke auf, ein Wandschirm mit Fischgrätmuster aus poliertem Messing und Chrom verdeckte die andere. Dazu passende kleine Polstersitzbänke mit golddurchwirkten bernsteinfarbenen Samtbezügen – über die Rücklehne des einen war lässig eine Silberfuchsstola geworfen, der Fuchskopf ruhte versonnen auf der einen Seitenlehne. Ein Glastischchen schwebte in der Mitte dieses Ozeans an Luxus wie ein mit Juwelen übersätes Eiland, überquellend von Sterlingsilber und Raritäten aus Messing.

»Die einzige Bezeichnung ist ›üppig‹«, sagte Cheryl zu Wade. »Sündige Üppigkeit.«

»Dann fangen wir also an, ja?«

»Alles ist vorhanden bis auf das Modell und den Fotografen – da kommt jetzt Ruth. Wie hat er seine Sache gemacht?«

Ruth rollte die Augen. »Phänomenal. Genau wie die Ausstattung hier. Das wird ein Knüller. Das silbergraue Abendjackett aus Samt ist einfach eine Wucht.«

»Ich dachte, man müßte mal eine neue Note hineinbringen«, sagte Cheryl bescheiden.

»Was meinst du?«

»Finde es selbst heraus.«

Ruth wanderte durch die Szene, ihre scharfen Augen glitten nach links und rechts. »Die große Spiegelvase? Nein, ich glaube, die war gestern schon da. Also, ich weiß nicht . . . Dan, können Sie irgendwas erkennen, das sich seit gestern nach Ihrer Anprobe, als sie hierherkamen, verändert hat?«

Cheryl drehte sich um, begierig, das letzte Stück ihres fast fertigen Puzzles hier zu erblicken.

»Oh – mein Gott, sind Sie eine Pracht. Drehen Sie sich um«, befahl sie schnell, verlegen ob ihres eigenen Überschwangs. Er gehorchte liebenswürdig, und Cheryl bewunderte den Schimmer seines blonden Haares, der die graue Samtjacke vollends zur Geltung brachte. »Legen wir los. Schnell, bevor alles schmilzt, wie Jonah immer sagt – wo ist er überhaupt? Dan, gehen Sie in Position.«

»Ich hab's!« jubilierte Ruth.

»Hm?«

»Die Champagnerkelche auf dem Tischchen – die sind neu. Du wirst sie für die Aufnahmen füllen müssen.«

»Ganz recht. Und den Champagner werden wir hinterher trinken – was meinen Sie, Jonah?«

»Okay.« Er stellte bereits sein Stativ auf. Dan war in die Kulisse getreten, damit Jonah die Kamera einstellen konnte; Ruth und Cheryl zogen sich außerhalb der Hörweite zurück.

»Es ist doch grandios, Ruth, oder nicht?«

»Keine Widerrede. Mir gefällt die Nuance mit der unsichtbaren Frau – die Fuchsstola, die zwei Champagnergläser. Es ist direkt eine Sensation, einmal keine Frau auf dem Titelblatt zu haben.« Ruths feine Brauen hoben sich leicht. »Glaubst du, daß er das Ganze allein tragen kann?«

»Ruth, schau ihn doch an . . . Außerdem ist das ja die

grundlegende Idee: innen unser Arbeitertyp als Maskottchen im Hintergrund – und außen der große Gatsby im Mittelpunkt. Mmm . . . im Abendanzug sieht er zu gut aus, um wahr zu sein.«

»Aussehen ist eine Sache, Realität eine andere«, äußerte Ruth mit einer belustigten kleinen Grimasse. »Dan hat mit aller Deutlichkeit erklärt, daß von all den verrückten Ausstaffierungen dieses Katalogs die mit der schwarzen Krawatte die ihm persönlich unangenehmste sei. Also sei still und schau zu.«

Jonah machte bereits Aufnahmen, und Cheryl hielt sich im Hintergrund. Es war eine ziemlich einfache Aufnahmetechnik. Dan mußte mitten im Raum stehen und atemberaubend aussehen, was nicht allzu schwierig war. Jonah verknipste einen ganzen Film und noch einen halben, bevor er sich hinter seinem Stativ aufrichtete.

»Dieses glitzernde Zeug ist mörderisch! Hören Sie, Cheryl, kommen Sie einmal hierher. Ich möchte, daß Sie durchs Objektiv sehen.«

Cheryl warf Ruth einen Blick zu, hob die Brauen und ging hinüber, um durch das Objektiv der Hasselblad zu spähen. »Es sieht doch gut aus, Jonah.«

»Ja, aber . . .« Er hielt inne und kratzte sich den allmählich kahl werdenden Kopf, ein schlechtes Zeichen bei ihm.

»Aber was?«

»Das ist alles so kalt, Cheryl. Perfekt in allen Details – zu perfekt. Ich hätte gern in bißchen Unordnung, irgendwas Belebendes, verstehen Sie?«

»Was denn?«

»Nur keine Panik. Ich glaube, ich weiß es, und es dürfte gar nicht so schwierig sein. Ich hätte gern ein Stück von dieser fehlenden Frau mit drin – Sie wissen schon, die alte Richard-Diamond-Masche – zum Beispiel der Rest eines Beins, das gerade aus dem Raum verschwindet, oder irgend so was. Sie sind alt genug, um sich daran zu erinnern, Ruth – die Sekretärin in all den Serien, von der man nur immer die Beine sah.«

»Vielen Dank, Jonah«, sagte Ruth. »Natürlich erinnere ich mich. Auf diese Weise bekam Mary Tyler Moore ihre Chance.«

»Ein Jammer, daß Hände keinen Meilenstein zum Erfolg darstellen«, sagte Cheryl spöttisch und fuhr sich mit der Rechten in gespielter Verärgerung über die Stirn. »Es ist eine gute Idee, aber wo wollen wir jetzt ein Bein herbekommen? Die Agentur hat geschlossen. Vielleicht könnten wir versuchen, eine Schaufensterpuppe herzunehmen, aber sie wirken so unecht . . .« Cheryl ließ sich auf eine der kleinen Polsterbänke fallen, streckte die Beine aus und lehnte den Kopf zurück. »Es ist um die elfte Stunde, und der Weinberg ist leer.«

»Können wir uns niemanden aus der Firma holen? Wer könnte seine Beine herleihen – ich weiß schon, dieses Mädchen aus der Buchhaltung, das die ganzen Jahre immer die kurzen Röcke getragen hat?«

Cheryl hob müde den Kopf und blickte auf ihre Armbanduhr. »Nützt nichts, Ruth. Die Buchhaltung schließt um fünf, jetzt ist es fast halb sechs. Das gesamte Haus wird inzwischen geleert sein. Selbst wenn uns jemand einfiele – alle wären weg, bevor wir sie erwischen könnten.«

Schweigen erfolgte auf diesen logischen Einwand. In eine Sackgasse geratene Kreativität verursacht immer eine Art Niedergeschlagenheit. Jonah fummelte an seinen Objektivbehältern herum, Ruth seufzte und ließ sich auf der Seitenlehne einer der Polsterbänke nieder, und Cheryl überlegte fieberhaft. Jonah hatte recht – das Ganze hatte etwas Steriles. Und das war ihre Schuld. Sie war geblendet gewesen von ihrer eigenen Vision mit Dan als Mittelstück und hatte darüber völlig vergessen, daß die Angelegenheit in erster Linie der Verkaufssteigerung dienen sollte. Das Titelblatt war das Wichtigste am gesamten

Katalog, es spielte gar keine Rolle, wie brillant innen alles gemacht war, wenn von außen her kein Anreiz erfolgte, wenn das Titelblatt nicht zum Aufschlagen aufforderte.

»Eine Story«, murmelte Cheryl düster. »Es muß einen deutlicheren Hinweis auf eine Story enthalten.«

»Ach Story, zum Teufel«, schnaubte Jonah. »Wir brauchen ein hübsches, aufregendes Bein.«

»Das *ist* schon eine Story, Jonah«, betonte Ruth.

»*Sie* hat hübsche Beine«, bemerkte Dan.

Alle hatten Dan so total vergessen, daß sie bei seinen Worten völlig verblüfft aufblickten, so als hätte soeben eine Schaufensterpuppe den Mund aufgemacht. Er wiederholte geduldig: »Sie hat hübsche Beine.«

»Wer?« fragte Cheryl und starrte konfus auf Ruths Beine, die elegant von der Banklehne herabbaumelten – nicht schlecht, aber nicht mehr jugendlich genug . . .

Dan deutete mit dem Finger.

»Ich?« Alle starrten auf Cheryls Beine, die im Augenblick nicht sonderlich vielversprechend aussahen, so wie sie gespreizt vom Sofa her ausgestreckt waren, die flachen Schuhe hingen nur noch halb an den Füßen. Cheryl zog die Knie an und drückte die Knöchel gegeneinander. »Ach, kommen Sie schon. Hände sind eine Sache für sich, aber bei Beinen wird es ernst.«

»Groß genug ist sie«, sagte Jonah zu Ruth.

»Wissen Sie, es sind nur diese verdammten Schuhe«, sagte Ruth zu Jonah. »Es ist mir nie aufgefallen. Dan hat recht. Ich könnte sie mit aufregenden hohen Absätzen versehen und sie in einen geschlitzten Rock stecken, dann könnte es klappen.«

»Es dreht sich hier ums Titelblatt«, wandte Cheryl ein. »Das ist nicht der Zeitpunkt für Versuche mit Amateuren. Ich kann nicht riskieren, mich darauf einzulassen, und außerdem kann ich gar nicht . . . Bin ich nicht . . .«

Ruth war aufgestanden, die beringte Hand war über dem Mund gewölbt, mit zusammengekniffenen Augen begutachtete sie Cheryls Beine. »Ich weiß nur, wie es aussehen muß. Was für eine Größe hast du bei Röcken und Schuhen?«

»Zehn«, begann Cheryl, »aber . . .«

Ruth rannte bereits davon, ihre hohen Absätze klapperten auf dem Boden. »Und die Schuhe?« rief sie zurück.

»Achteinhalb«, schrie Cheryl gezwungenermaßen zurück und fühlte sich gedemütigt. »Schmal.«

Jonah saß im Schneidersitz auf dem Teppich und ruhte sich aus, solange er nicht gebraucht wurde. Dan lehnte am Kamin, die Ellbogen auf den mit Spiegeln versehenen Sims gestützt.

»Ich kann es nicht glauben. Es ist gerade so, als ob kein Mensch mir zuhören würde . . .«

»Willkommen im Land der Modelle«, sagte Dan und lächelte.

»Auch du, Brutus«, gab Cheryl zurück. Sie seufzte. »Sie können sich ebensogut hinsetzen.«

»Kann ich nicht«, erklärte Dan. »Das könnte Falten geben. Im Anzug, nicht bei mir.«

»Ich weiß nicht. Ich habe das Gefühl, wir werden alle um zehn Jahre gealtert sein, bevor diese Nacht vorüber ist.«

11

»Na, was hältst du davon, Aschenbrödel?«

»Diese Schuhe bringen mich um.« Cheryl betrachtete sich in dem langen Spiegel in der Damentoilette. Sie streckte das Bein leicht durch den hüfthohen Schlitz in dem langen, schwarzen Samtrock, wodurch der glitzernde Strumpf und die goldbronzene Sandale zur Geltung kam – so hochhackig, daß ihr Fußgewölbe schmerzte. »Ich sehe aus wie eine sterile Pflanze. Wenn ich meine Hände fotografieren lasse, trage ich wenigstens irgendwelchen kostbaren Schmuck.«

»Ich werde dir ins Oberteil helfen. Raus aus dem BH.«

»Kein BH?«

Ruth drehte Cheryl vom Spiegel weg. »Sieh über deine Schulter weg. Rückenfrei – also kein BH.«

Das stimmte. Das Oberteil aus schwarz-goldenem Lurex, fiel vorne locker über die Brust und war hinten beinahe bis zur Taille ausgeschnitten.

»Du meine Güte, Ruth, ich stelle dir ein Bein zur Verfügung, und du nimmst gleich den ganzen Rücken. Ich kann unmöglich so hinausgehen.«

»Warum nicht? Ich finde, daß du atemberaubend aussiehst. Ich wußte gar nicht, was alles in dir steckt. Setz dich, aber zieh erst den Rock hoch.«

Ruth schob Cheryl auf einen niederen Hocker und hob leicht ihr Gesicht an. »Sieh nach unten und blinzle nicht.«

»Was hast du mit meinem Gesicht im Sinn? Nicht das Gesicht, Ruth . . .«

»Ich möchte nur gründlich sein – sieh auf und nicht blinzeln . . .« Ruths bewegliche Hände fuhren in Richtung der riesigen Kosmetiktasche, die sie auf das goldgeäderte Formicatablett entleert hatte, sie tastete mit den Finger nach den richtigen Tuben, Stäbchen und Töpfchen, während ihr Blick unentwegt auf Cheryls Gesicht haftete.

»Das macht dir Vergnügen«, beschwerte sich Cheryl. »Du hast schon lange darauf gespannt, mich zwischen die Finger zu bekommen.«

»Ein Tupfer goldener Schattierung hier, ein bißchen Mauve unterhalb der Brauen und oben auf den Backenknochen in Richtung Schläfe . . . Und hier habe ich die genau richtigen Ohrringe.« Ruth schwenkte ein Paar glitzernde, gut sieben Zentimeter lange goldene Blätter. »Es ist gar nicht einfach, in der Form Clips zu finden, deshalb trage ich sie immer für Notfälle bei mir.« Sie befestigte sie an Cheryls Ohrläppchen. »Steh auf und senke den Kopf.«

Etwas Glattes wurde in Cheryls Hand geschoben. »Bürste das Haar. Nur ein paar Striche. Und schüttle es aus. Und dann richte dich wieder auf.«

»Du würdest einen großartigen Unteroffizier abgeben, weißt du das?« Cheryl schüttelte das neuerdings so flaumige Haar und versuchte einen Blick in den langen Spiegel zu werfen. Sie sah sich überhaupt nicht mehr ähnlich und wirkte einfach fantastisch. Sie drehte sich um und schwankte auf die Tür zu. »Mach bloß, daß wir das hinter uns bringen.« Bei jedem unsicheren Schritt wurde sie sich ihres fehlenden Büstenhalters bewußt. Sie strich sich leicht über die Brust. »Endlich einmal bin ich froh, daß ich kaum Busen habe. Wenigstens erwecke ich nicht den Eindruck, als wollte ich mich für den Posten der diesjährigen Miß Schwabbelpudding bewerben. O Gott, ist das peinlich. Ich werde Modelle nie mehr als was Selbstverständliches ansehen.«

Sie stieß die schwere Tür auf und stelzte in die Szenerie hinaus, während Ruth in ihrem Kielwasser folgte und ihr Anweisungen zuzischte. »Stolpere nicht. Und heb' den Rock nicht hoch, wenn du gehst. Der Samt bekommt in Null Komma nichts Schweißflecke.«

Cheryl war froh, daß der Teppich das Geräusch ihrer Schritte verschluckte, und keineswegs glücklich, als sie von einem schrillen Pfiff begrüßt wurde. Das war Jonah. »Jetzt wird das Titelblatt ganz schön heiß«, sagte er mit beglücktem Grinsen und verschwand hastig hinter der Kamera.

Cheryl zog eine Grimasse und wanderte mit grimmiger Entschlossenheit zwischen das aufgestellte Mobiliar hinein. »Wo wollen Sie mich haben?«

»Gleich dort neben der Ottomane, die fast nicht mehr ins Bild kommt. Stützen Sie sich mit einem Knie darauf und strecken Sie das andere Bein in Richtung der Mitte«, wies Jonah sie an, den Kopf hinter seiner Kamera. Ruth schien verschwunden zu sein, obwohl Cheryl wußte, daß sie irgendwo im Hintergrund war und zusah. Es war schwierig, zwischen all den Silberschirmen und Scheinwerferlichtern hindurchzuspähen, die durch ein Gewirr von Kabeln miteinander verbunden waren, das sie selbst und Dan in ein Gebiet einschloß, das spannungsvoll, hell und isoliert war wie ein Boxring.

»Okay. Dan, gehen Sie zu Cheryl hinüber und sehen Sie sie von der Seite an. Warten Sie – nehmen Sie eines dieser Champagnergläser. Okay, was ich jetzt brauche, ist eine Menge Bein, das sich in Richtung nach außen aus dem Bild zu entfernen scheint, und Dan muß dorthin blicken. Gut. Ich bin soweit. Bleibt so.«

Weißes Licht flammte hinter Cheryl auf, und sie wäre fast zusammengezuckt. Es war nervenaufreibend, nicht nur zur Abwechslung selbst vor der Kamera zu stehen, sondern auch noch den Rücken – halbnackt – hinzustrekken. Sie hatte keine Ahnung, wie sie selbst, wie die Szene und wie Dan aussah . . .

»Grandios«, murmelte Jonah, aber alle Fotografen pflegten Modelle mit bedeutungslosem Lob zu bedenken. »Okay. Ich möchte was ausprobieren.«

»Aber nur ein Bein, Jonah, mehr nicht«, sagte Cheryl energisch über die Schulter weg.

Jonah kam zu ihr herüber und senkte die Stimme. »Hören Sie zu, Cheryl. Ich möchte noch ein paar Aufnahmen machen. Nur den Rücken. Keiner wird merken, daß Sie es sind.«

»Aber ich werde es merken. Jonah, wir hätten ein Modell dafür anheuern können.«

Er legte die Hand auf ihren Arm und sprach noch leiser. »Das wird das Ganze herausreißen, glauben Sie mir. Sie haben einen großartigen Rücken. Sie sind dafür ebenso gut wie jedes Modell. Kommen Sie schon, Süße, es dauert bloß ein paar Minuten.«

Das war ausschlaggebend. Wenn Jonah anfing, sie ›Süße‹ zu nennen, betrachtete er sie total als Modell – als schwieriges Modell, das man mit Schmeicheleien beschwatzen mußte.

»Ich komme mir idiotisch vor«, gestand Cheryl mit leiser Stimme Dan, während Jonah zu seinem Stativ zurückhastete.

»Sie werden's überstehen.« Dan lächelte leise. Das tat er neuerdings häufig, wurde ihr plötzlich bewußt, und sie begann den Verdacht zu hegen, daß er irgendwelche Absichten hegte, die nicht weniger hinterhältig waren als die Ruths. Der Gedanke verwirrte sie, und sie wandte den Blick ab.

»Okay!« brüllte Jonah, um ihre Aufmerksamkeit auf sich zu lenken. »Cheryl, rücken Sie Ihr Knie an den Rand der Ottomane, damit sie näher bei Dan sind.« Cheryl gehorchte. »Noch näher.« Sie rückte wieder ein Stück weiter, diesmal aber weniger. Dan war eine verschwommene Wand aus Samt. »Noch mehr.« Sie stutzte einen Moment und spürte, wie Dans Hände sich fest um ihre Ellbogen schlossen. Er hob sie hoch und ließ sie genau dort nieder, wo Jonah sie offensichtlich haben wollte, der Samt an ihrer rechten Seite schmiegte sich gegen den Dans, ihr Kinn war genau auf Höhe der mit grauem Samt bedeckten Schulter . . .

Cheryl sah hinab. »Danke für den Transport«, murmelte sie und spürte, wie ihr Gesicht heiß wurde. Sie hoffte inbrünstig, es läge an den vielen Scheinwerfern und nicht um ein Erröten.

»Das ist's!« lobte Jonahs Stimme von hinten. »Jetzt, Cheryl, lehnen Sie sich ein bißchen mehr an Dan . . .« Diesmal befolgte sie die Anweisung aus eigener Kraft. Es war nicht schwierig, sich bei Dan anzulehnen, sie war ohnehin nahe daran, aus einem Gefühl der Demütigung heraus zusammenzubrechen. Sie legte ihr Gesicht an seine Schulter und lachte über sich selbst.

»Gott, ist das peinlich . . .«, flüsterte sie.

Sein Arm umschloß sie fester. Sie war froh, daß sie

beide in verschiedene Richtungen blickten. »Sie machen es großartig.« Jonah schnurrte förmlich vor Befriedigung. »Nehmen Sie's gelassen hin.«

Aber es war schwierig, gelassen zu sein, während Dans Hand leicht gespreizt auf ihrer Hüfte lag; ihr nackter Rükken spannte sich flüchtig bei der Vorstellung, diese Hand könnte sich dorthin bewegen. Es war schwierig, entspannt zu sein, wenn Jonahs Stimme ermutigend gurrte: »Prima, Dan. Einfach perfekt. Gut, bleiben Sie so«, während sie selbst weder etwas sehen konnte, noch eine Ahnung hatte, was Dan da eigentlich trieb. Und es war äußerst anstrengend, alles Gewicht auf ein Knie zu legen und das andere Bein in Revuegirl-Manier auszustrecken, dabei für die Kamera stillzuhalten und zu vergessen, daß ihre Füße in den hochhackigen Sandalen vor Schmerz pochten und daß die eine Seite ihres vom BH entblößten Körpers gegen den Dan Englunds gepreßt war – eine Empfindung, die sowohl das Quälendste als auch das Genußvollste war, das sie sich vorstellen konnte. Ich benehme mich wie eine Halbwüchsige, schalt sich Cheryl selbst, und dann brüllte Jonah erneut seine Anweisungen.

»Cheryl – tun Sie was mit diesem rechten Arm – spielen Sie mit dem Stecktuch in seiner Brusttasche oder irgend so was.«

Die Situation wurde leichter. Cheryl streckte einen aufreizend nackten Arm aus und ließ ihre Finger mit dem Seidentuch spielen, das sie ertastet hatte. »Ein Glück, daß mein abgebrochener Fingernagel an der Hand hinter seinem Rücken ist, Jonah!« äußerte sie mit etwas mehr Selbstvertrauen über die Schulter weg.

Das weiße Licht explodierte gleichzeitig mit dem Klikken und dem Summen des Winders. Cheryl verlor vorübergehend das Gleichgewicht, und Dan hielt sie fest. Cheryl brachte ein schüchternes Dankeslächeln zustande und Jonah begann: »Toll!« zu schreien und drückte immer wieder ab wie ein Wahnsinniger. Cheryl versuchte, sich nicht allzu sehr mit der Linken auf Dans Schulter abzustützen, denn ihre Handflächen fühlten sich feuchtwarm an, und Ruth hatte sie des Samts wegen gewarnt. Aber sie begann, sich unbefangener an ihn zu lehnen, wußte, daß er sie richtig halten konnte, wußte, daß das auf den Fotos besser aussehen würde, wußte plötzlich, daß sie nichts falsch machen konnte.

»Super!« sang Jonah lauthals, und Cheryl warf ihr Haar zurück, schüttelte die Hand, damit sie nicht verkrampft wirken würde, und rückte ihr Bein zurecht. Dans Hand glitt schließlich zu ihrem Rücken, ob absichtlich oder zufällig, war schwer zu sagen; Cheryl fuhr zusammen, lachte dann leise und vergrub flüchtig das Gesicht an seiner Schulter – lang genug, um Jonah einen Jubelschrei zu entlocken und noch verrückter als zuvor zu knipsen. Das weiße Licht um sie herum flammte in rhythmischen Wellen immer wieder auf.

»Mehr Gesicht! Mehr Gesicht! Cheryl, mehr Gesicht!« Jonahs Stimme klang wie die eines fernen und wütenden Rumpelstilzchens, aber sie zögerte. Dies alles, so hatte sie das Gefühl, widerfuhr jemand anderem, einem anderen Körper, alles ging hinter ihrem Rücken vor sich. Dann war Dans Finger unter ihrem Kinn und er hob ihr Gesicht zu seinem eigenen hoch. »Keine Angst«, sagte er, und seine Augen sahen unter den hellen Lichtern mehr blau als grau aus, »Sie haben auch ein großartiges Profil. Gönnen Sie dem Fotografen sein Glück.«

Sie lächelte zu ihm auf, denn sie *hatte* ein gutes Profil, und die neue Frisur war hinreißend. Warum hatte sie das früher nie gesehen? Sie hatte genügend Erfahrung mit Modellen, um zu wissen, was zu tun war, es gab keinen Grund, aus der Fassung zu geraten. Und nun konnte sie auch erkennen, was Dan getan hatte, um derart Jonah Menschs Zufriedenheit hervorzurufen. Er hatte das getan, was von guten männlichen Modellen zu erwarten war – er hatte das weibliche Modell so angesehen, als gefiele ihm das, was er da sah, so als bestünde da tatsächlich eine gewisse heimliche Intimität, die die Kamera einfangen durfte, so als hausten sie beide wirklich in dieser luxuriösen, glitzernden Kulisse und würden demnächst die Bühne verlassen, um die köstlicheren Augenblicke dieses Daseins ganz für sich zu erleben.

Cheryl lächelte und sah Dan an. Es war ein gut geschnittenes Gesicht, ja, aber jetzt gefiel ihr das, was sie dahinter sah, noch besser als die äußere Fassade. Er war so freundlich, führte sie, wie er das Modellkind Davey geführt hatte, sanft und sicher. Er erleichterte ihnen beiden die Arbeit und ließ trotzdem der Kamera zukommen, was sie brauchte.

Er nutzte die Situation nicht aus, das spürte Cheryl am leichten Druck seiner Hand an ihrem Rücken, aber er wehrte sich auch nicht dagegen. Er sah sie so an, wie man erwarten konnte, da er dafür bezahlt wurde, mit einem Ausdruck, der sexy, zärtlich und zugleich amüsiert war. Er sah aus, als wäre er im Begriff, sie zu küssen, und sie lächelte mit geschlossenen Lippen, ein Mona-Lisa-Lächeln, das besagte: »Es ist alles ein Spiel, nicht wahr, aber ich habe nichts dagegen«, und sie bot ihm ihr Gesicht in einem Dutzend verschiedener Positionen dar – von denen jede einzelne im Kuß enden konnte. Er war so nahe, sie konnte sein Gesicht kaum als Ganzes erfassen. Sie sahen einander mit ausschließlicher Konzentration an, und die Kamera würde das elegant und neiderregend wiedergeben. Cheryl kümmerte sich nicht mehr darum, ob sie fotografiert wurde, obwohl sie gleichzeitig auf seltsame Weise vor dieser Kamera mehr Theater spielte als je zuvor. Dans Augen blickten in die ihren hinab, seine hellen Wimpern waren kleine, vergoldete Strahlen. Sein Mund war sehr nahe dem ihren, und sie spürte seinen leichten Atem auf den Wangen.

»Wundervoll!« ermutigte Jonah sie, noch immer völlig

aus dem Häuschen wie ein gutbezahlter Claqueur. »Einfach hinreißend, Cheryl, hinreißend. Dan, bleiben Sie bei dem Beinahe-Kuß . . . Bleiben Sie, bleiben! *Guut*!«

Die Lichter erloschen abrupt. Alles wirkte plötzlich sehr dunkel – abgesehen von den beiden Lichtflecken, die vor ihren Augen tanzten. Sie legte die Hände an die Schläfen, um die Augen zu beschatten und versuchte, den Blick auf das in der Nähe stehende Tischchen zu richten. Erst als Dan sie losließ und sie ein bißchen auf den Füßen zu schwanken begann, wurde ihr bewußt, wie eng sie sich umschlungen gehalten hatten.

»He – setzen Sie sich besser. Sie waren diejenige, die in die Scheinwerfer sehen mußte.« Eine Hand auf ihrem Arm drückte sie auf die Ottomane hinab, und Cheryl merkte, daß ihre Beine nach der Anspannung zitterten.

»Cheryl – das war eine Wucht! Du hast eine neue Karriere vor dir! Du hast einfach atemberaubend ausgesehen.« Ruth stürzte auf sie zu und drückte ihr die nackten Schultern. »Wo ist dieser Champagner, wir haben ihn verdient.«

Dan reichte ihr lächelnd seinen Kelch. »Ich fürchte, er ist warm von den Scheinwerfern.« Cheryl nahm einen langen und befriedigten Schluck. Sie blinzelte noch, aber langsam begann sie die Umgebung wieder klar zu sehen. Ruth blickte auf ihre Uhr und trank dann ihrerseits aus dem Champagnerglas. Jonah hatte sich das volle Glas angeeignet, das noch auf dem Tischchen stand und goß es hinab wie einen Maßkrug voller Bier. Dan ließ sich endlich auf der Polsterbank nieder.

»Cheryl, du mußt hier aufräumen«, sagte Ruth. »Ich muß sehen, daß ich wegkomme, ich hatte nicht damit gerechnet, daß es so lange dauern würde. Hinterlasse die Kleider im Büro, wenn du gehst, ja?«

»Klar.« Cheryl stellte das Champagnerglas auf den Tisch und stand auf. »Ich ziehe mich jetzt besser um. Falls Sie schon weg sind, bevor ich zurückkomme, Jonah –

danke für all Ihre unerschütterliche Knipserei. Und vergessen Sie nicht – ich darf nicht erkennbar sein!«

»Keine Sorge, Cheryl, kein Mensch wird je auf die Idee kommen, Sie könnten es sein.«

»Und Dan – vielen Dank, daß Sie einem alternden Modell Stab und Stütze waren. Lassen Sie die Kleider einfach auf dem Sofa, wenn Sie gehen.«

Sie stöckelte einigermaßen verlegen aus dem Raum. In der Damentoilette lag ihre eigene Kleidung so verstreut herum, als sei ein Orkan durchgefahren. Ruths Kosmetikbeutel war auch noch da. Cheryl nahm die schweren Ohrringe ab, löste die Riemen der Schuhe und zog sie aus, zusammen mit der teuren Strumpfhose, die nun, da sie benutzt worden war, zu den Requisiten der Werbeabteilung gehörte. Die Schuhsohlen wirkten einigermaßen unberührt, sie konnten zurückgegeben und verkauft werden. Sofern jemand mit der Größe achteinhalb dumm genug war, in solch hochhackigen, hauchzarten Sandalen herumzustelzen. Merkwürdig, selbst mit ihnen an den Füßen hatte sie Dan nicht überragt!

Cheryl empfand sich erst wieder als die alte, als sie den BH zuhakte und den Sommerpullover über den Kopf zog. Stück um Stück verschwand das blendende Geschöpf im Spiegel. Sie feuchtete ein Papiertuch an und machte sich daran, das kunstvolle Make-up um ihre Augen wegzureiben. Aber die Röte auf ihren Wangen ließ sich nicht entfernen ... Sie hielt inne und beschloß, das Make-up zu lassen, wie es war. Zu Hause war es leichter wegzubringen und zudem – warum sollte sie eigentlich so schnell jede Spur ihres plötzlichen Status eines Stars verwischen?

Es dauerte eine Weile, bis das Kleid aufgehängt, die Schuhe in ihre Schachtel verpackt, die Lichter gelöscht waren und sie in die Möbelabteilung zurückkehren konnte, um Dans Kleidung zu holen. Es war kein Geklirr von Jonahs Aluminiumstativen mehr zu hören, vermutlich war er bereits gegangen. Die Lichter des Kaufhauses waren herabgeschaltet und warteten darauf, daß die Putzfrauen einträfen, um ihre nächtliche Arbeit zu beginnen.

Der Gold- und Silberraum wirkte sehr gedämpft ohne die mehreren tausend Watt der Scheinwerfer. Gedämpft und leer. Sie sah die Abendjacke und die Hose an ihren Bügeln über der Rücklehne der Polsterbank hängen und nahm sie und den Silberfuchs an sich – alles mußte bis morgen weggeschlossen werden. Es war spät, aber damit hatte sie gerechnet. Jayson war bei der Familie eines Freundes und sollte dort vor sieben Uhr abgeholt werden.

Ein Schatten löste sich von dem Wandschirm aus der einen Ecke – einen Augenblick lang glaubte Cheryl, er sei aus dessen Spiegel herausgetreten.

»Oh – Dan! Sie haben mich erschreckt.«

»Ich habe nur untersucht, wie die Dekorationsabteilung das Ding zusammengesetzt hat. Kann ich Ihnen etwas von Ihren Sachen abnehmen?«

»Ja, danke. Es dauert eine Weile, bis man sich aus diesen Sachen herausgeschält hat, nicht wahr?«

Er nahm die Bügel mit seiner Kleidung von ihrem Arm und legte den Silberfuchs oben darüber. »Ich war schnell fertig, aber ich fand, das Haus wirkte so verlassen . . .«

»Oh, ich mag es sehr gern so.« Cheryl ergriff ihre Handtasche und warf einen letzten Blick über die Dekoration. »Die Leute von der Möbelabteilung werden sich morgen früh über die leere Champagnerflasche wundern, aber ich habe keine Hand mehr frei, um sie mitzunehmen.«

»Sie ist nur halb leer«, sagte Dan, bückte sich, um sie hochzunehmen, und folgte ihr zu den Aufzügen. »Sie meinen, diese geisterhafte Atmosphäre nach Ladenschluß irritiert Sie überhaupt nicht?«

»Es war sehr nett von Ihnen, auf mich zu warten, aber nein, ich bin daran gewöhnt, bei Maxwell's herumzugeistern, wenn geschlossen ist. Das ist ein komischer alter Kasten. Ich stelle mir immer vor, es sei die ›Queen Mary‹, das Flaggschiff, das mitten in Minneapolis auf dem Trokkendock liegt, während die moderneren Schiffe vor den Einkaufsstraßen der Vorstädte herumtreiben. Dieses Haus hier ist alt, höhlenartig, verwirrend konstruiert, knarrt überall und müßte dringend renoviert werden, aber es hat ein gewisses Charisma. Man muß eine Zeitlang hier gearbeitet haben, um das zu erkennen.«

»Nein, ich spüre es«, sagte Dan und lehnte sich gegen die Wand, während sie auf den Aufzug warteten. Es war heller hier, und Cheryl konnte ihn deutlicher sehen – es war Dan Englund, wieder in Bluejeans. Nicht jedes Mädchen konnte seinen eigenen Märchenprinzen erschaffen und sich nach Lust und Laune in seine Arme werfen. Sie warf einen Blick auf ihre Uhr. Es war erst sechs.

Sie hatten den Aufzug für sich und einander nicht viel zu sagen, während sie vier Stockwerke tiefer fuhren. Dan folgte ihr hinaus und durch das Gewirr der Korridore bis zu den Büros im hinteren Teil des Hauses.

»Es ist eine heillose Unordnung hier«, entschuldigte sich Cheryl, als sie das Licht angeschaltet hatte, welches das Chaos beleuchtete. Sie nahm die Bügel von seinen Fingerspitzen. »Ich werde die Sachen einfach hierlassen und die Bürotür verschließen. Jeder hat einen Schlüssel . . .« Sie empfand Nervosität und begann, unnötige Erklärungen abzugeben. Während sie sich noch darüber Gedanken machte und zu Dan zurückblickte, prallte sie geradewegs gegen ein Stuhlbein. »Autsch – blödes Ding. Als ob diese Schuhe von Ruth nicht schon schlimm genug gewesen wären.«

»Kommen Sie.« Er nahm ihr die Bügel aus der Hand und legte alles über den Schreibtisch. »Setzen Sie sich.«

»Hierhin? Auf den Schreibtisch?«

Er nickte und drehte sie um, seine Hände drückten so lange ihre Schultern hinab, bis sie nachgab und sich verdutzt hinsetzte.

»Sie haben jetzt mehr als genug getan«, sagte er hinter

ihr, und dann begannen seine kräftigen Finger die Muskeln in ihrem Nacken und an ihren Schultern zu massieren. »Entspannen Sie sich«, sagte er, während seine Finger sich rhythmisch ihrer plötzlich schmerzenden Muskeln entlangbewegten. Es fühlte sich wundervoll an, aber auch irgendwie unzulässig. Leute, die einander nicht wirklich gut kannten, berührten sich nicht auf solch beiläufige Weise ... Falls Dan Englund glaubte, dies sei eine Methode, sie innerlich und äußerlich zu lockern, so unterschätzte er sie. Aber Cheryls Kopf sank nach vorne, er war plötzlich zu schwer, um hochgehalten zu werden. Er strich ihr sachte das Haar aus dem Nacken, und seine Finger arbeiteten sich aufwärts bis zur Kopfhaut. Ihre Haut begann zu prickeln, ihr Kopf war im Begriff, sich gegen seine Brust fallen zu lassen ... und dann würde sie träge zu ihm aufblicken und sagen: »Hören Sie nicht auf, bitte ...« In kehligem Flüsterton – um Himmels willen!

»Ah, das ist prima. Vielen Dank. Es hat wirklich geholfen.« Cheryl ließ versuchsweise den Hals kreisen und sprang auf. »Na, dann räumen wir am besten mal das Feld.«

Während des gesamten Wegs durch das Kaufhaus bis zu der auf die Achte Straße hinausführenden Tür plapperte sie unentwegt. Über die Firma, über ihre Arbeit, über Ruth und Jonah, über alles. Dan ging neben ihr her und hörte aufmerksam zu, so als teile sie ihm wirklich etwas Wesentliches mit, anstatt sich über alberne Trivia zu verbreiten. Auf der Straße draußen war es noch hell; sie hatte gedacht, es wäre inzwischen schon viel später, viel dunkler geworden.

Cheryl wandte sich Dan zu, um ihm auf Wiedersehen zu sagen. »Ich habe den Wagen im Parkhaus.« Sie wies völlig überflüssigerweise auf den Eingang.

»Ich auch.«

»Ja, dann also ...«

»Wie wär's mit was zu trinken? Eine kleine Feier zur

Einführung als Mannequin?« Er wies mit dem Kopf in Richtung einer Bar auf der anderen Straßenseite, die Cheryl bis dahin noch nicht einmal bemerkt hatte. Natürlich kam das nicht in Frage. Sie war seit ihrer Heirat nie mehr mit einem Mann allein in einer Bar gewesen, und zudem mußte Jayson bald abgeholt werden . . .

»Okay.«

Der Raum war schmal und dunkel und verfügte über Nischen mit Bänken, die mit schwarzem Vinyl gepolstert waren, und einer scheußlichen, gespenstisch beleuchteten Bartheke. Die Männer und Frauen, die aufgereiht vor ihr saßen, drehten sich um, als sie hereinkamen, um sie anzusehen. Cheryl schlüpfte erleichtert in eine leere Ecknische, während sie den leichten Druck von Dans Hand auf ihrem Rücken spürte – an ihrem nun bekleideten Rücken.

Sie bestellte ein Glas Chablis, da sie noch fahren mußte und da 7 und 7 immer einen schlechten Geschmack in ihrem Mund hervorrief, wenn sie daran dachte. Dan bestellte einen Wodka.

»Worüber lachen Sie?«

»Ich kann nicht anders. Als wir das letztemal etwas bestellten – bekamen Sie Bier und ich Whisky; wir haben einfach unsere Vorlieben für hart und weich vertauscht. Ich weiß eigentlich gar nicht, warum mir das so komisch vorkommt. Entschuldigung . . .« Ihr Gekicher ging in einen Schluckauf über. »Ich weiß wirklich nicht, was mit mir los ist . . .«

»Ich schon. Mannequinmanie. Eine gefährliche Mischung aus Erschöpfung und Euphorie. Deshalb dachte ich auch, Sie würden vielleicht gern ein bißchen zu sich selbst kommen. Es war ein schwieriger Anfang, gleich so im Mittelpunkt der Aufmerksamkeit zu stehen.«

»*Sie* scheinen das mit völliger Gelassenheit zu tun.«

»Ich bin ein alter Hase. Aber es war nicht immer leicht. Der Job ist eigentlich nichts für Leute, die auf ihre Intimsphäre Wert legen, und das tue ich.«

»Warum machen Sie es dann überhaupt?«

Er lächelte und holte sich eine Handvoll Erdnüsse aus der Plastikschale in der Mitte des Tisches. »Geld. Es geschieht nicht zum erstenmal, daß ein Künstler seinen Körper verkauft, um sich seine Kunst leisten zu können. Und es ist ein leichter Job, die Arbeitsstunden sagen mir zu. Und – irgendwie mag ich auch die Leute.«

Cheryl faltete die Hände vor ihrem Kinn, plötzlich ganz professionell. »Wissen Sie, Dan, dieser Auftrag könnte Ihnen wirklich Wege öffnen. Das hofft jedenfalls Jo Hedley. Es könnte auswärtige Aufträge bedeuten, vielleicht sogar Fernsehen . . .«

»Aber ich möchte gar nicht zu viel Arbeit haben, nur eben ausreichend, um den Rubel rollen zu lassen.«

»Ich habe – äh – neulich im ›Peavey Plaza‹ zu Mittag gegessen und dort Ihr Werk gesehen. Es war hübsch.«

»Aber hat es Ihnen auch *gefallen*?«

»Hören Sie, Dan«, gestand sie plötzlich, »mein zehnjähriger Sohn könnte Ihnen wahrscheinlich etwas Vernünftigeres darüber sagen als ich. Ich ging hin, um es mir genau anzusehen und – und ich weiß einfach nicht, ob ich es mag. Es ist groß, es ist aus Metall und es bewegt sich, es – ich verstehe nichts von moderner Kunst . . .«

»Warum haben Sie unbedingt das Gefühl, Sie müßten etwas davon verstehen?«

»Weil . . .«, sie hob nervös die Hände an die Schläfen, ». . . weil ich das Gefühl hatte, es sollte mir eigentlich gefallen.«

»Warum?«

»Weil ich mit Ihnen zusammengearbeitet habe, und weil ich Sie mag und . . .«

»Hören Sie – Kunst ist nicht wie eine Ehe. Nicht ›wenn du mich liebst, mußt du auch meinen Hund lieben‹. Sie haben absolut das Recht, meine Arbeit unerträglich zu finden. Nur weil die Stadtväter zu dem Schluß gekommen sind, ich nagte am Hungertuch und sei nun lange genug innerhalb der Stadt aufgekreuzt, um einen öffentlichen Auftrag zu erhalten, und nur weil sie fünfzehntausend Dollar für das Vergnügen geblecht haben, einen Original Englund zu besitzen, brauchen Sie noch lange nicht während Ihrer Mittagsstunde hinzutrotten und es eine Stunde lang schön zu finden.«

»Fünfzehntausend? Haben Sie tatsächlich so viel bekommen?«

»Eindrucksvoll, nicht wahr? Aber Sie müssen wissen, daß es mich acht Monate Arbeit gekostet hat, das Ding zu vollenden. Deshalb bin ich ja so glücklich, daß ich vor der Kamera die weißen Zähne fletschen darf. Ich habe schon schwierigere Dinge für wesentlich weniger Geld gemacht.«

»Ich kann mir nach heute nichts vorstellen, was noch schwieriger sein könnte. Ich glaube, es hat mir ganz gutgetan, einmal mit der Idee zu kokettieren, einen Volltrottel aus mir zu machen.«

»Sie haben keineswegs einen Volltrottel aus sich gemacht. Ich hätte nie vorgeschlagen, Sie sollten es tun, wenn ich gedacht hätte, es würde Sie belasten.«

Cheryl nippte an ihrem Chablis. »Ganz recht, es war ja Ihre glänzende Idee – Cheryls brillante Karriere. Soviel Bein habe ich seit meinen Sommerlagern als Teenager nicht mehr gezeigt.«

»Schade.« Er grinste sie an. »Ich kann nicht umhin, gewisse Dinge zu bemerken – ich bin schließlich Bildhauer. Ich habe – äh, nun mal mit Formen zu tun.«

»O Gott, hoffentlich klappt alles. Wie konnte ich mich bloß von Ihnen überreden lassen, in meinem eigenen Katalog zu erscheinen? Mir ist es sogar egal, wenn ich zu erkennen bin, solange ich nur gut herauskomme.«

»Sie werden gut herauskommen.«

»Ist das Ihre professionelle künstlerische Meinung?«

»Nein, ausschließlich meine persönliche.«

Cheryl seufzte.

»Immer mit der Ruhe«, beschwichtigte er sie, und seine Hand drückte über den Tisch weg die ihre. »Es wird alles okay, Sie werden sehen.« Er wandte sich wieder der Erdnußschale zu, und Cheryl fragte sich, ob sie sich nicht alles nur in ihrer Fantasie vorstellte – die Fotoaufnahmen, die Halsmassage, die Hände über der gemaserten Tischplatte ... Ein seltsames kleines zuckendes Empfinden in der Magengrube sagte ihr nein, sie habe sich nichts von all dem nur eingebildet.

»Wissen Sie«, sagte Dan, während er den Rest seines Wodkas über den Eiswürfeln in seinem Glas hin und her schwenkte, »wenn sie wirklich spritzige Schauplätze für Modeaufnahmen haben wollen, sollten Sie einmal einen Blick in einige der Discos am Bloomington Strip werfen. Waren Sie mal dort?«

»Sie meinen, dort wo all diese verrückten Bands herumhängen, das ›Paradies der Einspännigen‹?«

»Ja. Sie haben dort ziemlich wildes Neon- und Artdeco-Dekor. Wenn Sie mal dorthin wollen, mache ich gern eine Rundtour mit Ihnen. Rufen Sie mich einfach an.«

»Ich bin immer auf der Suche nach neuen Schauplätzen für Aufnahmen«, sagte sie vorsichtig. Er äußerte sich nicht. Cheryl betrachtete angelegentlich die Biegung ihres Weinglases. »Welche Zeit wäre denn die beste?«

»Vermutlich Freitag abend, wenn der meiste Betrieb ist.«

»Es wäre möglich, daß irgendwann, wenn mein Sohn bei einem seiner Freunde übernachtet und mein – Mann verreist ist ... Aber nur mit getrennter Kasse ...«

»Wie Sie wollen. Sie wissen doch, wie Sie mich erreichen können, nicht wahr?«

»Ich weiß es. Einfach den Hörer abnehmen und – wählen«, sagte sie mit ihrer besten schwülen Nebelhornstimme à la Laureen Bacall, bevor sie in Gelächter ausbrach. »Mögen Sie den Film auch so gern?«

»Ich bin ein wirklicher Fan, was die alten Klassiker betrifft. Ich gehe andauernd hinüber ins Campus-Theater, um mir alles anzusehen – ›Der dünne Mann‹, ›Casablanca‹ . . .«

»Casablanca! Ich muß ›Casablanca‹ ein dutzendmal gesehen haben, aber es endet so traurig. Es war mir immer zuwider, daß Ingrid Bergman mit diesem elenden kleinen Ehemann weggegangen ist. Ich meine Paul Henreid . . . Ich würde am liebsten alle diese Filme umschreiben und sie gut ausgehen lassen – du lieber Himmel, schauen Sie mich bloß an. Ein einziger Job als Modell, und ich versuche sofort Cecil DeMille zu spielen. Ich glaube, ich halte mich besser an Discos. Und jetzt muß ich rennen. Jayson . . .« Cheryl grub in ihrer Handtasche nach dem Geldbeutel.

»Ich hab's schon.« Trotz ihres mißbilligenden Stirnrunzelns legte er eine Fünfdollarnote auf den Tisch. »Sie haben diesmal nichts von getrennter Kasse gesagt.«

»Wenn wir wirklich den Strip heimsuchen, wird das aber eine strikte Bedingung«, warnte sie.

Als sie auf die Straße traten, war es dunkler geworden.

Jenseits des Straßenverkehrs blinkten einladend die Lichter von Maxwell's. Das Parkhaus wirkte trübe und gewöhnlich, aber Dan begleitete sie auf die andere Straßenseite, und so vergaß sie, wie sehr sie es verabscheute, den Bau zu betreten, wie verlassen, schmutzig und unheimlich er war.

»Ich begleite Sie zu Ihrem Wagen«, sagte er, und beide benutzten ganz automatisch die Treppen – vielleicht weil es dann langsamer ging. Sie plauderten über ihre alten Lieblingsfilme. Cheryl ertappte sich dabei, wie sie sich auf dem Treppenabsatz zwischen dem zweiten und dritten Parkdeck gegen das Geländer lehnte und herausplapperte, was für ein großartiger Film doch ›Der Zauberer von OZ‹ sei – und realisierte plötzlich, daß Dan sie wesentlich aufmerksamer betrachtete als eigentlich zuhörte.

Schuldbewußt stieß sie sich vom Geländer ab und eilte die Stufen zum vierten Parkdeck empor. Im Augenblick hatte sie sogar vergessen, wo ihr Wagen geparkt war.

Sie vergaß auch, die Wagenschlüssel herauszunehmen, bis sie mit Dan unmittelbar vor dem Lincoln stand und ihr zu spät einfiel, wie groß, schwarz und teuer aussehend er war. Dies war ihr peinlicher als zuvor ihr nackter Rücken. Das Empfinden hatte etwas fast Schmerzliches, so als ob der Wagen für Dan mit seinem bescheidenen Lebensstil eine Beleidigung darstellte. Sie begriff endlich, weshalb Sonny einen solchen Wagen überhaupt gekauft hatte.

»Danke für den Drink.« Der Schlüssel drehte sich leicht im Schloß. Sie wandte sich zu Dan um, um ihm gute Nacht zu sagen. Er blickte den Wagen gar nicht an, sondern sie. Wie in einem der alten Filme.

Aber dies war die Gegenwart, das wirkliche Leben, und er sagte: »Vergessen Sie nicht, wenn Sie sich die Discos ansehen wollen . . .«

». . . für die Aufnahmen . . .«

»Für die Aufnahmen«, bestätigte er. »Rufen Sie mich einfach irgendwann abends an, wenn Sie frei sind. Es liegt an Ihnen.«

Sie nickte. Er sah sie scharf an, so als glaubte er nicht, daß sie der Typ Frau sei, der wußte, wie man anrief, wenn ihr daran lag. Cheryl befürchtete, daß er recht hatte. Er hob die Hände zu ihren Wangen, schob ihr Haar zurück, senkte sein eigenes Gesicht zu ihrem herab und küßte sie sacht, bedächtig, zärtlich auf die Lippen.

Cheryl saß hinter dem Lenkrad des Lincoln, die Tür wurde geschlossen, Dan war nur noch eine leicht verzerrte Gestalt hinter dem gebogenen, leicht gefärbten Glas. Er hatte aufgehört, sie zu küssen, sie hatte etwas gemurmelt, war in den verdammten Wagen gestiegen – wo war bloß das Zündschloß? Sie sollte etwas tun, den Motor anlassen. Sie mußte wegfahren. Sie konnte nicht hier sitzen bleiben, als hätte sie sich in Beton verwandelt. Sie fuhr vom Parkdeck weg, sah im Rückspiegel Dan weggehen, folgte ihm so lange mit den Augen, bis sie beinahe die Abfahrtsrampe verpaßt hätte. Cheryl schlug hart ein und lenkte den Lincoln die Spirale hinab. Ihre Gefühle schienen sich um sich selbst zu drehen wie der Wagen auf seinem Korkenzieherkurs. Sie fuhr zu schnell und trat hastig auf die Bremse, weil ihr einfiel, daß sie auf die von den anderen Decks hereinmündenden Wagen achten mußte.

Unten konnte sie zuerst nicht ihr Geld für den Mann im Ausfahrtshäuschen finden und danach warf sie das Wechselgeld auf den Nebensitz, statt es in die Tasche zu stecken. Draußen war ein vollkommener Sommerabend. Sie ließ die Fenster herab, obwohl Sonny bei Wärme immer die Klimaanlage einschaltete. Der Wind kitzelte ihr Haar an der Stirn. Das Radio war auf die Station mit der sanften Musik eingestellt, die sich Sonny immer anhörte. Cheryl drehte am Knopf, bis sie Soft Rock hereinbekam – sie brauchte so etwas mit Rhythmus. Sie hatte das Gefühl zu fliegen, das Lenkrad in ihren Händen war das einzige, was sie an der Erde festhielt.

Einmal außerhalb der Innenstadt, fuhr sie an den Straßenrand. Endlich. Sie konnte nachdenken, ohne etwas anderes tun zu müssen – schon gar nicht so zu tun, als sei alles normal. Falls sie Dan anrief – falls? Alles in ihr schrie: ›Wenn!‹ Falls sie anrief, würde sie wissen, was sie tat. Es würde da keine Möglichkeit geben, sich selbst etwas vorzumachen, das hatte er klar zu erkennen gegeben. Es konnte dann nicht weitergehen wie bisher, es sei denn, sie wollte es selbst so – selbst jetzt konnte sie sich mit ihm treffen und die Beziehung einfach platonisch halten. Haha! dachte sie und war sich noch immer der kleinen Zickzackblitze der Erregung bewußt, die ihr Inneres durchzuckten. Und das nur von einem einzigen, durchaus zurückhaltenden Kuß. Wie hübsch, fünfunddreißig zu sein und dich von einem hinreißenden jungen Mann beobachtet zu fühlen, der dich berühren möchte, sich irgendwo mit dir treffen will, über alte Filme redet und . . .

Cheryl blickte erneut auf die Uhr. Heiliger Bimbam – Jayson! Sie fuhr mit kreischenden Reifen vom Straßenrand weg und traf fünf Minuten nach sieben bei dem hochaufragenden alten Holzhaus der O'Garas ein. Jayson kam die Treppe zum Wagen heruntergepoltert. Er hatte schon auf der Veranda gewartet, armer Junge.

Cheryl beugte sich über den Nebensitz, um ihm beim Öffnen der schweren Tür zu helfen.

»Hallo, Jace, wie geht's dir?« Sie drückte zärtlich seine Schultern. Es war wirklich ein Glück, einen so reizenden Sohn wie Jayson zu haben. »Ich freue mich so, dich zu sehen – hast du etwas Gutes zu futtern gekriegt?«

»Leberwurstbrote«, antwortete er mit gerunzelter Nase.

»Ich sag dir was – da Dad verreist ist und ich in letzter Zeit immer so lange gearbeitet habe, leisten wir uns eine Pizza.«

»Au – ja!«

»Was willst du denn auf deiner Pizza draufhaben?«

»Oh . . . Peperoni und Zwiebeln und grünen Pfeffer und Oliven und Anchovies und extra Käse . . .«

»Anchovies? Du magst Anchovies?«

»Weiß ich nicht. Es klingt so nett. Ich möchte alles haben – krieg ich das, bitte?«

»Klar. Aber ich möchte auf meiner Hälfte Wurst und Garnelen haben. Und dann nehmen wir sie mit nach Hause und essen sie und – ich weiß schon, du kannst deinen neuen PAC-MAN herunterbringen, und wir spielen damit auf dem großen Fernsehschirm. Ich komme mit dem herumpurzelnden Zeug auf dem winzigen Fernsehschirm in deinem Zimmer doch nicht zurecht.«

»Oh, prima, Mom.« Er machte eine Pause und platzte dann tapfer mit dem heraus, woran er gedacht hatte, obwohl er das gar nicht wollte. »Aber Dad sagt, ich dürfe nicht auf dem großen Schirm spielen, weil er davon ruiniert wird.«

»Von dem einen Mal nicht, Jayson. Ich mache eine Ausnahme. Wenn Dad nicht da ist, müssen wir uns so gut unterhalten, wie wir können.«

»Ui, Mom, du bist heute abend aber lustig.«

»Bin ich auch. Der alberne Katalog, an dem ich so lange gearbeitet habe, ist fast fertig, und ich bin so glücklich, Jayson, ich bin so froh . . .«

Sie hielt auf dem Parkplatz vor dem grellbunten Pizza-Salon. »Komm mit herein und trink eine Coca-Cola, während wir warten. Ich werde uns heute abend eine Riesenpizza erstehen, so groß, daß du's gar nicht glauben wirst.«

Sie war schon halbwegs durch die Glastür, bevor er sie aufhielt und besorgt ansah.

»Mom?«

»Ja, Jayson?«

»Wenn du so viel Pizza essen willst, sollten wir vielleicht doch keine Anchovies drauftun.«

12

»Das ist okay so, Peg. Ich bringe das hier selbst zurück.«

Cheryl griff nach dem schwarzen Maxwell-Schuhkarton in Pegs Hand, nahm ihn an dem rosa Einwickelband und strebte der Bürotür zu. »Ich muß sowieso hinunter in die Abteilung eins gehen.«

Die Schachtel schlug rhythmisch gegen ihre Schenkel, als sie sich den Weg durch die vielen Käufer zum Aufzug bahnte. Sie hatte fast das Gefühl, im Takt zu einer Melodie zu gehen, zu der dieses Ohrwurms, der gestern abend aus dem Autoradio gedrungen war – ›Glaub's oder glaub's nicht, ich wandle auf Wolken . . .‹ Es war die

Kennmelodie zu der Fernsehshow, die Jayson so liebte: ›Der größte amerikanische Held‹, obwohl sie an den Text außerhalb dieses Zusammenhangs zuvor nie gedacht hatte.

Sie konnte kaum glauben, was sie selbst daherredete, als sie die Schuhschachtel auf den Tresen legte und dem Angestellten erklärte: »Ruth Benedict hat sich die Schuhe hier gestern abend für eine Katalogaufnahme ausgeliehen, aber ich glaube, ich möchte sie für mich selbst behalten.«

Die Verkäuferin hob noch nicht einmal eine Braue, sondern inspizierte lediglich die eine Seite der Schachtel. »Okay, Ihr Rabatt wird bei dem Preis eine ganze Menge ausmachen.« Sie griff nach einem Kugelschreiber und schrieb den Kassenzettel heraus.

»Ich möchte sie – ich hole sie dann heute um fünf vor dem Nachhausegehen ab.« Sie hegte nicht die Absicht, sie ins Büro zurückzutragen und das Risiko einzugehen, daß Mary Lou Wallace *ihre* neuen Schuhe anprobieren wollte. Nein, sie hatte nicht vor, sich noch einmal vor allen Leuten lächerlich zu fühlen.

Dies blieb ihr selbst vorbehalten, als sie nach Arbeitsschluß in die Schuhabteilung hinunterschlich und die Schachtel abholte. Aber sie kam sich keineswegs albern vor, als sie, den Karton an ihrer einen Seite baumelnd, die Parkrampe hinaufging. Sie fühlte sich herrlich. Das Parkdeck schien nicht mehr die dunkle, schmutzige, rein zweckmäßige Betonhöhle von früher zu sein. Das Geräusch ihrer Schuhsohlen auf dem Zement hatte etwas Munteres an sich, die in den Betonwölbungen verstreut hängenden nackten elektrischen Birnen verbreiteten einen warmen, intimen Schein. Cheryl blieb einen Augenblick lang vor dem Wagen stehen, bevor sie die Tür aufschloß, sie erinnerte sich daran, daß es noch keine vierundzwanzig Stunden her war, seit sie genau hier mit Dan gestanden war . . .

Als sie innen saß, ließ sie sich Zeit, die rosa Schnur zu lösen und das schwarze Seidenpapier zurückzuschlagen. Die bronzefarbenen Ledersandalen ruhten da, leer und zerbrechlich, kostbar und herrlich. Vielleicht, wenn sie bei diesen Wunderschuhen dreimal die Absätze gegeneinander schlug, würde sie an irgendeinen herrlichen Ort gelangen ... Vielleicht sogar in die Oz-Disco in St. Paul. Aber jetzt mußte sie erst einmal nach Hause. Sie klappte die Schachtel zu, ließ den Motor an und war plötzlich deprimiert. Auf halbem Weg die Rampe hinab fiel ihr ein, das Radio anzustellen. Wieder erwischte sie die gleiche Melodie, diesmal schon halb zu Ende: »... wandle auf Wolken. Nie hab' ich mich so freiii gefühlt ...«

Diesmal hatte das Lied etwas Quälendes. Cheryl beschloß abzuschalten, bis es mit Sicherheit abgespielt war.

Sie vergaß die Schuhe, sobald sie sie feierlich an ihren zarten Absätzen an die durchsichtigen Stäbe in ihrer Kleiderkammer gehängt hatte. Keiner außer ihr kam je dort hinein. Die Sandalen waren eine geheime Trophäe, die hier in memorian für alle Zeiten bleiben konnten und sie an etwas erinnerte, das, je länger jener überschwengliche Abend der Titelblattaufnahmen zurücklag, an verwirrender Schmerzhaftigkeit zunahm.

Alle hatten sich dem nächsten Tag zugewandt, dem nächsten Projekt. Jonah entwickelte Filme, Ruth sammelte Kleider für den nächsten Katalog, Peg plante begierig ihr nächstes Layout, das wieder ein Triumph werden sollte. Und Dan Englund wartete auf den nächsten Anruf. Von irgend jemand anderem.

Nur Cheryl war noch immer völlig mit dem Weihnachtskatalog beschäftigt, versuchte, alles zu einem zusammenhängenden Ganzen zu vereinen. Diese letzte, zusammenfassende Arbeit war absolut aufreibend; es gab keinerlei Zeit für irgendwelches Brüten über Fantasievorstellungen und Illusionen. Sonny war nach wie vor häufig verreist, und Jayson mußte wieder auf die in der nächsten Woche beginnende Schule vorbereitet werden.

Es war bereits September, sagte sich Cheryl und empfand, daß etwas wie Düsterkeit und herbstliche Kälte in sie einsickerte, als sie sich an ihren Schreibtisch setzte und die letzten Abzüge der inneren Katalogseiten überprüfte. Sie waren hervorragend. Ein echter Knüller – ein prachtvoller, glänzender Knüller in Technicolor. Konzeption, Ausführung, alles war perfekt. Dan war perfekt. In all seinen vielen Rollen war er vollkommen – bronzebraun, blond, auf unbefangene Weise großartig. Perfekt, gratulierte sich Cheryl dumpf. Was sonst konnte eine reife Werbefachfrau von einem – sagen wir dreißigjährigen (und das war wahrscheinlich zu hoch gegriffen) – männlichen Modell erwarten? Was konnte sie anderes wollen, als einen perfekten Verkaufsschlager zu produzieren? Nur eine romantische Idiotin würde versuchen, ihrer eigenen Schöpfung außerhalb der raffinierten Seiten eines Maxwellschen Wunschträumekatalogs Leben einzuhauchen ...

Das Telefon klingelte, und sie schob ein paar Papiere über die Probeabzüge, so als ob die Person am anderen Ende der Leitung sehen könnte, wie sie über ihnen brütete, was auch wieder lächerlich war ...

»Cheryl? Len aus der Kunstabteilung. Jonah hat den Film für die Titelseite fertig. Wollen Sie herüberkommen und das Richtige aussuchen?«

Die Titelseite hatte sie ganz vergessen. Sie hatte sich dazu gezwungen, sie zu vergessen.

Sie wählte Ruths Nummer, sobald Len aufgelegt hatte. »Ruth – hier Cheryl. Die Bilder für die Titelseite sind fertig. Du *mußt* herüberkommen und mir bei der Auswahl helfen. Es besteht nicht die geringste Chance, daß ich hier eine endgültige Entscheidung treffen kann. Nein, ich bin nicht nervös, nur sehr beschäftigt. *Ciao.*«

Als Cheryl bei Len eintraf, war der Filmstreifen über

die Beleuchtungsscheibe gespannt, an den Ecken noch immer leicht eingerollt. Sie hob das Vergrößerungsglas ans Auge und beugte sich zu dem leuchtenden Milchglas hinüber.

»Eine ganze Menge wirklich guter Aufnahmen«, sagte Len. Aber Cheryl befand sich in einer verwirrenden Miniaturwelt, in der ein hübsches, festliches Paar Champagner trank, Geheimnisse miteinander teilte und Träume verkaufte. Ihr wurde bewußt, daß sie Dan auf jedem Foto eingehend betrachtete – war er vom richtigen Winkel her aufgenommen, wirkte die Hautfarbe gut, sah er gut – besser – am besten aus? Es war so. Sie zwang sich, ihre Aufmerksamkeit auf das zu richten, was, wie sie wußte, sie selbst war, versuchte kritisch, objektiv zu sein. Es war nicht wirklich sie, stellte sie mit Erleichterung fest. Es war eine große, dunkelhaarige Frau, deren Beine über den hohen Absätzen nicht zu enden schienen – irgendein neues, fantastisches Modell, das auf ein Stoßgebet hin im letzten Augenblick hereingeflogen war und alles herausgerissen hatte! Ob du's glaubst oder nicht, ich bin's! Niemand würde sie erkennen, und das war gut so, das bedeutete – Sicherheit.

»Hi. Wie waren wir denn?« Ruth streifte an ihrem Arm vorbei. Cheryl rückte zur Seite, reichte ihr die Lupe.

»Entscheide du.«

Ruth mußte sich wesentlich weniger tief herabbeugen als Cheryl. Methodisch fuhr sie mit dem Vergrößerungsglas über jedes Bild, ließ sich Zeit, kniff die Augen zusammen, prüfte alles, gab fachkundige Summlaute von sich.

»Nett. Sehr hübsch. *Sehr* hübsch. Super ... Zu matt ... Wundervoll, gute Arbeit, Jonah ... Oh, das ist hinreißend!«

»Das hier«, entschied sie schließlich. »Die anderen haben mehr Sex-Appeal, aber ich finde den Gesichtsausdruck von euch beiden hier bezaubernd. Das ist mein Liebling.«

Cheryl beugte sich vor und betrachtete die Aufnahme.

Sie – das Modell, das gar nicht sie selbst war –, hatte darauf den Kopf auf die Schulter des Modells, das Dan war, geneigt. Sie lachte mit scheuem Entzücken, während er mit einer so zärtlichen Intimität zu ihr herabblickte, daß Cheryls Kehle plötzlich trocken wurde. Sie fuhr hastig mit der Lupe zu einer anderen Aufnahme weiter, zu einer weniger heiklen. Dort hatte sie den Kopf zurückgeworfen, das Profil war nach oben gerichtet, umflattert von Haar, die Augenlider niedergeschlagen, die Lippen zu einem verführerischen Lächeln verzogen, und *seine* Hände umfaßten besitzergreifend ihren nackten Rücken, sein Gesicht war dicht über dem ihren, die Augenlider ebenfalls gesenkt, die eine Spur lächelnden Lippen so bereitwillig nahe der offenen Aufforderung ihres Mundes . . .

Cheryl richtete sich auf. »Es gibt da so viele . . . Such du es aus, Ruth. Ich verlasse mich auf dich, und ich bin einfach nicht in der Lage, das selbst zu beurteilen.«

Ruth drückte Cheryls Taille und flüsterte ihr zu: »Du siehst hinreißend aus, Cheryl, aber keine Sorge. Niemand wird dich erkennen.«

»Danke«, sagte Cheryl mit gepreßter Stimme.

»Du weißt, was ich damit meine.«

»Ich weiß es«, erwiderte Cheryl mit einem ebenso mühsamen wie bedrückten Lächeln. »Ich erkenne mich ja nicht mal selbst.«

Es war verblüffend, was die Kamera herausholen konnte, dachte Cheryl, als sie wieder an ihrem Schreibtisch saß. Sie prüfte erneut die Abzüge für die Innenseiten, suchte nach dem wirklichen Dan hinter all seinen Arbeiterkostümierungen. Er sah wie ein Modell aus, ein gutes, gutaussehendes männliches Modell. Auf den Aufnahmen für die Titelseite sah er ebenfalls so aus – und mehr noch. Er sah aus wie ein Liebhaber. Glückliches weibliches Wesen mit seinem Glanz und seinem Geheimnis. Glückliches Wesen, für alle Zeiten verfügbar wie die Prinzessin im Märchen. Glückliches Wesen, das keine Kinder, keine

Bindungen, keinen fünfunddreißigsten Geburtstag und niemals schmerzende Fußsohlen hatte.

Wie alt war *er*? Spielte es eine Rolle? Es lag an ihr, ihn anzurufen, das hatte er gesagt. Nur um eine schlichte Verabredung für einen quasi professionellen Streifzug jenseits der Arbeitsstunden zu unternehmen. Warum nicht? Er hätte nicht gesagt, sie müsse den nächsten Schritt tun, wenn er nicht danach einen weiteren und noch einen vorausgesehen hätte ... Nein, sie bildete sich da etwas ein, Hirngespinste. Wahrscheinlich hatte er eine ständige Freundin und wollte ihr nur helfen, wie es in seiner Natur lag.

Es gab nur eine Möglichkeit, auf all dies eine Antwort zu finden. Cheryl schlug das Adressenbuch bei E auf. Sie lächelte über die mit Bleistift verfaßte Eintragung – so unauffällig und diskret: D.E. Soviel Voraussicht, noch nicht einmal in ihrem eigenen Notizbuch hatte sie seinen Namen eingetragen, um ja nichts zu verraten ... Verdammt, sie wollte es so, sie wollte diese Fantasievorstellung aus den Fotos ... Sie wollte ihn wiedersehen, sie wollte zusehen, wie seine Hände geistesabwesend aus einem Strohhalm eine Skulptur formten. Sie wollte das bedächtige Lächeln sehen, mit dem er sie ansah und das sein Gesicht erwärmte, und sie wollte sich in seinem Widerschein sonnen. Sie wollte, daß er sie neckte und ihr von seiner Kunst erzählte, die sie nicht verstand, und spüren, daß ihm das nichts auszumachen schien.

Cheryl umfaßte mit der eindeutig feuchten Hand den Hörer. Sie erinnerte sich durchaus, wie man telefonierte – man mußte einfach den Hörer abnehmen und die Nummer wählen. Ihr Finger drückte auf die richtigen Tasten, das Geräusch des Mechanismus kratzte in ihrem Ohr.

Das Rufzeichen ertönte, aber sie wußte inzwischen, daß sie vielleicht längere Zeit zu warten hatte. Nach dem vierten Zeichen wurde abgehoben.

»Hallo – Cheryl Snow. Ich habe die Probeabzüge für den Katalog durchgesehen. Die Bilder sind großartig.«

»Das ist ja . . .«, begann er, aber sie war nervös und sprach zu hastig weiter, um ihn aussprechen zu lassen.

»Hören Sie, was Ihre Idee mit einer neuen Fotoszenerie betrifft – ich würde mir das gern ansehen.«

»Wann haben Sie Zeit?«

Cheryl holte tief Luft. »Freitag?« Sonny würde zu einer weiteren Konferenz verreisen, und Jayson sollte über Nacht bei einem Schulfreund bleiben. Und das Beste – in drei Tagen war bereits Freitag. »Können Sie . . .«

»Am Freitag geht es gut.« Er überlegte. »Vermutlich wäre es das beste, wenn ich Sie bei Portnoy's am Bloomington Strip neben Lyndale treffe. Kennen Sie das?«

»Wir fangen also gleich mit etwas Verwerflichem an, ja? Klar, ich bin auf dem Weg zum Southdale-Einkaufszentrum schon ein dutzendmal vorbeigefahren. Sagen wir – um sieben?«

»Sieben Uhr ist gut. Wir treffen uns im Vorraum bei den elektronischen Spielen.«

»Und – und getrennte Kasse, okay?« Schließlich war dies eine geschäftliche Angelegenheit, sagte sie sich.

Eine Pause entstand. »Kann Maxwell nicht die Kosten für eine Erkundungsexpedition übernehmen?«

»In einer Disco nach der Arbeitszeit? Das ist wohl nicht Ihr Ernst. Es handelt sich um eine sehr konservative Firma.«

»Na schön, ich kann es immer noch als professionelle Unternehmung auf die Spesenrechnung setzen – Sie sind die Arbeitgeberin.« Seine Stimme klang belustigt.

»Nein, wir machen einfach getrennte Kasse. Sie können dann Ihren Anteil abziehen, und ich kann – mit meinem tun, was ich will.«

»Wie Sie wollen. Sie sind der Boß.«

»Also abgemacht, wir sehen uns am Freitag. Es wird sicher sehr lustig, ich war noch nie in einer Disco.« Sie hatte nicht die Absicht gehabt, ihre Stimme so bedauernd klingen zu lassen.

»Dann werde ich Sie mit Vergnügen in das glitzernde Nachtleben am Strip einführen. Es ist faszinierend, die Leute zu beobachten.«

Darauf möchte ich wetten, dachte Cheryl, während sie auflegte. Und wer würde *sie* beobachten und Sonny gegenüber etwas erwähnen, sofern er auch ihn kannte? Obwohl es sich doch nur um eine strikte geschäftliche Verabredung handelte. Trotzdem wollte sie für etwas wie eine gesellschaftliche Camouflage sorgen, das war besser.

Entschlossen wählte sie Ruths Nummer. »Ruth, ich habe über das Titelbild nachgedacht – nein, nein, deine Wahl war völlig richtig. Aber, na ja – das Make-up macht wirklich was aus mir, könntest du mir was davon leihen?«

»Ich weiß was Besseres«, sagte Ruth, und ihre Stimme zischte förmlich durchs Telefon. »Wir treffen uns mittags in der Kosmetikabteilung, und ich werde dir eine ganze Palette der neuen Herbstfarben besorgen – auf Maxwell's Kosten.«

»O Ruth, das kann ich nicht machen.«

»Natürlich kannst du das machen. Schließlich mußt du irgendwie dafür bezahlt werden, daß du Modell gespielt hast. Glaube mir, wenn ich mit dir fertig bin, würde dich deine eigene Mutter nicht wiedererkennen.«

Hoffentlich, dachte Cheryl, während sie auflegte. Obwohl ihre Mutter in Milwaukee war – und außerdem war nicht sie es, um die sie sich Gedanken machte. Andererseits hätte ihre Mutter wahrscheinlich ihre Tochter im Augenblick sowieso nicht wiedererkannt – wenn man überlegte, was sie vorhatte. Aber was war das überhaupt? Niemand konnte in die Zukunft sehen. Wahrscheinlich machte sie, Cheryl, sich selbst etwas vor und wollte einfach nicht über diesen Freitagabend um sieben Uhr hinausdenken, wenn sie Dan wiedersah.

Ihr Magen geriet bei dem Gedanken so durcheinander, daß sie mit den Händen die Schreibtischkante umklammerte und die Augen schloß. Sie war absolut verrückt, aber es war ein so tolles Gefühl!

13

»Siehst du, Jayson, ich habe dir doch gesagt, ich würde irgendwann mal meinen neuen Regenmantel tragen.«

Cheryl hatte ihn bereits angezogen, als sie die Treppe herunterkam. Er bedeckte das neue, für eine Disco angemessene Kleid, das sie erstanden hatte – diesmal ohne Sonny zu konsultieren. Und der Mantel trug dazu bei, Jayson von einigen anderen möglicherweise irritierenden Veränderungen abzulenken, wie zum Beispiel die hochhackigen bronzefarbenen Sandalen und den üppigen ultravioletten Augenschatten – alles Mom überaus unähnlich.

Seine Augen waren trotzdem rund. »He, Mom, du siehst aus wie 'ne Spionin.«

Sie lachte, wohl wissend, daß dies einem Kompliment so nahe kam, wie man das bei einem Zehnjährigen nur erwarten konnte, und setzte sich neben ihn aufs Sofa, wobei der metallische Stoff des Mantels knisterte.

»So was Ähnliches bin ich heute abend auch, Jace. Ich gehe in meinem Regenmantel aus, heimlich, um irgendwelche Orte für Katalogfotos ausfindig zu machen. Erzähle es niemandem weiter, denn es ist streng geheim – aber ich gehe in eine Disco.«

»Du, Mom? In eine Disco?« Die Stimme ihres so vollkommenen Sohnes klang ausnahmsweise einmal wie die eines spöttischen Halbwüchsigen. »Puuh – das wird dir nicht gefallen. Viel zu laut«, prophezeite er entschieden.

»Na ja – weißt du, einiges von der heute so beliebten Musik mag ich ganz gern leiden. Tatsächlich habe ich mir überlegt, daß wir uns vielleicht doch eine Stereoanlage anschaffen sollten. Alles andere haben wir, und ihr Jungen befaßt euch so frühzeitig mit Musik, daß es mich gar nicht überraschen würde, wenn du auch bald in einer Disco auftauchen würdest.«

»Mit all diesen Mädchen? Nee, bestimmt nicht. Aber 'ne Stereo wär' prima. Meinst du, daß Dad uns das erlauben wird, ja?«

»Na sicher. Ich meine, wir sind zwei gegen einen, oder nicht? Okay, ich muß jetzt los. Du sollst um halb sieben bei Jonathan drüben sein.«

»Die Taylors essen sowieso immer erst um acht, sagt Jon. Aber wenigstens gibt's dort nicht so blöde Sachen wie Leberwurstbrote . . .«

»Jayson, die O'Garas haben vielleicht nicht die feinste Küche der Welt, aber es sind nette Leute, und du weißt, daß es mit Tommy zusammen für dich immer sehr lustig ist.«

»Ja, schon, aber Jon hat 'nen Flipper im Keller.«

Cheryl seufzte. Sonny bestand darauf, daß Jayson die exklusivste Privatschule von Minneapolis besuchte und ermutigte ihn fortwährend, sich mit den Kindern der alten etablierten Familien zu befreunden, wie zum Beispiel der des Mehlfabrikanten Taylor. Cheryl freute sich, daß Jayson Freunde unter denen fand, die einem gesellschaftlich höher bewerteten Stand angehörten – dank seiner Intelligenz und seines Charmes. Aber sie wollte keineswegs, daß er sich zu einem seichten Snob entwickeln würde.

»Heute in zehn Jahren wird dir ein Flipper völlig egal sein«, sagte sie. »Aber ich hoffe, du behältst deine wirklichen Freunde bei, ganz gleich, in welchem Viertel sie wohnen.«

»O Mom, ich weiß schon«, brummte er, verlegen wie neuerdings immer, wenn ihm das Gespräch zu persönlich wurde. Er entfernte sich bereits von ihr, ihr angebeteter Sohn. In nicht allzu vielen Jahren würde er besagte verabscheute Mädchen ins Kino einladen, und sie würde nicht mehr zu fragen wagen, wen er gern mochte oder wie es denn gewesen sei, ohne mehr als eine einsilbige Antwort erwarten zu können. Diskretion zwischen Eltern und Kindern war schwierig, aber unerläßlich.

Cheryl stand auf. »Komm, Kleiner«, sagte sie in ihrem spöttisch-abgebrühten Marlene-Dietrich-Tonfall. »Ich werde dich an der Casbah absetzen und dann werde ich in diese Disco gehen und 'n bißchen spionieren.«

Jayson kicherte wie immer, wenn Mom herumalberte.

O Junge, Mom war wirklich albern, dachte Cheryl, nachdem sie ihn abgesetzt hatte und der Interstate-Autostraße zufuhr, die den Riesenvorort Bloomington durchschnitt. Auf jeder Seite des Highway erstreckten sich endlos Motels und Hotels, riesige Möbelhäuser, Tankstellen, Reklametafeln, Restaurants und Bars.

Cheryl stellte das Radio an und fuhr zu schnell. Sie hatte nichts gegen Autofahren, aber der ungewohnt hohe Absatz hinderte ihren Fuß daran, das Gaspedal mit einigem Feingefühl zu behandeln. Dumm von ihr, keine anderen Schuhe eingesteckt zu haben.

Portnoy war berüchtigt. Es war der Ort, an dem man herausfinden konnte, welcher Viking-Rugbyspieler sich am aktivsten an der Jagd nach Wein, Weib und Gesang beteiligte – nicht notwendigerweise in dieser Reihenfolge. Es war in Portnoy's antik ausgestatteter Bar gewesen, wo Billy Martin mal wieder einen Barbesitzer zusammengeschlagen hatte und ihm daraufhin verboten wurde, jemals wieder ein Baseballteam zu managen.

Und es war Portnoy's, wohin all die kessen Damen gingen, darunter auch professionelle Callgirls, zumeist jedoch einfach ledige, gutgepflegte junge Sekretärinnen und Stenotypistinnen, um sich zu amüsieren und sich der Illusion eines gewissen Glanzes in ihrem Leben hinzugeben, der Illusion, ›jemand kennenzulernen‹ und fortan glücklich zu sein – in einer Ehe oder auch außerhalb. Und sie waren alle unter dreißig, erinnerte sich Cheryl eisern. Ebenso wie wahrscheinlich auch Dan Englund, Oh, alberne Mom.

Cheryl parkte den Lincoln in erheblicher Entfernung vom Vordach des Eingangs mit seinen grellbunten Neonlichtern. Es war diskreter, zu Fuß zu gehen, selbst mit diesen klappernden Absätzen. Sie empfand Verlegenheit darüber, daß sie ohne Begleitung war und über die schnellen, begutachtenden Blicke, die der auffällige Regenmantel im gedrängt vollen Vorraum auf sich zog. Es war eines dieser Lokale, das sich damit brüsten konnte, immer so besucht zu sein, daß man kaum seinen Ellbogen bewegen konnte, um an seinem kostspieligen Drink zu nippen. Selbst im Vorraum zirkulierten Kellnerinnen und nahmen Bestellungen entgegen, während die Menge darauf wartete, einen der begehrten Plätze in den vielen Bars und anderen Räumen innen zu ergattern. Paare lehnten sich beglückt gegen kalte Kalksteinkamine und auf Hochglanz polierte Bartheken, redeten und tranken. Die, die allein gekommen waren, schlenderten mit stets suchenden Blicken umher, die Drinks mit den Händen umklammert. Cheryl wußte nicht, wohin sie blicken sollte.

»Hallo.« Dan trat hinter sie und legte beruhigend die Hand um ihren Ellbogen.

»Oh, hallo ... Ich habe nach den elektronischen Spielautomaten Ausschau gehalten.«

»Sie sind schon hier, aber man kann sie vor lauter Leuten nicht sehen. Kommen Sie.«

Musik dröhnte aus den Lautsprechern über ihren Köpfen, und gemeinsam mit dem Klirren der Gläser und dem allgemeinen Unterhaltungsgesumm war es schwer, irgend etwas zu verstehen. Er führte sie zur einen Seite des Vorraums und dann einen langen, unscheinbaren Korridor entlang, in dem es wesentlich stiller war.

»Wir fangen im Club hinten an. Man verlangt Gedeckkosten, aber es ist doch ein bißchen zahmer dort – und da gibt es die wirklich guten Motive.«

»Ja, natürlich, die Motive . . .«

An der Garderobe entledigte sich Cheryl ihres bronzefarbenen Regenmantels, hin- und hergerissen zwischen der Erleichterung, einen solchen Blickfänger loszuwerden, und der peinlichen Ungewißheit, ob ihr neues Kleid angemessen sei – es handelte sich um ein herausforderndes, fliederfarbenes gestricktes Ding mit weiten Ärmeln, weitem Rock und einer schmalen goldenen Schlange als Gürtel. Dans schnelle Blicke erfaßten das Ganze sofort, so wie sie ihre eigene Überraschung über seinen neuartigen Anblick registrierte – graue Tweedjacke, das weiße Hemd offen bis zur Mitte seiner noch immer gebräunten Brust, ein unter dem Jackettkragen eingerollter Fransenschal mit schwarzweißem Art-deco-Muster.

Cheryl nahm die neue bronzefarbene Lederabendtasche in die andere Hand; sie hatte sie am Donnerstag in der Firma erworben. Blödes kleines Ding, wahrscheinlich wirkte sie bei einer Frau ihrer Größe einfach lächerlich. Und zudem war sie, nachdem sie mit Ausweisen, Geld und einigem von dem neuen Make-up vollgestopft war, kaum mehr zu schließen.

Sie hatte nicht erwartet, daß er so sehr hierherpaßte. Er hätte ohne weiteres einer ihrer Katalogseiten entstiegen sein können. Cheryl, alberne Cheryl. Hier gab es Dutzende hinreißender Mädchen; er brauchte sie nicht. Höchstens dazu, ihr zu irgendwelchen Motiven zu verhelfen, so wie angekündigt. Na schön, sie würde sich die Sache ansehen, etwas trinken und dann verschwinden, die kleine Aschenbrödelszene zu Ende bringen und zumindest das Jayson gegebene Versprechen eingelöst haben, den verdammten Mantel einmal zu tragen . . .

»Oh – das ist ja prachtvoll.«

Sie standen auf der Schwelle zu einer Bar mit Tanzfläche, auf dickem moosgrünem Teppichbelag, Reihen von weißen, mit eingravierten Art-deco-Mustern versehenen Glaswänden, die den Raum aufteilten. Hier und dort glänzte Messing, und zwischen einigen der Scheiben funkelten winzige gelbe Lichter.

Dan führte sie in den Raum hinein, nach links in Richtung der Bar. Bänke in Höhe von Barhockern, mit leopardenfellartigem Stoff überzogen, standen im Halbkreis um eine erleuchtete Tanzfläche.

Cheryl schwang sich auf einen der Sitze, schlug die Beine übereinander und hakte einen Absatz in dessen Messingsprosse fest. Erleichtert legte sie die winzige Handtasche auf die ausgebleichte Bartheke und sah sich schnell um. Gut – ihr Kleid war okay. Es gab noch andere Frauen, die ähnlich aufgemacht waren wie sie. Jedenfalls hatte sie nicht die Sünde begangen, Dan in seinem Tempel der coolen Jugend zu blamieren.

Die Cocktailkellnerin war da, bevor sie Zeit gefunden hatte, sich zu überlegen, was sie bestellen sollte. »Einen Black Russian«, sagte sie schnell. Ihr gefiel der Name, er paßte zu einer Spionin in bronzefarbenem Regenmantel.

Dan kniff amüsiert die Augen zusammen. »Ich kann nur hoffen, daß Sie Koffein nachts nicht wachhält.«

»Warum?« fragte sie.

»Dieses Zeug ist voller Kahlua.«

»Ein Kaffeelikör. Sie haben recht. Ich habe noch nie so was getrunken. Ich dachte, Portnoy's erfordere einfach ein Abenteuer. Na schön, wenn ich dann lang aufbleibe, bleibe ich eben lange auf.« Cheryl entschied plötzlich, daß sie ihre nächtlichen Gewohnheiten nicht mit Dan Englund zu diskutieren wünschte.

»Kommen Sie oft hierher?« fragte sie, nachdem er ein Wodka Gimlet bestellt hatte.

»Eigentlich nicht. Ich war ein- oder zweimal da, um die Touristen zu beobachten. Aber die Anordnung mit dem Glas gefällt mir.«

»Es ist fabelhaft.« Cheryl sah sich um und wurde sich

plötzlich bewußt, daß ihr Fuß im Takt der von der Tanzfläche herüberdringenden Musik wippte. Ein paar tapfere Paare befanden sich auf der milchartig schimmernden Fläche, ihre Körper zuckten im Rhythmus zu den erbarmungslos schrillen Tönen. Die rotierenden Lichter schienen ihre Bewegungen noch weiter zu zerhacken.

»Tanzen Sie?« fragte Dan.

»Ich? Du lieber Himmel, nein. Sie?«

»Sehen Sie nicht so schockiert drein. Haben Sie denn in der Oberschule nie Twostep getanzt?«

»Das schon. Aber mit Discos hatten wir nicht viel im Sinn, und glauben Sie mir, die meisten Leute sind froh, dem Tanzstadium entwachsen zu sein, vor allem Männer.«

»Dann kann ich Sie nicht überreden, mit mir auf die Tanzfläche zu gehen?«

Ein kleines Glas mit einer dunkelbraunen Substanz wurde vor Cheryl hingestellt. »Lassen Sie mich wenigstens zuerst meine sowjetische Mixtur versuchen. Wenn sie ausreichend Koffein enthält, wer weiß?«

Dan lächelte und lehnte sich zurück, damit die Kellnerin sein Glas exakt vor ihn hinstellen konnte. Es war merkwürdig, wie präzise man in dieser Hinsicht in Bars war.

»Was halten Sie von den fotografischen Möglichkeiten hier?« fragte er, nachdem er einen Schluck getrunken hatte.

»Großartig. Ich werde nächstes Jahr hier Aufnahmen machen. Jonah wird über die Beleuchtung stöhnen, aber Jonah ist nun mal Jonah.«

»Gut. Das ist also erledigt.«

»Dann ist unsere Mission beendet«, sagte Cheryl leichthin.

»Sie müssen noch immer Ihren Black Russian bewältigen, und mir obliegt die Arbeit, Sie auf diese Tanzfläche hinauszulotsen.«

»Nein, Dan, ich bin wirklich keine gute Tänzerin, ehrlich nicht.«

»Sie waren auch vor ein paar Wochen noch kein Modell.«

»Sie scheinen entschlossen zu sein, mich in Dinge hineinzuziehen, die ich nie getan habe«, beschwerte sie sich im Spaß, und ihre Kehle schmerzte bereits von der Anstrengung, sich in leichtem, vorgetäuscht unbeschwertem Ton zu äußern. Alles war vorbei, ihre Mission, der Vorwand – und Cheryl war verzweifelt über den Verlust dieser Stützen.

Wieder spielte er mit dem obligatorischen Strohhalm, der mit dem Wodka Gimlet gebracht worden war. Der hier war grün gestreift. Er sah auf, gerade und direkt, als wäre sie eine Kamera.

»Ich bekenne mich schuldig«, sagte er ernsthaft.

Sie starrte ihn ihrerseits an, verblüfft über das, was nicht gesagt worden war, und die Tatsache, daß sie es so eindeutig begriff. Sie spürte, wie ihr Gesicht ein Dutzend verschiedene Empfindungen ausdrückte, und sie sah, wie sich alle auf Dans Gesicht widerspiegelten – es war, als ob ein schweigender Dialog wie ein kleiner Funkenregen zwischen ihnen hin und her zuckte.

Du meinst doch nicht . . .

Doch.

Wir kommen hier in ein Fahrwasser . . .

Wirklich?

Das ängstigt mich . . .

Dazu besteht kein Anlaß, Liebes.

Es wird nicht geschehen . . .

Doch.

Oh, ich wollte, es wäre so, ich wollte, ich würde wagen . . .

Er griff nach ihrer Hand und ihr wurde klar, daß sie beide eine ganze Weile überhaupt nichts gesagt hatten. »Kommen Sie schon – tanzen wir.«

Sie war froh, glücklich, ihm auf die kleine Tanzfläche zu folgen, wo sie sich in aller Öffentlichkeit zum Narren machen konnte statt unter vier Augen, was weitaus schmerzlicher war.

Er ließ ihre Hand los, sobald sie dort angelangt waren. Die Tanzfläche war nicht voll, sie wirkte zu sehr als Bühne, um auf viele Paare anziehend zu wirken. Zwei Teenager schwenkten an ihnen vorüber, der weite Rock des Mädchens wirbelte anmutig um sie herum. Und ein schwarzes Paar, beide in den Dreißigern, tanzte ebenfalls, ihre Bewegungen hatten etwas von einem eleganten epileptischen Anfall an sich. Dan begann sich im Rhythmus der Musik zu bewegen, unbefangen, suggestiv. Cheryl ertappte sich dabei, daß sie im Takt mit dem Kopf nickte. Ihr Körper war zuerst steif wie damals bei den Aufnahmen für das Titelfoto, dann lockerte er sich ganz instinktiv unter den ansteckenden Rhythmen. Es wurde etwas wirklich Hübsches gespielt – Abba, dachte sie, als der helle Chor weiblicher Stimmen die lustvolle Hintergrundmusik durchdrangen, während die Worte in ihrem Kopf, ihrem Körper, ihren Füßen summten. Nur eine Zeile blieb bei ihr haften: »Versuch's mit mir . . .«, trillerte es immer wieder in hohen, klaren, verführerischen Tönen. »Da-da Da-ta-ta, Da-da Da-ta-ta. Versuch's mit mir . . .«

Cheryl begann über sich selbst zu lachen, ohne die geringste Sorge, daß irgend jemand über die durchdringende Musik hinweg sie hören könnte. Es machte Spaß, es befreite, es war eine gute Übung für sie. Dan lachte sie seinerseits an, obwohl sie auch das über das ›Da-da Da-ta-ta, Da-da Da-ta-ta. Versuch's mit mir‹ auch nicht hören konnte. Er ergriff ihre Hand und sie drehte sich um sich selbst, wandte sich ihm wieder zu, bewegte sich weiter, der Rock – der durchaus richtige Rock – wirbelte um ihre Beine, die hohen Absätze schlugen in völliger Sicherheit auf dem Plexiglasboden auf, das Haar streifte im Rhythmus der Musik ihr Gesicht. Sie lachte, bis ihr die Tränen kamen und diese lärmende Insel aus Tönen, Licht und Bewegung zu verschwimmen begann. Es war berauschend, wie die Fahrt auf einer Achterbahn, vor der man sich erst gefürchtet hatte und die dann ein solches Vergnügen bereitete, daß man sich wünschte, sie würde niemals enden. Sie war ganz beglückt über sich selbst, über diese neuentdeckte Seite in ihr.

Als Dan sie an der Hand von der Tanzfläche herunterziehen wollte, weigerte sie sich flüchtig. Er sah überrascht drein und zog sie erneut weg, und diesmal folgte sie ihm. Als sie sich wieder auf solidem, unbeleuchtetem Boden befanden, beugte er das Gesicht bis zu ihrem Haar hinab und sagte etwas.

»Was?« Cheryl lachte noch immer, als sie zur Bar zurückkehrten. »Ich kann nichts hören.«

Er zog sie dicht an sich heran, sein Mund war auf ihrem Haar und an ihrem Ohr, seine Stimme vibrierte. »Ich habe ein Ungeheuer erschaffen«, wiederholte er im Neckton.

Cheryl blieb stehen und sah ihn an, plötzlich ernst geworden. »Vielleicht stimmt das.«

»Ich glaube es nicht wirklich.« Er war ebenfalls ernst geworden. »Setzen wir uns.«

Als sie wieder auf der hohen Polsterbank saßen, zögerten sie merkwürdigerweise, die Unterhaltung fortzusetzen. Vielleicht lag es an der Schwierigkeit, die richtige gesellschaftliche Fassade wiederzufinden. Cheryl nippte an ihrem starken Black Russian. Es spielte keine Rolle, wenn er sie wachhielt. Ganz gleich, was heute nacht geschah, sie würde sowieso nicht schlafen.

Ihre Linke lag auf dem grellfarbenen Leopardenfell zwischen ihnen. Dan ergriff sie.

»Dan . . .«, begann sie, und ihre Augen waren, wie sie wußte, bedrückt und keineswegs kühl.

Seine Finger umschlossen als Antwort die ihren, und sie gerieten beide wieder in jenes wortlose Zwiegespräch, das elektrisierender wirkte als Rhythmus, Musik und rotierende Lichter zusammengenommen.

Schließlich runzelte er leicht die Stirn, und sie wollte ihn warnen, ihm sagen, daß er sich keine Sorgen machen dürfe, es würde alles okay sein, außerdem seien Runzeln schlecht für seine Karriere ...

»Sie haben mich von Anfang an fasziniert«, sagte er. Es war eine Erklärung.

Das war das letzte, was sie erwartet hatte.

»Ich? Ich soll Sie fasziniert haben?«

»Mhm.« Er nickte bedächtig, sein blondes Haar wirkte unter den unzähligen Lichtern wie Platin. Es war einfach unmöglich, daß dieses vergoldete Wesen an ihr irgend etwas faszinierend finden konnte. Oder war sie von ihm zu geblendet gewesen, um noch erkennen zu können, daß es sich keineswegs um eine Einbahnstraße handelte?

Sein Daumen streichelte ihre Hand, so als wolle sie sich Form und Struktur jeder ihrer Finger einprägen.

»Ja, Sie. Cheryl Snow. Sie haben einen so weichen, hübschen Namen.« Er hob ihre Hand auf die Bartheke, ergriff sie dann mit seiner anderen Hand und berührte dann mit der rechten sachte ihre Wange; seine Finger verharrten an ihren Schläfen. Nur mühsam konnte sie sich enthalten, die Augen zu schließen und ihr Gesicht mit einer einzigen, wollüstigen, katzengleichen Bewegung gegen seine Handinnenfläche zu pressen.

Wenigstens schloß sie die Augen.

»Und Sie haben so herrliche blaue Augen. Ich habe nach einem Wort gesucht, das die Farbe genau beschreiben würde, aber das ist mir trotz vier Jahren an der Kunstakademie nicht gelungen, also muß ich sie noch länger betrachten.«

»Dan – das ist doch unmöglich. Das ist nicht Ihr Ernst.«

»Warum nicht?«

Sie zog ihre Hand weg. »Weil, weil ...« Sie glaubte es einfach nicht, trotz seines Kusses beim letztenmal, als sie zusammengewesen waren. Sie war zu dem Schluß gekommen, daß es sich bei all dem um eine Art Halluzination ihrerseits gehandelt habe, daß er sich unmöglich ebenso von ihr angezogen fühlen könnte wie sie sich von ihm. »Weil ich Ihnen gegenüber genauso empfinde.«

»Um so besser.« Er griff erneut nach ihrer Hand, nach ihrer linken Hand, aber sie entzog sie ihm entschlossen und legte sie auf die Bartheke wie ein gerichtliches Beweisstück. Der dicke goldene Ring schlug hart auf der Oberfläche auf.

Er schlug die Arme auf der Bartheke übereinander und senkte flüchtig den Blick – nicht auf den Ring, sondern irgendwohin tief in sein eigenes Inneres. Dann blickte er wieder auf.

»Ich weiß, Cheryl. Ich bin nicht blind. Ich habe viel darüber nachgedacht. Sehr viel.« Er legte die Hände um sein Glas, so als müsse er sie beschäftigen, damit sie nicht unaufhaltsam von den ihren angezogen würden. Er war Bildhauer, seine Berührung hatte immer irgendeinen Bezug auf etwas in seiner Umgebung. Sie fragte sich, ob ihm das selbst bewußt war, ob er wußte, wie fasziniert sie von seinen rastlosen, sanften Händen war.

Er sah sie wieder an, mit seinen unbeschreiblich einmaligen Augen, die sie jahrelang hätte betrachten können, ohne in der Lage zu sein, sie zu beschreiben. »Ich bin zu dem Schluß gekommen, daß es keine Rolle spielt. Daß nur wichtig ist, was zwischen uns geschehen ist. Das ist alles.«

»So einfach ist es nicht . . .«

»Ich weiß. Ich war nie verheiratet. Nun, ich habe ein paarmal mit jemandem zusammengelebt, einmal, als ich an der Akademie war, einmal später. Ich weiß nicht, wie anders es ist, wenn alles von einem hübschen, kleinen goldenen Kreis umschlossen ist. Aber ich glaube, es wird alles so verlaufen, wie es verlaufen muß.«

Cheryl schüttelte bedrückt den Kopf. »Ich fürchte, Sie haben recht.«

»Dann werden wir bald von hier weggehen müssen.«

»Warum?«

»Leute starren Liebespaare immer an.«

Sie wurde rot, sah sich jedoch um. Augen, die sie beide beobachtet hatten, wandten sich hastig ab. In dem rauchigen Spiegel über der Bar konnte sie flüchtig ein auffallendes Paar erkennen, der helle und der dunkle Kopf waren dicht beisammen. Cheryl war sich gar nicht bewußt gewesen, so dicht bei Dan gesessen zu sein. Sie stützte die Ellbogen auf die Theke und legte die Hände vor das Gesicht, die rechte über die linke, so daß der Ring nicht mehr zu sehen war. Trotzdem spürte sie ihn. Ein massiver, dicker Ring.

Dan verbog den Strohhalm zu einer letzten Konstruktion und warf ihn dann auf die Theke. Er griff nach seiner Brieftasche. »Haben Sie viel Geld mitgebracht?« fragte er.

»Es reicht sicher.« Sonny bestand immer darauf, daß sie mindestens hundert Dollar für den Notfall bei sich hatte.

Er blätterte die Banknoten in seiner Brieftasche durch. »Wir werden mehr getrennte Kasse machen, als Sie gedacht haben. Ich habe keine Kreditkarten, aber ich glaube ohnehin nicht, daß wir im Motel welche verwenden sollten.«

Cheryl rührte sich nicht, lediglich ihre rechte Hand schloß sich noch fester um die linke. Sie spürte, wie ihr hastiger Atem wie ein warmer kleiner Wind über ihre Fingerknöchel strich.

»Nein«, sagte sie eine Spur heiser. »Keine Kreditkarten.«

14

Sie schwiegen, als sie hinausgingen. Cheryl hatte den Regenmantel übergelegt und Dans Arm um ihre Schulter hielt ihn fest. Sie gingen langsam.

Als sie weit genug von dem erhellten Portikus entfernt waren, hielt Dan sie auf.

»Ich glaube, es ist besser, wenn wir Ihren Wagen nehmen, er ist weniger auffällig.«

»Den Lincoln?« sagte sie ungläubig.

Er wies mit dem Kopf auf das Fahrzeug, vor dem sie stehengeblieben waren – ein schwarzer Toyota-Transporter mit einem Art-deco-Muster im Zickzack an den Seiten. »Das hier ist meiner.«

»Oh.«

Als sie beim Lincoln angekommen waren, reichte Cheryl ihm die Schlüssel. »Es ist besser, wenn Sie fahren.« Er schloß auf, und sie glitt auf die Mitfahrerseite. Die Innenbeleuchtung ging aus, als Dan die Tür auf seiner Seite zuschlug.

»Rück nicht zu weit weg«, sagte er, und dann streckte er die Arme aus und zog sie an sich; er küßte sie auf eine Art und Weise, die keinen Zweifel darüber ließ, wohin sie nun gehen würden und weshalb. Das war nicht der sanfte, bedächtige Kuß vom Abend nach den Titelfotoaufnahmen. Es war ein intensiver, unersättlicher Kuß, unendlich lange. Der Regenmantel glitt als erstes herab, dann spürte Cheryl, wie sich ein Schuh von einem Fuß löste. Dans Hand blieb zufällig auf ihrem Schenkel liegen, an dem der Rock hochgerutscht war – und danach war das keineswegs mehr zufällig, und noch war der Zauber ihrer Lippen, die sich aufeinanderpreßten, das Berauschendste, was sie im Augenblick spüren wollten, und es würde so schwer werden, sich voneinander zu lösen . . .

Sie taten es schließlich doch, und Cheryls Kopf fiel gegen Dans Arm auf die Rücklehne des Sitzes – eine warme

Kopfstütze aus Tweed. Seine Finger strichen über ihr Gesicht, hielten inne, berührten ihren Mund. Sie küßten sich erneut, so leidenschaftlich wie zuvor. ›Schmusen‹ hatte man das in der Oberschule genannt, ein sehr unelegantes Wort um den alchemistischen Vorgang der Verwandlung von unklaren Emotionen in pures, sinnlich faßbares Verlangen. Nie hatte sie jemand so geküßt wie nun Dan, nie hatte sie so viel Genuß an einem sinnlichen Erlebnis empfunden. Natürlich hatte Sonny sie früher geküßt, obwohl er darauf jetzt keinen Wert mehr legte, und sie hatte es sicher als aufregend empfunden, aber daran konnte sie sich nicht mehr erinnern. Dans Küsse, das wußte sie, würde sie niemals vergessen, ganz gleich, was geschehen würde.

Er schob sie fast heftig zurück und ließ den Motor an. Die Lichter am Armaturenbrett beleuchteten matt sein Profil. Cheryl lächelte es an und richtete sich in ihrem Sitz auf, schob den Rock hinab und zog den Fersenriemen der Sandale hoch. Der Lincoln löste sich summend vom Randstein vor Portnoy's und glitt die Zufahrtsstraße zur Autobahn entlang. Rechts und links gab es Unmengen von Motels. Derartige Unterkünfte in Bloomington waren berüchtigt wie Bordelle. Dan parkte in beträchtlicher Entfernung vom Büro eines Motels, nahm das Geld, das ihm Cheryl schweigend aushändigte, und tat es zu seinem eigenen.

Er war schneller zurück als sie gedacht hatte. »Ihr Wechselgeld, Ma'am.« Er reichte ihr ein paar Zwanzigdollarnoten. »Ich habe um ein ruhiges Zimmer gebeten – keine Nachbarn. Und ich habe behauptet, ich sei Schriftsteller und arbeite unter Termindruck.«

Sie lächelte, den Kopf auf die Rücklehne gelegt. Fragmente fremder Türen und grelle Parklichter flogen vor dem Fenster draußen vorüber. Dann hielt der Wagen und Dan wandte sich ihr zu. »Cheryl – wir können noch zurück. Dann haben wir eben einen nächtlichen Stadtbummel gemacht und mehr nicht . . .«

»Vielleicht kannst du zurück, aber ich nicht.«

Er stieg aus, ging um den Wagen herum und öffnete die Tür auf ihrer Seite. Arm in Arm gingen sie zur Tür des Motelzimmers. Innen war es dunkel. Dan fand den Lichtschalter, zog Cheryl hinter sich herein und verschloß die Tür.

Cheryl sah sich in dem Raum mit seinen zwei Doppelbetten um – welches würden sie benutzen? Oder alle beide? Abwechslungsweise? Der Fernseher auf seinem Gestell, die übliche riesige Frisierkommode, die niemals jemand benutzte, ein Gepäckständer, den sie und Dan mit Sicherheit nicht brauchten. Tür zur Kleiderkammer, Bad. Dan ging zur Fernsehanlage und spielte an den Knöpfen herum. Der Kasten war mit einem eingebauten Radio verbunden, das bei seinen Versuchen quietschend protestierte, aber schließlich fand er die Station, die er suchte, und stellte den Apparat darauf ein. Die Musik war ähnlich der, die Cheryl im Autoradio des Lincoln gehört hatte, weicher, klassischer Rock. Er kam zu ihr, warf den bronzefarbenen Regenmantel über den Gepäckständer.

Lose legte er die Hände hinter ihre Hüften, ihre Arme umschlangen seinen Hals. Sie bewegten sich sachte zu der leisen Musik. Dan senkte die Stirn zu ihr hinab, bis ihre Augen das einzige waren, was sie noch sehen konnten.

»Ich habe oft daran gedacht«, sagte er lässig. »Dies wird wie eine Fahrt nach Europa auf der Queen Elizabeth II – langsam, aber die Reise ist es wert.«

»Ich habe überhaupt nicht daran gedacht«, sagte Cheryl träumerisch. »Ich habe es nicht gewagt.« Sie gaben sich eine Weile schweigend dem Rhythmus hin. »Und – es besteht keine Gefahr.« Er fragte nicht nach Einzelheiten, sondern zog sie nur näher an sich heran, so daß sie Wange an Wange tanzten, ihr Kinn ruhte auf kratzigem Tweed. Sie hatte sich, seit sie vor Jahren mit der Pille aufgehört hatte, ein Diaphragma einsetzen lassen. Sonny, der die Zuneigung seiner Eltern mit sechs Geschwistern hatte teilen müssen, war entschlossen, seinem Sohn in dieser Beziehung alles zukommen zu lassen. Nie hatte er sich Sorgen darum gemacht, er könnte Jayson verlieren. So etwas passierte einem Sonny Rossi nicht. Wahrscheinlich hatte er auch nie in Betracht gezogen, daß seine Frau ihn betrügen könnte. Es war merkwürdig, aber Cheryl hatte nicht das Gefühl, irgend jemandem untreu zu sein. Sie fühlte sich einfach herrlich bei Dan, so wunderbar und glücklich, daß sie fürchtete, auf völlig reizlose Weise in Tränen auszubrechen . . .

»Mmm – Dan?«

»Hm?«

»Kann ich diese Schuhe ausziehen? Meine Füße bringen mich einfach um.«

Sie wurde vom Boden gefegt, ihr Magen schlingerte auf ungebärdige Weise, und ihre Beine hingen über Dans Arm herab.

»Dan – du kannst mich nicht aufheben. Ich bin zu groß – laß mich runter, du wirst dir weh tun!«

»Dann sieh zu, daß du deine Schuhe loswirst.« Er grinste und drehte sich mit ihr auf den Armen um sich selbst, während sie nicht anders konnte, als kreischend zu protestieren.

»Ein Glück, daß du keine Nachbarn hast«, beschwerte sich Cheryl und schob erst einen Fersenriemen und dann den anderen herab. Möglichst anmutig schlenkerte sie die Sandalen von den Füßen und durch das Zimmer und fühlte sich zum erstenmal so weiblich und zerbrechlich, wie es für Frauen wie Ruth von Geburt an selbstverständlich war.

»Jetzt laß mich herunter.«

»Du bist nicht schwer«, sagte Dan. »Du bist meine Liebste.«

»Beweise es«, sagte sie herausfordernd, als ihre Füße den Teppich berührten.

Sie hatte niemals einen Mann geküßt, der so groß war, daß sie in der typischen ›Vom-Winde-verweht‹-Haltung den Kopf zurücklegen konnte, das wurde ihr plötzlich bewußt. Wie alle großen Mädchen in der Oberschule und im College geklagt hatten – zutreffend und andauernd –, pflegten sich große Jungen mit winzigen Mädchen zu verabreden. Es war einfach unfair. Und Sonny hatte sie zudem natürlich so frühzeitig noch im College gekapert, daß sie ohnehin, abgesehen von ein paar Küssen am Straßenrand, über keinerlei Erfahrung verfügte.

Das hier kam dem Wesentlichen schon näher. Sie hatte die ganze Zeit über das Gefühl gehabt, daß Dan Englund ganz genau wußte, wie man auf der interessantesten Route von einer Seite des Atlantik zur anderen gelangen könnte. Sie spürte, wie seine Hände sich zwischen sie beide schoben und der Schlangengürtel gelöst wurde. Mit einem dumpfen Geräusch fiel er auf den Teppichboden. Sie zog an den Fransen des Art-deco-Schals, bis er zu ihren Füßen niederflatterte. Sie stieß ihn weg und ließ die Arme unter Dans Jackett gleiten, ihre Hände unternahmen einen gemächlichen Ausflug über seinen Rücken unter dem dünnen Hemd.

Sie entkleideten einander auf dem Teppich, Stück für Stück, mit mehr Anmut, als Cheryl das je für möglich gehalten hätte. Als sie ins Bett gingen, waren sie bereits alte Liebende, alles war verwirrend vertraut und zugleich neu. Dans Zurückhaltung entsprach dem, was er versprochen hatte, nur empfand Cheryl dieses bedächtige Vorspiel nicht als Zurückhaltung, sondern eher als Steigerung. Seine Finger strichen zart über ihre Haut und ertasteten unentdecktes Territorium entlang ihrer Beine, was sie in einen Zustand der Erregung versetzte, der fast unerträglich lang anhielt.

Seine Hände und sein Mund ließen ihre Brüste nicht aus, sondern widmeten ihnen eine solch leidenschaftliche Aufmerksamkeit, daß Cheryls Minderwertigkeitskomplex unter seiner Berührung dahinschmolz. Seine eigene Haut schien sich unter ihren Händen in Gold zu verwandeln, und als sie sich schließlich vereinten, war dies der absolute Höhepunkt dessen, was vorangegangen war – und das Cheryls Verlangen zu unerwarteter Höhe gesteigert hatte. Inmitten eines fast erschreckenden Chaos empfand sie so etwas wie ein schauderndes, herrliches Dahinschmelzen.

Dans Körper umgab sie, seine Stimme drang warm in ihr Ohr. »O Liebes, Liebes, es ist gut so. Komm zu dir.«

Benommen starrte Cheryl in sein Gesicht, das dem ihren so nahe war, sie spürte, wie ihr Tränen aus den Augenwinkeln rannen, aber sie hatte keineswegs das Gefühl zu weinen.

»Das ist vorher noch nie passiert.«

Er lachte und drückte sie so wild gegen sich, daß sie das Gefühl hatte, er würde ihr alle Knochen brechen. »Was hast du denn all diese Jahre über bloß getrieben?« fragte er halb zärtlich, halb vorwurfsvoll.

»Nicht viel, fürchte ich.«

»Armes Kleines.« Er bedachte ihre Kinnlinie mit kleinen, knabbernden Küssen. »Jedenfalls bin ich froh, dabeigewesen zu sein.«

»Oh – uff . . .« Cheryl entzog sich ihm. »Laß mir eine Minute Zeit.«

Dan legte den Kopf auf seinen Ellbogen und betrachtete ihr Gesicht, während sie sich aufrichtete und gegen das Kopfteil des Betts lehnte, die Knie hochgezogen, das Laken sittsam über sie beide gebreitet.

Aus dem Radio drang Musik, wie aus der Ferne. Aber es war nicht der richtige Text. »Glaub's oder glaub's nicht, ich bin's bloß.« Das war ein Irrtum. Es war nicht bloß sie. Es war jemand völlig Neues, den sie nie zuvor kennengelernt hatte.

»Ich habe mich doch nicht tolpatschig angestellt, oder?« fragte sie mit besorgtem Blick.

Er lächelte nur und schüttelte den Kopf.
»Hm. Ich fühle mich – ganz herrlich. Und du – hast du es genossen? Ich habe es einfach nicht wahrgenommen.«
»Das wirst du beim nächsten Mal tun.«
Ihre Blicke versanken ineinander. Cheryl schauderte leicht. »Jetzt?« fragte Dan. Sie nickte, und er zog sie zu sich herab, in die Wärme unter den Laken, unter seine Hände. Ins zweite Bett gelangten sie nie.

15

Jayson kam am Samstag nachmittag nach Hause und traf seine Mutter an, die auf der Treppe saß und die komplizierten Geländerschnitzereien mit einem Staubtuch attakkierte, während Musik aus einer Stereoanlage die Eingangsdiele mit Lärm erfüllte.
»Hi, Sohn«, begrüßte sie ihn fröhlich. »Wie war das Flippern bei den Taylors?«
»Super. Ich hab' einmal 212000 gekriegt. Aber Jon ist besser – he, was ist denn das?«
»Was?« Mit unschuldiger Stimme.
»Die Musik da.«
»Oh – Abba.«
»Nicht wer – *was*?«
Cheryl stand auf und kam die Treppe vollends herunter. Sie legte die Hand samt Staubtuch auf seine Schulter. »Mach die Augen zu, dann führe ich dich hin.«
»Komm schon, Mom, sag mir . . .«
Sie schob ihn energisch in das Zimmer, in dem früher der große Bildschirm des Fernsehers mit dem kleinen Kasten davor dominiert hatte. Nun war der riesige Bildschirm von zwei Lautsprechern flankiert. Die andere Wand wurde von einem Stapel Gerätschaften besetzt. Cheryl führte Jayson dorthin.

»AM/FM-Radio, Kassettengerät und Plattenspieler, Knöpfe, Tasten und ausreichend Chrom, um einen Kühlschrank auszustatten, Lichter – alles. Ich habe ihn heute vormittag bei Maxwell's erstanden, und sie waren so nett, das Ding gleich zu liefern und sofort zu installieren. Ich verstehe nicht viel davon, ich weiß nur, wie man den Ton lauter dreht und eine Platte auflegt, aber ich werde es wohl noch lernen . . .« Cheryl seufzte und blickte auf die Kollektion neuer Platten und Instruktionsbroschüren, die fächerförmig vor dem neuen Apparat ausgebreitet herumlagen.

»Puh – das ist mal wirklich was. Mach dir keine Sorgen, Mom, diese Sache mit den Tonbändern ist ganz einfach. Ich werd's schon rausfinden.« Er blätterte bereits in einer Gebrauchsanweisung. »Jetzt kann ich mir das ›Star-Wars‹-Album besorgen.«

»Seid ihr Jungen noch immer so scharf darauf? Ich habe mir einfach irgendwelche Musik gekauft, die mir irgendwie bekannt vorkam. Wenn sie mir nicht mehr gefällt, kaufe ich was anderes.«

»Das ist prima. Ich wollte, ich wäre dagewesen, als sie es angeschlossen haben . . .« Jayson hockte auf dem Boden und wußte nicht, was er zuerst in die Hand nehmen sollte – den Stapel Plattenalben, die Broschüren, die welt-raumfährenartige Ausrüstung vor seiner Nase.

»Sie schienen gar nicht viel anderes zu tun, als ein paar Drähte miteinander zu verbinden. Aber sicher steckt mehr dahinter. Na also, viel Vergnügen.« Cheryl gähnte. »Ich mache mich wieder ans Putzen.«

Er hielt sie auf, bevor sie durch den breiten, geschnitzten Durchgang verschwinden konnte. »Äh, Mom – was ist mit Dad?«

»Er wird seine eigenen Platten kaufen müssen.«

Aber als Cheryl wieder auf der Treppe hockte und das Geländer polierte, konnte sie nicht umhin, sich mit ihrer inneren Unsicherheit auseinanderzusetzen. Wie sollte sie ihre impulsive Neuerwerbung Sonny gegenüber vertreten, der moderne Musik haßte? Nie hätte sie früher im Traum daran gedacht, auf eigene Faust auszugehen und sich seinen Wünschen zu widersetzen, aber an diesem Morgen war sie um acht Uhr in dem riesigen, leeren Bett erwacht, die Musik von der vergangenen Nacht noch im Ohr und mit so viel Energie versehen, daß sie einfach nichts anderes hatte tun können, als aus dem Haus zu stürzen und bei Maxwell's ein Stück dieser Nacht zu erstehen und es heimzubringen.

Sie und Dan hatten schließlich das Motel verlassen und waren zu Portnoy's verlassen daliegendem Parkplatz zurückgefahren, wo Dan seinen Wagen abgeholt hatte. Cheryl hatte sich verpflichtet gefühlt, in ihrem eigenen Bett aufzuwachen – angenommen, mit Jayson war irgend etwas nicht in Ordnung und man versuchte, sie zu erreichen? Es war nicht einfach die Sorge, zum unrichtigen Zeitpunkt außerhalb des richtigen Betts erwischt zu werden. Es war die Besorgnis, Jayson könne irgendwann etwas zustoßen – alle Eltern fürchten sich vor dem entsprechenden telefonischen Anruf –, und sie hatte nicht das Recht, irgendwo zu sein, wo niemand sie auf längere Zeit hinweg finden konnte. Das schuf keine sonderlich erfreulichen Aussichten für die Zeiten, die sie und Dan miteinander verbringen würden – kein Wunder, daß Ehebruch immer solch ein Durcheinander mit sich brachte ...

Cheryl rieb mit dem Tuch heftig an den spiralenförmig gedrehten Geländersäulen herum. Sie hatte das Gefühl, als läge sie vor einer endlosen Reihe von exklusiven, wohlhabenden Säulen der menschlichen Gesellschaft auf den Knien – vor genau dem Typ von Männern, die Häuser wie dieses hier vor hundert Jahren erbaut und dann erwartet hatten, daß die Frauen es in Ordnung hielten. Aber sie hatte sich dieser Arbeit ja eben deshalb unterzogen, weil sie so monoton und zeitraubend war, und sie sich dabei den Tagträumen hingeben konnte, die sie verdrängt hatte, bevor sie durch die vergangene Nacht unvermeidlich geworden waren. Jetzt hieß es nicht mehr ›wenn nur‹, sondern ›wann das nächstemal?‹ Wenn sie nicht aufpaßte, würde sie demnächst auf der Treppe sitzen, das Staubtuch in der schlaffen Hand herabhängend, ein Lächeln auf dem Gesicht . . .

»Mom – haben wir einen Schraubenzieher?«

Verdammt, es war schon soweit. »Ja, natürlich – such mal in der Kramschublade in der Küche.« Sie wandte sich wieder mit Feuereifer dem Geländer zu. Erst drei Treppenstufen tiefer fragte sie sich, was Jayson wohl mit dem Schraubenzieher vorhatte.

Sonny kehrte um sechs Uhr nach Hause zurück und ließ seinen Koffer auf die Fliesen der Diele fallen.

»He – wo seid ihr denn alle?«

»Hier!« rief Cheryl aus dem anderen Zimmer. Die Treppe war schon lange geputzt, und Jayson hatte die grundlegenden Kniffligkeiten der Tonbandinstallation gelöst.

»Was ist das für ein Lärm?« Sonny strebte der Bar zu und streifte Cheryl und Jayson, die auf dem Boden vor der neuen Stereoanlage hockten, kaum mit einem Blick. »Mein Gott, was für ein Flug. Turbulenzen über Ohio . . .«

Cheryl schaltete die Musik ab, obwohl das Band weiterlief. »Entschuldige. Wir haben hier nur etwas ausprobiert.«

Sonny kam herüber, sein Nahen kündete sich durch das Klicken der Eiswürfel gegen das Glas an. »Was soll das denn hier?«

Cheryl und Jayson tauschten einen schnellen, konspirativen Blick aus.

»Unsere neue Stereoanlage.«

»Stereo? Wozu zum Teufel brauchen wir das? Du weißt doch, wie ich diesen Radau, den sie heutzutage machen, hasse.«

»Wir lassen dir ein bißchen Brahms zukommen.« Cheryl blinzelte Jayson zu.

»Was zum Teufel soll das nun wieder heißen? Das Zeug hat doch hoffentlich nichts gekostet . . .«

»Ich habe es bei Maxwell's auf meine Rechnung schreiben lassen. Es wird von meinem Gehalt abgezogen.«

»Wieviel?«

»Zwei – irgendwas.«

»Zwei*tausend*? Und du bist einfach hingerannt und hast das gekauft, ohne mich zu fragen?«

Sonny dachte nicht daran, sich mit seinem Drink hinzusetzen, ein schlechtes Zeichen.

»Jayson, willst du dich nicht oben in deinem Zimmer ein bißchen mit PAC-MAN beschäftigen?« schlug Cheryl vor, den Rücken noch immer Sonny zugewandt. »Ganz bestimmt klappt jetzt alles besser, nachdem du einen Tag lang bei den Taylors mit dem Flipper gespielt hast . . .«

Er warf ihr den Blick zu, der besagte: ›Du weißt, es wird Streit geben, und wenn ich nicht gehe, passiert vielleicht nichts.‹

»Geh schon.«

»Ja, hau schon ab, Jace«, sagte Sonny. »Deine Mom und ich haben was zu bereden.« Cheryl drehte sich zu Sonny um, aber sein Blick war auf Jayson gerichtet, der zögernd in seinen Tennisschuhen aus dem Zimmer schlurfte. »Bei den Taylors, wie? Okay – das sind gute Leute. Spielen hier in der Stadt eine Rolle. Also, Cheryl, was soll dieser Quatsch hier in meinem Arbeitszimmer?«

»Ich dachte immer, dies hier sei der ›Medienraum‹«, sagte sie und stand auf. Sonny ließ sich im allgemeinen von dem beeindrucken, was im Trend lag. Seltsam, daß er immer so gegen eine Stereoanlage gewesen war, aber vielleicht lag das daran, daß Musik etwas war, worauf man reagieren mußte. Beim Fernsehen brauchte man nur zuzuschauen.

»Wie auch immer . . .« Er runzelte die Stirn. Dann lächelte er. »Hör mal – wenn du so ein Ding willst, hättest du es ja bloß zu sagen brauchen.«

»Habe ich ja.«

»Ich meine im Ernst. Es gibt eine Menge Apparate, die viel besser sind als irgendwas, das Maxwell's führt. Das ist es, was mich so auf die Palme bringt – du rennst einfach weg und kaufst das Ding. Ich kümmere mich darum, wir schaffen den Kram zurück und besorgen uns was wirklich Gutes.«

»Aber ich *mag* das hier.« Cheryl ärgerte sich, als sie hörte, wie ihre eigene Stimme schrill wurde und ihre sorgfältig aufrechterhaltene Fassade der Gelassenheit durch einen Tränenausbruch einzustürzen drohte.

Sonny ließ sich nieder, völlig im Einklang mit seinem Entschluß. »Nein. Schwamm drüber. Ich werde was Erstklassiges besorgen. Zweitausend sind für dich mehr als ein monatliches Gehalt. Wenn du was haben willst, nimm das Beste. Und wenn's sechs- oder siebentausend sind . . . Und wir werden Abmachungen treffen, wann es angeschaltet wird. Ich will mir das Geplärr nicht anhören, das du gerade drauf hattest. Am Montag schaffst du das Ding zurück. Ich werde was Besseres besorgen, du wirst schon sehen.« Er entfaltete die Zeitung.

Aber sie sah gar nichts. Sie konnte kaum sprechen. Ihre Hände hingen geballt herab, und Sonny war zu sehr in sein Blatt vertieft, um das zu bemerken. So schnell wie möglich, ohne zu rennen, verließ sie das Zimmer, stürmte die Treppe empor und spähte zu Jayson hinein.

»Ich werde jetzt ein Bad nehmen. Abendessen gibt's später . . .« Das ›Später‹ war reichlich zittrig herausgekommen, aber es gelang Cheryl, ins Badezimmer zu eilen, den Wasserhahn anzustellen, die Tür zu verschließen. Sie lehnte sich gegen sie und wurde von lautlosem Schluchzen geschüttelt. Nicht einmal hier wagte sie laut zu weinen. Es hätte jemand hören können. Immer konnte es irgend jemand hören. Jayson würde es belasten und Sonny lediglich eine weitere Gelegenheit verschaffen, eine Grimasse zu schneiden und zu sagen: »Guter Gott, Cher, was ist denn jetzt schon wieder los?«

Und daraufhin – sofern sie die Cheryl ihrer Tagträume gewesen wäre – hätte sie leichthin gesagt: »Ach, nichts weiter, Sonny, ich hatte nur letzte Nacht eine Affäre mit einem fantastischen Mann, und ich bin ein bißchen überdreht . . .«

Sie entledigte sich ihrer Hose, ihres Pullovers und ihrer Unterwäsche und stieg in die Wanne, in die donnernd das Wasser einströmte. Sonny hatte auf vollen Wasserdruck bestanden, ganz gleich, wieviel die neue Installation in einem riesigen alten Haus auch kostete. *Das* war keine unnütze Ausgabe – aber ein bißchen Musik in ihrem Leben schon. Diese verdammte schwarze Wanne allein hatte über zweitausend Dollar gekostet, und sie konnte nicht einmal singen. Schwarz. Genau passend für Trauerstimmung.

Denn darauf lief es nach ihrer Hochstimmung Dans wegen hinaus. Schuldgefühle, Depressionen. Vielleicht tat ihr Sonnys Mentalität gut. Sie brachte sie immer wieder in die Realität zurück. Mach dir nichts vor, sagte sie sich. Du bist nichts weiter als eine der vielen gelangweilten Ehefrauen eines gleichgültigen, reichen Mannes, der ihr Ego verletzt und ihre Hormone bei einem anderen Mann aktiviert. Nur du, du mußtest dir natürlich einen jüngeren Mann heraussuchen, einen gutaussehenden Mann, der meilenweit im Umkreis Inbegriff weiblicher Fantasien ist. Warum hättest du nicht den Wunsch haben sollen, mal eine Nacht mit Dan Englund zu verbringen? Jeder anderen wäre es ebenso ergangen. Warum bildest du dir ein, es sei was ganz Besonderes – und *du* seist etwas ganz Besonderes für ihn? Und außerdem, sagte sie sich, als das Wasser schließlich ihre Schultern erreicht hatte und sie es abstellte, du mußtest für dieses Privileg *zahlen.* Übersieh das nicht. Manche Leute würden dafür eine wenig schmeichelhafte Interpretation finden. Romantik – haha! Arme, irregeführte Frau.

Sie hatte ihr Bett gemacht, und sie mußte sich einfach darauf niederlegen. Dan Englund lag nicht darin. Er stand in einem weißen Anzug im Nebel und sah zu, wie sie mit Paul Henreid an Bord des Flugzeugs stieg – wie Ingrid Bergman in jenem Film. Das würde eine perfekte Katalogseite abgeben, dachte Cheryl verbittert – und dort würde das Ganze auch bleiben müssen.

Cheryls Schluchzen hatte mit der inneren Lektion, die sie sich erteilte, nachgelassen. Die Tränenspuren auf ihrem Gesicht waren trocken geworden. Sie empfand wesentlich mehr Gelassenheit, aber eine solche Leere ...

16

»Tut mir leid, wenn ich zu spät komme«, entschuldigte sich Cheryl am Montag morgen bei Peg. »Ich mußte erst in die Stereoabteilung ...«

»Meine Güte, siehst du müde aus, Cheryl. Dieser Katalog muß dich völlig geschafft haben.«

Mary Lou Wallace kam um die Ecke gehüpft, ihr Gesicht war ein Musterbeispiel unterdrückter Neugier. »Hat sie schon ihren Schreibtisch gesehen? Punkt halb zehn kam der Kleine damit rein, mit dem – na, ich will dir nicht alles verderben. Richte die Linse mal auf das hier!«

Cheryl ging um die Trennwand herum zu ihrem Schreibtisch und hielt inne. Ein pfauenschwanzartig ausgebreiteter Fächer lavendelblauen Floristenpapiers bedeckte den größeren Teil der Schreibtischplatte.

Peg kam herübergetänzelt. »Was ist es denn? Ich würde sagen – vielleicht ... Gladiolen, das Ding ist so riesig groß.«

Mary Lous Gesicht verzog sich angewidert. »Gladiolen

– bäh. Hoffentlich nicht. Sieht so nach Begräbnis aus. Mach's bloß endlich auf.«

Cheryl fühlte sich gezwungen, sich ihren Forderungen zu beugen, versuchte zuerst, die Krampen aus der obersten Falte zu lösen, gab dann auf und riß das lavendelblaue Papier in Fetzen. Lieber hätte sie das Ganze alleine geöffnet, dann hätte sie keinen Enthusiasmus über dieses Angebinde von irgendeinem Fabrikanten vortäuschen müssen, der ihr wegen der vorteilhaften Zurschaustellung seines Produktes zutiefst dankbar war. Solche Gaben trafen von Zeit zu Zeit ein.

»Oh – Rosen!«

»Ein Dutzend, ein ganzes Dutzend, wette ich. Zähl sie, Peg.«

»Es spielt wirklich keine Rolle, Mary Lou«, sagte Cheryl trübe. Die Rosen waren von einem tiefen Karminrot, hoben sich dunkel und üppig gegen den hellgrünen Farn ab.

»Weißt du, was solche Rosen heutzutage kosten? Sogar in Texas schicken wir jetzt nur halbe Dutzend.«

»Vierzehn!« jubilierte Peg. »Was für eine merkwürdige Zahl.«

»Na, wenigstens keine dreizehn ... Wer hat das geschickt, Cheryl?«

Cheryl riß den winzigen Umschlag auf.

»Na?« drängte Peg.

»Vier-zehn«, murmelte Mary Lou nachdenklich. »Also ... wer ist's?«

Cheryl war zu verblüfft, um zu lügen. »Dan. Dan Englund.«

Mary Lous Augen quollen förmlich heraus. »Vielleicht habe ich mich doch in ihm geirrt.«

»Hmmm, die Pracht vom Prächtigen«, sagte Peg anerkennend und zupfte an den Blüten, als ob es ihre Sache wäre, sie neu zu arrangieren.

»Ich bin – einfach platt«, gestand Cheryl. »Ich meine – Rosen.«

»Ja, warum sollte *er* dir Rosen schicken?« Pegs glatte Stirn zog sich in verwirrte Falten.

»Das ist doch offensichtlich«, sagte Mary Lou.

»Natürlich«, warf Cheryl hastig ein. »Ich meine, wenn ich ihn nicht für den Weihnachtskatalog ausgesucht hätte, wäre er jetzt wesentlich ärmer, von der Unterbewertung ganz zu schweigen. Das ist wirklich reizend . . .«

»Aber die Aufnahmen für den Katalog sind doch schon vor Wochen gemacht worden . . .«

»Ja, klar, Peg. Aber ich habe ihn letzte Woche angerufen, um ihm zu sagen, die Probeabzüge seien da und alles sei großartig. Vielleicht ist er daraufhin auf die Idee gekommen, wer weiß?«

»Aber warum gerade vierzehn?« Mary Lou stemmte einen Arm auf die Hüfte und schien entschlossen, in Nachdenken zu versinken.

Warum verschwand sie bloß nicht? Warum ließen die beiden sie nicht in Ruhe? Cheryl ballte das Blumenpapier zusammen und warf es in den Abfallkorb. »Wer kann wissen, warum es vierzehn sind, Mary Lou? Ich gewiß nicht. Vielleicht ist ihm das Geld ausgegangen, vielleicht ist es eine Art künstlerischer Ausdrucksform, vielleicht ist er abergläubisch . . .«

»Na, mir kann er jederzeit vierzehn Stück von irgendwas schicken«, bemerkte Peg. »Komm schon, Mary Lou, wir müssen was arbeiten. Cheryl läßt uns sicher mal gelegentlich reinkommen und an den Rosen schnuppern.«

Cheryl war sich da nicht so sicher. Kaum waren die beiden verschwunden, vergrub sie das Gesicht in den Blumen. Der schwere Duft vertrieb den Dunst der Melancholie, der alles so fern und trübe gemacht hatte.

Sie setzte sich und las erneut die Karte. ›Keine Sorge. Sie sind abzugsfähig. Ruf mich an, sobald du kannst. Dan.‹

Wenn man sich vorstellte, daß ein Bluejeans-Träger etwas so Romantisches wie Rosen schickte . . . Aber es waren nicht nur die Rosen, das war ihr klar. Er schickte ihr damit eine Botschaft: Keine Sorgen, nur weil ich arm bin und nicht genügend Geld habe, um für das Motelzimmer zu zahlen, bedeutet das noch nicht, daß unsere Beziehung fragwürdig ist. Wie hatte er wissen können, daß sie sich nun mit diesem kleinen Problem herumgeschlagen hatte? Sie staunte über den Realitätssinn, der den männlichen Stolz überwunden hatte; sie hatten einander haben wollen, und wer die Reise dorthin bezahlte, war ein zweitrangiges Detail, aber keine maßgebliche Streitfrage. Aber weshalb vierzehn Rosen? Sie steckte die Karte in das mit Reißverschluß versehene Fach ihrer Handtasche. Vermutlich würde sie ihn einfach danach fragen müssen.

Es war schwierig zu arbeiten, wenn der Duft der Rosen jedesmal ihre Erinnerungen aufstachelte, sobald sie ihn einsog. Ein paar Minuten später tauchte Peg auf, um dem Wasser in der Vase Tylenol hinzuzufügen.

»Soll das die gleiche Wirkung haben wie Aspirin?« erkundigte sich Cheryl amüsiert.

»Ich weiß nicht, aber es wäre ein Jammer, nicht zu versuchen, das hier so lange wie möglich am Leben zu erhalten.«

»Stimmt«, murmelte Cheryl in ihre Arbeitspapiere hinein.

Ruth rief um elf Uhr wegen des Lunchs an, aber Cheryl sagte ab. »Ich muß soviel nachholen, nachdem dieser Katalog unter Dach und Fach ist. Vielleicht morgen?«

Sie wartete. Peg verschwand um elf Uhr dreißig zum Mittagessen, Mary Lou um zwölf. Das ließ ihr eine halbe Stunde zu einem privaten Telefongespräch – und das genau zur Mittagszeit, wenn jemand möglicherweise zum Essen ausgegangen war . . .

In demselben Augenblick, in dem sich das Klappern von Mary Lous Absätzen in der Ferne verlor – fünf nach zwölf, das Frauenzimmer hatte herumgetrödelt –, griff Cheryl nach dem Telefonhörer und blätterte zugleich hastig im Adressenbuch. Beim erstenmal verwählte sie sich, fluchte leise und wählte erneut.

Das Rufzeichen ertönte, immer wieder – und brach dann plötzlich ab.

»Hallo«, sagte sie, denn das war alles, was sie für den Anfang herausbrachte.

»Hallo.« Es war seine Stimme, und sie hörte an der Wärme, daß er ihre eigene erkannt hatte. Flüchtig stockte ihr der Atem, dann brach es aus ihr heraus, zusammen mit einer Wortflut.

»Danke für die Rosen. Ich bin schon ganz benommen vom Duft – oder von sonst was. Du weißt schon, ich werde jetzt gleich sagen, das hättest du nicht tun sollen . . .«

»Warum nicht? Ein gutes Klischee verdient ein anderes.«

»Ich glaube nicht, daß Rosen jemals ein Klischee sein können. Sie sind so herrlich, Dan. Aber – warum vierzehn? Die Mädchen hier haben sie gezählt«, fügte sie schnell hinzu, aus Angst, er könnte glauben, sie bewerte seine Gesten in Dollar und Cent – obwohl sie sich nur allzusehr bewußt war, was die Blumen gekostet haben mußten – mehr als seine Hälfte des Motelzimmers.

»Erinnerst du dich nicht?«

»Nein.«

»Dann rate mal.«

»Das kann ich nicht. Dan . . .«

»Es war die Zimmernummer.«

»Das – das habe ich nicht einmal bemerkt.«

»Vielleicht können sich nur Künstler Dinge wie Nummern und Graphik merken.«

»Nein, ich glaube, ich war nur zu – hm, geistesabwesend, um darauf zu achten . . .«

Er lachte. »Ja, das warst du.« Eine Pause entstand, während beide Erinnerungen nachhingen.

»Na, jedenfalls haben die Rosen dein Ansehen im Büro

hier gesteigert. Mary Lou hält dich nicht mehr für schwul, und Peg findet nicht mehr, du sähest zu gut aus, um was anderes als ein chauvinistisches männliches Schwein zu sein.«

Er lachte wieder – ein unbekümmertes Lachen, das Cheryl liebte.

»Und was findest *du*?«

Die Hand über die Sprechmuschel gewölbt, sagte sie leise: »Du weißt genau, was ich finde.«

»Ich möchte dich wiedersehen.«

Da war es, simpel, fordernd, genauso fordernd wie das Verlangen, das sie empfand.

»Dan . . .« Der Konflikt war aus ihrer Stimme herauszuhören.

»Ich weiß, daß es für dich nicht leicht sein kann, Cheryl.« Auch seine Stimme war leiser, intensiver, es lag kein Lachen mehr darin. »Weiß der Himmel, ich möchte dich nicht drängen. Sag mir nur eins – *möchtest* du mich wiedersehen?«

Ihn wiedersehen – eine nette Umschreibung für ›ihn zu lieben, mit ihm zu schlafen‹. O ja. Und auch wenn sie ihn nur buchstäblich wiedersah, irgendwo in der Öffentlichkeit mit ihm zusammensaß, wenn sie redeten – bis es so weit war, daß sie wieder irgendwo allein waren . . . Ja, o ja!

»Cheryl . . .« Seine Stimme klang besorgt. Eine gute Werbekoordinatorin verursacht nicht Runzeln im Gesicht ihres besten Modells, dachte sie, zwischen Lachen und Weinen hin und her gerissen. Vielleicht versuchte sie es am besten einmal mit Aufrichtigkeit.

»Dan . . . Mehr als alles andere. Aber . . .«

»Aber – deine Situation.«

»Nicht nur das.« Im Telefon herrschte Stille.

»Was dann?« fragte er schließlich.

»Dan – wie alt bist du?«

Diesmal dauerte die Pause noch länger.

»Das werde ich dir nicht sagen, Cheryl. Errate es. Erkundige dich, frag meine Mutter, wenn du sie finden kannst. Aber verdammt, es spielt keine Rolle. Ja, wahrscheinlich bin ich ein bißchen jünger als du. Aber es ist völlig egal. Das ist ein Komplex bei dir.« Er seufzte. »Sagen wir, ich muß, aber du willst es wissen.«

»Ich bin fünfunddreißig, Dan.« Sie zwang sich, die schreckliche Wahrheit mit der gesamten Last dieser Jahre zu belasten. »Fünfunddreißig!«

»Sag mir, wann du Geburtstag hast, und ich werde dir Rosen schicken«, erwiderte er völlig ungerührt. »Aber ich bin nicht bereit, die Kerzen zu zählen.«

»Okay, es ist mein Komplex. Vielleicht werde ich mich wirklich an diese Detektivarbeit machen. Und dir dann die passende Anzahl Rosen schicken, wenn ich's herausgefunden habe . . .«

»Das wird Sie eine Menge kosten, Lady.«

»Mehr als – vierzehn, hoffe ich.«

»Wesentlich mehr, aber das ist alles, was du aus mir herausbringst.«

»Handleser behaupten, man könne das Alter einer Person an den Linien ihrer Hand erkennen«, sagte sie spielerisch.

»Um das zu können, mußt du dich mit mir treffen. Wann – wirst du Zeit haben?«

»Oh . . . im Augenblick sieht es schlecht aus.« Sonny plante nicht vor Oktober zu verreisen, aber das wollte sie Dan nicht sagen. Sie wollte Dan gegenüber Sonnys Namen überhaupt nicht erwähnen, auch nicht per ›mein Mann‹ oder ›er‹ über ihn reden. Sie wollte, daß ihre und Dans Liebe – denn das war es, soviel wußte sie nun – unberührt von irgendwelchen Hinweisen auf seine ständigen Freundinnen oder ihren gleichgültigen Ehemann blieb. Das alles war jetzt nicht mehr wichtig.

»Ich möchte dich die ganze Nacht über haben«, sagte er plötzlich eindringlich. »Keine Kurztreffs um die Mittagszeit.«

»Ich auch«, flüsterte sie. »Aber – unten in der Vermittlung können sie vielleicht mithören.«

»Laß ihnen ihre Sensation.«

Cheryls Stimme klang belegt. »Sie sollen sich um ihre eigenen Sensationen kümmern – ich habe genügend Scherereien damit, mit meinen zurechtzukommen. Es kann ein paar Wochen dauern. Ich fürchte, ich bin in so etwas nicht sehr gut . . .«

»Du hast die Karte gelesen. Ruf mich an, sobald du kannst. Bis es soweit ist, könntest du vielleicht mal ein belegtes Brot einpacken und mich – hm, drüben an der Peavey Plaza treffen. Ich werde dich dann in die Feinheiten von Metallskulpturen einführen.«

»Oh – ja!«

»Wann?«

»Hm – ich habe heute noch nicht zu Mittag gegessen.«

»Lady, Sie können Gedanken lesen.«

»Ich bin schamlos, ja?«

»Vermittlung, schreiben Sie mit? Ist zwei Uhr recht?«

»Viel zu lang bis dorthin, aber okay.«

»Das Essen lassen wir ausfallen. Ich komme an einem Delikatessenladen vorbei. Am frühen Nachmittag sind nicht viele Leute auf der Plaza.«

»Außerdem«, erinnerte ihn Cheryl, »handelt es sich nur um eine Art Vorlesung über Kunst. Völlig legitim.«

»Kunst ist immer illegitim – Lektion Nummer eins. Bis später.«

»Bis später.«

Cheryl zögerte, den Hörer aufzulegen; allein die Verbindung abzubrechen, war schmerzlich. Nun war sie also schon wieder auf ihrem euphorischen Gipfel angelangt. Sie hatte das Gefühl, daß sie, falls sie nicht wie festgeklebt auf ihrem Stuhl sitzen blieb, zur Melodie von ›Ich liebe einen wundervollen Mann‹ auf den Büroschreibtischen einen Steptanz aufführen würde. Genau in dem Augenblick, in dem Peg und Mary Lou zurückkehren würden. Ein Knüller. Respektable Matrone aus Kenwood geht mit Subkultur-Künstler vom Westufer durch – und dies hier war das Westufer des Mississippi, nicht der Seine. Sie warf einen Blick auf ihre Uhr. Es war erst zwölf Uhr fünfundzwanzig, also noch eine ganze Stunde und fünfzehn Minuten, bis sie sich auf den Weg machen konnte.

Cheryl stand auf und stürzte zum Rosenstrauß hinüber, um noch einmal ihren Duft tief einzuatmen, bevor irgend jemand zurückkam und sie dabei ertappte. Mach dich bloß auf die Reise, Sonny, dachte sie grimmig. Mach, daß du wegkommst.

17

Oktober kann im Mittelwesten der herrlichste Monat des Jahres sein – tiefblauer Himmel, rotgoldenes und hellgelbes Laub, Tage von solch idealer Temperatur, daß ein Pullover, ja überhaupt irgendwelche Kleidung in der wunderbaren Luft zu viel zu sein scheint.

Jayson kam jeden Abend mit gerötetem Gesicht und beglückt, wenngleich niesend vom Blätterstaub, zum Essen. »Laubfestung«, pflegte er zu murmeln und widerstand allen Versuchen, ihn davon abzubringen, die herabgefallenen Ahorn- und Ulmenblätter zu ehrfurchtgebietenden Haufen zusammenzukehren, um dann auf irgend etwas möglichst Hohes in der Nähe zu klettern und anschließend hineinzuspringen.

Jeeves hinterließ Blätter, wohin er auch trottete, zumeist auf dem Wohnzimmerteppich, und kündete sein Nahen mit dem Rascheln trockener, brauner Blattreste an, die sich in seinem zerzausten Fell verfangen hatten. Cheryl drohte, ihn scheren zu lassen, aber selbst Jeeves schien zu wissen, daß dies nicht ihr Ernst war.

Cheryl vermittelte den Eindruck, als ob derzeit sowieso viel von dem, was sie sagte, nicht ihr Ernst sei. Die Arbeit ging weiter, sowohl zu Hause als im Kaufhaus – aber beides hatte etwas Traumhaftes an sich. Nicht, daß irgend jemand dies bemerkt hätte. Mit Ausnahme von Ruth. Ruth Benedict fiel es auf.

»Du scheinst nie mehr Zeit zum Lunch zu haben. Überarbeitest du dich wieder?«

»Nein, nein. Es ist alles okay. Der Katalog für die ›Weiße Woche‹ im Januar ist auf dem Weg, und ebenso der Sonderkatalog für Februar ... Peg ist eine große Hilfe. Ich habe, äh, einfach so viel zu erledigen gehabt.«

»Hmm. Ich kann mir auch denken, für wen.«

Wirklich? Dieses eine Mal entwickelte selbst die so scharfäugige Ruth Kurzsichtigkeit.

Wann war es nur zur Gewohnheit geworden – spät aus der Firma zu stürzen – um halb eins, wenn die meisten Restaurantbesucher schon wieder zurückkehrten –, um sich an verabredeter Stelle mit Dan zu treffen?

Zumeist geschah das in irgendeiner wenig besuchten Anlage, und da mit dem September offiziell der Herbst begonnen hatte und die Leute aus Minnesota damit automatisch die Stellen mieden, an denen sie sich im Sommer sonnten, waren sie häufig die einzigen dort. Sie brachten abwechslungsweise etwas zu essen mit, einer versuchte immer den anderen zu überraschen. Einmal brachte Dan eine gewaltige Pizza mit, und sie saßen hinter einer der imposanteren Statuen der Plaza hinter dem Bankgebäude und futterten sie, wobei sie fortgesetzt lachten.

Ihre Verabredungen waren zu einer informellen Rundtour zu öffentlichen Skulpturen geworden – und in der Tat diskutierten sie darüber. An manchen Tagen regnete es, aber Cheryl trug niemals ihren bronzefarbenen Regenmantel – zu auffällig. Statt dessen marschierte sie in ihrem alten, beigen Popelinemantel und dem durchweichten Schal um den Kopf zu den äußeren Bezirken der

Innenstadt, um dort mit Dan auf irgendeiner öffentlichen Bank aus schwarzem Marmor zu sitzen und zu reden, ohne an Lunch zu denken.

Drei Wochen verbrachten sie auf solche Weise, wie Adam und Eva in einem übervölkerten Eden, auf das sie nie sonderlich achteten. Sie berührten einander kaum je. Einmal, in einem verlassenen Park, hatte sich Dan vorgebeugt, Cheryls Gesicht mit den Händen umfaßt und sie voller Wärme und eindringlich geküßt.

Ihre Hände waren an seinen Handgelenken, drückten sie warnend. »Jemand könnte uns sehen.«

»Unmöglich. Wir sind hinter dem Betonpfeiler. Ich habe mich vorher umgesehen.« Er sprach hastig, küßte sie erneut. Cheryl küßte ihn ihrerseits, versunken in diesen herrlichen, lang versagten Genuß, dann drückten ihre Hände erneut zu.

»Dan . . . ich werde heute nachmittag nichts arbeiten können.«

»Wann?« Mehr brauchte er nicht zu fragen.

Cheryl schloß die Augen. »Ich weiß nicht. Sobald ich kann.«

Er küßte sie erneut, teilte ihr schweigend mit der Wärme und Beweglichkeit seiner Lippen mit, was geschehen würde, wenn es soweit war.

Wenn nicht der dicke goldene Ring an ihrer Hand gewesen wäre, der sie hemmte, so hätte sich Dan den Teufel darum geschert, wer sie sah, das wußte Cheryl. Einmal war er mit ihr in seinem Wagen zu den vom Herbstlaub vergoldeten Ufern des Mississippi hinausgefahren, wo sie einen langen Spaziergang gemacht hatten, bei dem sein Arm beiläufig um sie gelegt war. Als ihm danach zumute war, war er stehengeblieben, hatte sie an sich gezogen und geküßt, während Jogger, deren Laufschuhe auf dem schmalen, ungeteerten Weg stampften, gutmütig um sie herumbogen.

Zärtlichkeiten in der Öffentlichkeit verursachten Cheryl Unbehagen, obwohl sie vielleicht nichts dagegen gehabt hätte, sofern sie nicht eine Gefahr darstellten. Aber sie erinnerten sie auch noch an etwas anderes, das nichts mit Sonny zu tun hatte, nämlich an den Generationsunterschied zwischen ihr und Dan. Sie war zu mitternachtsdunkler und streng isolierter Liebe erzogen worden. Dan war offen und frei wie die Luft um ihn herum. Das bezauberte und belebte sie – und machte ihr zugleich mehr denn je bewußt, daß er jünger war als sie. Wieviel jünger?

Wann? Das war die andere Frage, die sie bedrückte, mehr als die erste. Ja, wann?

»Meine Konferenz in Gary ist verlegt worden«, sagte Sonny eines Abends beim Essen. Selbst Jeeves schien die Ohren zu spitzen.

»Verlegt? Du meinst, du wirst nicht vor November fahren?«

»Ich habe nur verlegt gesagt. November wäre aufgeschoben. Kannst du das denn nicht unterscheiden, Cher? Dieses Wochenende.«

»Sie ist verlegt worden? So kurzfristig?«

»Nein, das ist schon lang umgeändert worden. Ich habe nur vergessen, es zu erwähnen.«

»Ah so.«

Sie überlegte schnell. Jayson hatte darauf gedrängt, ein Wochenende bei den Taylors verbringen zu dürfen. Er hatte eine ständige Einladung auf deren Farm bei Prior Lake, wo es etwas noch Faszinierenderes gab als Flippern – nämlich Pferde. Sie wollte Helen Taylor morgen von der Firma aus anrufen und sich erkundigen, ob es für dieses Wochenende nicht schon zu spät war. Dieser verdammte Sonny. Nie dachte er an jemand anderen außer an sich selbst ... Obwohl man eine Mutter, die begierig darauf war, ihren Sohn einer Liebesnacht wegen abzuschieben, wohl kaum als altruistisch bezeichnen konnte. Trotzdem, der Teufel sollte das Ganze holen.

Cheryl begann zu begreifen, warum Leute logen, betrogen und täuschten und notfalls mordeten, wenn sie sich etwas in den Kopf gesetzt hatten. Alles verlief fast zu einfach. Helen Taylor war entzückt, Jayson während des Wochenendes in ihrer Familie aufzunehmen. Nein, es machte keinerlei Scherereien. Konnten sie ihn bis Sonntag nachmittag behalten, wenn sie ohnehin in die Stadt zurückkehrten? Fein, sie wollten ihn am Freitag direkt von der Schule abholen, zusammen mit ihrem Sohn ... Und ihn Sonntag abend wieder zu Hause abliefern. *Zwei* Nächte. Zwei Nächte mit Dan. Zwei ganze Nächte.

Cheryl wählte mit dem Bleistift seine Nummer; ihre Finger zitterten zu sehr.

»Hallo.« Seine Stimme durchzuckte sie wie immer bis ins tiefste Innere. Für gewöhnlich verbarg sie solche Reaktionen unter eiserner Selbstkontrolle. Aber jetzt, da sie wußte, daß sie in zwei Tagen ...

»Ich habe endlich die Antwort auf deine Frage ...«, sagte sie atemlos.

»Du bist – frei?«

»Freitag nacht.«

»Verdammt!«

»Was – was ist los?«

Im Telefon seufzte es. »Liebling, es tut mir so leid. Attilas Horden fallen Freitag abend über mich herein.«

»Horden?«

»Leute. Ein Haufen Leute. Eine Party.«

Party? Er gab Partys, während sie Pläne schmiedete, die einem Medici zur Ehre gereicht hätten? Cheryl hatte das Gefühl, als ob sie einen Tritt in den Magen bekommen hätte.

»Hör zu, Cheryl. Die Sache ist schon seit Monaten abgemacht. Es ist eine Wiedersehensparty für ein paar Freunde von der Akademie, die ein Stipendium für Deutschland bekommen hatten. Ich habe versprochen, sie alle hinterher zusammen hier in meine Wohnung einzuladen ... Okay. Du bist also frei. Komm auf jeden Fall zu mir.«

»Aber ich – ich kann doch nicht ...«

»Natürlich kannst du. Niemand von denen hat eine Ahnung – du weißt schon. Es ist einfach eine Bande von legeren, leicht verrückten Künstlertypen. Sie beißen garantiert nicht, obwohl sie vielleicht rauchen, rumalbern und haschen.«

»Ich weiß nicht ...«

Eine lange Pause entstand. Als sie seine Stimme wieder hörte, klang sie leise, aber eindringlich. »Na schön, Cheryl. Du sagst mir, wo du mich treffen möchtest – in einem Motel am Strip, in einem Hotel in der Innenstadt, in deinem eigenen Bett. Ich komme.«

»Was ist – mit deiner Party?«

»Ich werde die Tür offen und das Bier im Kühlschrank lassen. Sie können die Party ohne mich feiern. Ich möchte dich sehen.«

»O Dan ... okay, ich komme.«

»Das hoffe ich«, sagte er, und seine Stimme war plötzlich tief und aufreizend.

Sie lachte. »Jetzt frage ich – wann?«

»Um acht. Aber komm früher, wenn du kannst.« Er gab ihr die Adresse an – es war irgendwo inmitten der alten Häuser und Wohnungen südlich des Guthrie-Theaters und Walker-Art-Centers, wie sie vermutet hatte.

Den Rest der Woche verbrachte sie damit, alles zu bereuen. Es war relativ einfach gewesen, Sonny am Donnerstag abend alles herzurichten und ihn zu verabschieden, und ebenso einfach, Jayson alles zusammenzupakken und am Freitag früh in die Schule zu schicken. Aber es war nicht so leicht, den restlichen Freitag damit zuzubringen, über den Abend bei Dan nachzugrübeln. Es war eine höllische Art, in sein Leben hineingezogen zu werden, in seine Behausung, in eine Wohnung voller Fremder – *junger* Fremder mit Bluejeans, die über sie reden würden.

Sie quälte sich mit dem Problem ab, was sie anziehen sollte, sie rannte in die Abteilung drei hinunter und probierte irgendwelche Calvin-Klein-Jeans an – das war nicht sie, dachte sie, während sie die enganliegenden Hosen mit dem Namen des Designers auf der einen Hinterbacke betrachtete. Am Ende entschied sie sich für ihre gewohnten flachen Schuhe, Slacks, einen Pullover mit matt regenbogenfarbenem Muster und einer Reprise des Make-ups, das Ruth ihr für die Aufnahmen zum Weihnachtskatalog gegeben hatte. Sie sah beiläufig festlich aus.

Als sie den Lincoln durch die im Dämmerlicht daliegenden Straßen fuhr, wurde sie sich erneuter Ängste vor einem Jitterbug, den sie eventuell tanzen mußte, bewußt. Es war nicht die Angst vor seinen Freunden, vor dem Risiko, als Mrs. Jemand Neues auftreten zu müssen. Es war Dan. Wo wohnte er? Würde sie verlegen die Augen vor irgendwelcher Armseligkeit abwenden müssen, würden sie alle auf dem Boden sitzen und billigen Rotwein aus ehemaligen Olivengläsern trinken, während sie, Cheryl, auf der Kante des einzigen Stuhls säße und ungeschickt Konversation machte? Gehobene Mittelschicht. Sie war hoffnungslos aus der gehobenen Mittelschicht. Und näherte sich dem mittleren Alter. Ihr Fuß trat heftiger aufs Gaspedal. Wenn sie sich nicht zusammennahm, würde er sich vollends vom Gaspedal zurückziehen und der Wagen langsam zum Stillstand kommen ... Und dann noch einen Lincoln in einem Viertel parken, wo solch eine Karosse als Affront empfunden werden mußte. Für was hält die sich eigentlich, würden sie sich hinter ihrem Rücken fragen, diese Lady im Lincoln? In ihrem Alter spielt sie sich auf ... O Gott, alberne Mom ...

Die Gegend war das, was sie erwartet hatte – Sanierungsgebiet. Nicht weit von Kenwood entfernt war es ein Viertel, in dem junge Paare übergroße victorianische Hütten kauften, um ihnen im Schweiß ihres Angesichts wieder etwas von der früheren Großartigkeit zu verleihen.

Viele der größeren Gebäude waren in Apartments für Studenten, gleichgeschlechtliche Paare aus der Subkultur und – schließe die Augen nicht davor – am Hungertuch nagende Künstler aufgeteilt.

Cheryl hatte Mühe, die richtige Hausnummer zu finden, obwohl sie im richtigen Block war. Sie umfuhr ihn noch einmal langsam, das flaue Gefühl in ihrem Magen nahm zu. Nein – keines der Häuser hatte die richtige Nummer. Sie fuhr an den Rand des Gehsteigs, hielt und ließ sich die Nummern systematisch noch einmal durch den Kopf gehen. Dort – das mußte es sein.

Sie stieg aus, verschloß den Wagen und näherte sich dem höchst unwahrscheinlichen Objekt ihrer Suche. Ein großes Backsteingebäude an der Ecke – sehr alt, der größte Teil lag der wesentlich belebteren Durchgangsstraße zu und nicht der Straße, in der sie den Lincoln geparkt hatte. Zwei nebeneinanderliegende Türen einer Doppelgarage waren mit hellrotem Lack gestrichen. Die Nummer aus Messing – es war die richtige – befand sich an der linken oberen Ecke.

Sie wandte sich der Eingangstür auf der linken Seite zu, die ebenfalls rot lackiert war, ließ den glänzenden, wie ein Hummer gefertigten Türklopfer gegen die darunter angebrachte Metallplatte fallen und kam sich dabei wieder albern vor.

Die rote Tür öffnete sich, und da stand Dan.

»Hallo – komm rein. Hast du's gleich gefunden?«

»Ich – äh, ja, schon.«

Sie trat in einen langen Eingangsflur, dessen Wände mit einer grell rotgoldenen Tapete beklebt waren, wie in einem Freudenhaus der Rokokozeit.

»Komm herauf.«

Cheryl folgte Dan die Treppe hinauf, ihre Finger glitten über das schmiedeeiserne Geländer. Die Treppe machte eine Biegung, dann standen sie im oberen Stockwerk.

»Die Küche liegt hinten. Ich habe gerade Cracker ausgeschüttet.«

Sie folgte ihm den engen Korridor entlang und stellte fest, daß an der rechten Seite Zimmer lagen, welcher Art oder wem sie gehörten, blieb ihr unklar.

Dan verschwand im letzten Raum. Cheryl trat ein, blieb in der Mitte stehen und sah sich um. Es handelte sich um eine echte Landhausküche, ein Backsteinherd zog sich entlang der einen Wand, der Boden war mit rohbehauenen Fliesen ausgelegt, Gestelle mit Töpfen und Pfannen hingen in künstlerischer Anordnung von der Decke herab oder standen an den Wänden, eine riesige Doppelspüle aus Kupfer war in einen handgefertigten Tisch aus Ahornholz eingelassen.

Die Cracker waren in der Tat auf braune Tonteller ›ausgeschüttet‹ worden. Verschiedene Käsesorten standen auf dem Tisch, daneben ein Messer. Dan ergriff es und begann zu schneiden. Wie gewöhnlich trug er Jeans und dazu einen Marinepullover mit Rollkragen.

Cheryl trat zu ihm und begann, die Käsescheiben, die neben sein Messer fielen, zwischen den Crackers zu arrangieren.

»Gehört das dir?«

»Der Käse?« neckte er sie.

»Nein, ich meine, all das hier . . .«

»Das Haus? Ja, sofern ich meine Hypothekenzinsen zahle, was ich dieses Jahr schaffen werde, dank der netten Lady bei Maxwell's.«

»Aber . . .«

»Du hast es noch nicht erfaßt, wie? Komm, ich gebe dir einen Tip.« Er legte das Messer hin und ergriff ihre Hand, um sie in einen kleinen, nebenan liegenden Raum zu führen, in dem Stühle und ein mit einem rotkarierten Tuch bedeckter Tisch standen. Es gab an drei Seiten Fenster. »Die einzige Frühstücksecke in Minneapolis, die das dort hat.« Er ging auf eine goldene Stange zu, die

Cheryl jetzt erst bemerkte, trat ins Leere und verschwand.

»Dan!« Sie spähte ins Dunkel hinab und sah ihn von weit unten zu ihr heraufgrinsen. »Das ist – das ist ja ein Feuerwehrhaus!«

»Erraten. Circa Anno 1908. Komm herunter.« Er streckte die Arme nach oben. »Ich zeige dir den Rest des Hauses.«

»Nein, das kann ich wirklich nicht.«

»Ich werde dich auffangen. Klammere dich einfach an die Stange. Je fester du dich anklammerst, desto langsamer geht's hinunter. Versuch's mal.«

Sie ließ die Tasche mit dem Schulterriemen auf den Boden gleiten, griff nach der Messingstange und umschlang sie dann mit einem Bein. »Meinst du wirklich?«

»Ganz bestimmt.«

Cheryl umklammerte mit dem anderen Bein die Metallstange und rutschte plötzlich so schnell hinab, daß sie das Gefühl hatte, ihr Magen bliebe oben irgendwo neben ihrer Handtasche liegen. Sie glitt geradewegs in Dans Arme.

»Na?«

»Großartig. Einfach fantastisch. Aber jetzt hinterher gefällt es mir besser als beim Rutschen selbst.«

Er hielt sie und die Stange mit den Armen umschlungen. »Komisch, mir geht's anders.« Er küßte sie, was er an der Tür nicht getan hatte, bis Cheryls Hände sich von der Stange lösten; er zog sie weg und nahm sie erneut in die Arme, und nun konnte sie ihn ebenso fest umschlingen wie zuvor das Messing. Alle ihre Besorgnisse schwanden in seiner Umarmung – als Vergleich fiel ihr nur Fondue ein. Cheryl-Fondue.

»Die Küche ist prachtvoll«, war das erste, was sie sagte, als sich ihre Lippen trennten.

Seine warmen grauen Augen betrachteten sie liebevoll. »Ich habe soviel Zeit darauf verwandt, wie ich nur aufbringen konnte. Komm, sieh dir das ›Atelier‹ an.« Er nahm sie an der Hand und führte sie hinaus in einen Raum, der zwei Stockwerke hoch und leer war bis auf einige auseinandergenommene Metallgestelle und Reihen von Gerätschaften.

»Hier arbeite ich und befördere alles zu der Garagentür hinaus. Sehr praktisch.« Er wies auf ein Faß Bier und mehrere riesige Sitzkissen entlang den Wänden. »Die Party findet hier statt. Da kann ich den Stereo auf Superlautstärke stellen, ohne daß die Nachbarn es hören. Außerdem sind die Räume oben der reine Fuchsbau. Ich habe noch nicht die Zeit gehabt, Zwischenwände einzureißen oder sonst viel zu machen.«

»Wirklich? Und all das gehört dir? Es ist einfach ideal für deine Arbeit.«

»Ja, es klappt alles ganz gut. Ich hatte Glück, daß ich es bekommen habe. Früher, als diese Gegend wirklich mies war, gehörte es einer Theatergruppe, aber die machte Pleite. Wenn ich heute versuchen würde, das Ding zu kaufen, könnte ich es mir gar nicht mehr leisten. Irgendein aufstrebender Spekulant hätte es in eine hypermoderne Mietskaserne verwandelt – Kinder und Hunde verboten.«

»Und du strebst nicht nach oben?« Cheryl konnte es sich nun leisten, ihn zu necken. Sie entdeckte immer neue Seiten, viel mehr als sie je gedacht hatte.

Er verschränkte die Hände lose hinter ihren Hüften und blickte unter den goldenen Wimpern hindurch mit verlangendem Ausdruck auf sie herab. »Nur da, wo es darauf ankommt, Schätzchen.« Er beugte den Kopf, um sie zu küssen, aber der Klopfer draußen ertönte mehrfach heftig. »Zum Teufel – da rücken schon die ersten von meinen Freunden an, wie immer auf ihre rücksichtslose Art. Lauf die Treppe hinauf und bring was zu essen herunter. Dann hast du was zu tun, wenn du sie kennenlernst und brauchst nicht so nervös zu sein.«

»Ich bin nicht nervös!«

»Liebes, deine Hand an meinem Hals fühlt sich an wie Eis, und du hast dich damit noch nicht mal an einem kalten Drink festgehalten.«

Sie zog ihre Hand herab und preßte die kalten Finger in die Innenfläche. Seine Hand umschloß die ihre, dann öffnete er ihre Faust. »Du trägst ja deinen Ring gar nicht.«

»Nein, ich dachte . . .« Der Klopfer tönte erneut.

Dan zögerte, dann ließ er ihre Hand los. Seine Augen waren fragend und erfüllt von etwas, das sie nicht beim Namen zu nennen wagte.

Er hatte recht damit gehabt, daß es ihr vieles erleichtern würde, wenn sie den Raum erst wieder betrat, nachdem die ersten Gäste eingetroffen waren. Auf diese Weise wurde das Ganze zu ihrem Gebiet, sie kam herein, als ob sie die Wohnung bereits genau kenne, ein Tablett mit Essen in den Händen, als sei sie so etwas wie eine Pseudogastgeberin. Dans Freunde kamen grüppchenweise, es waren keine männlich-weiblichen Paare. Im übrigen gehörten sie auch nicht alle zur Jeansgeneration unter dreißig. Ein kummervoll aussehender Mann mit Bocksbart war Lehrer für Graphik an der Akademie. Eine kleine, glatthaarige Frau in den Fünfzigern, mit grauer Wollhose und Pullover, leitete eine Kunstgalerie. Die meisten der Frauen jedoch waren jünger als Cheryl, mit frischgeschrubbten Gesichtern ohne jedes Make-up, die Jeans waren zumeist ebenso fadenscheinig wie die weichen Stoffbeutel, aus denen sie Zigaretten zogen. Sie hatten alle anmutige, geschickte Hände, so wie die Dans, und bewegten sich auf eine lässige Art, ganz anders als Cheryl, die sich ruckartig ihren Weg durch die zunehmende Masse der Körper auf dem Boden bahnte und versuchte, nicht über die hohen Stiefel der ausgestreckten Beine sowohl männlicher wie weiblicher Provenienz zu stolpern. Cheryl fühlte sich wie von rotierenden Discolichtern erfaßt, immer wieder erwischte sie eines. Ein eigenartiger

Geruch stieg ihr in die Nase, von dem sie sofort wußte, daß es Marihuana war. Eine Frau saß zurückgelehnt an der Wand, inhalierte langsam, so als ob sie küssen wollte, die Augenlider waren halb gesenkt.

Cheryl geriet in Panik. Wie, wenn nun die Polizei kam? ›Ehebrecherin aus Kenwood bei Hasch-Party festgenommen.‹ O Gott – was für ein Vorbild für Jayson. Keiner schien ihre Besorgnis zu teilen. Normaler Zigarettenrauch vermischte sich mit dem beißenden Geruch. Irgendwelche unsichtbaren Lautsprecher gossen harten Rock in den Raum. Trotzdem unterhielten sich die Leute, ihre Hände gestikulierten immer wilder mit fortschreitendem Abend. Cheryl hockte auf einem Sitzkissen, die Tasche neben sich, und knabberte an Käse und Crackers. Dan hatte ihr ein Bier gebracht, sobald das Faß angestochen war, aber sie hatte nur sparsam getrunken, weil sie das Gefühl hatte, in dieser Umgebung voller Fremder, die seltsame Dinge trieben, einen klaren Kopf behalten zu müssen.

»Kennen Sie Dan schon lang?« Die Frau neben ihr trug dieselbe karierte Bluse und die Jeans, die Cheryl an diesem Abend schon bei sechs anderen bemerkt hatte. Sie legte fragend den Kopf zur Seite, ein langer, handgeschmiedeter Ohrring fiel ihr auf die Schulter.

»Eine Weile . . . Ich, äh, arbeite mit ihm.«

»Sind Sie Bildhauerin?«

»O nein, ich bin – ich arbeite für Maxwell's in der Werbeabteilung . . .«

»Ach, diese Modellsache. Ja, da kann man sicher gut seine Brötchen verdienen. Meinen Sie, er tut das gern?«

Auf dem Gesicht der Frau lag ein Ausdruck leichter Verachtung. Cheryl realisierte mit einem kaum merklichen Schock, daß die andere ziemlich häßlich war, sie mußte irgendwann einmal eine Hautkrankheit gehabt haben, deren Narben noch sichtbar waren. Trotzdem schien sie sich ihrer selbst ganz sicher zu sein, ihre langen, arroganten Finger spielten mit der Zigarette.

»Ich – ich weiß es nicht. Ich weiß nur, daß er sehr gut darin ist.«

»Ja, aber die ganze Zeit über diese seichten Modeleute um sich herum. Das kann für seine Kunst nicht gut sein.«

»Nun, ich weiß nicht. Dan hat einmal gesagt, daß das, was sich als Kunst bezeichnet, nicht immer ›rein‹ sein könne.«

Die Frau zuckte die Schultern und wandte ihre Aufmerksamkeit einem Mann zu ihrer Linken zu; er hatte einen dünnen, schwarzen Bart und einen intensiven und zugleich merkwürdig verlorenen Ausdruck in den Augen, der Cheryl veranlaßte, sich zu fragen, ob er nicht etwas Schlimmeres als Marihuana zu sich genommen hatte.

Sie stieg die Treppe hinauf und schnitt in der Küche weiteren Käse auf. Vermutlich befand sich auch eine frühere Schlafgenossin von Dan hier, überlegte sie. Das war sogar wahrscheinlich. In Künstlergemeinschaften konnte man Beziehungen eingehen und sie wieder lösen, ohne daß soviel Getöse deshalb entstand wie in so ordentlichen Wohngegenden wie beispielsweise Kenwood. Vielleicht war es sogar diese Frau – obwohl ihr der Gedanke, Dan könnte mit ihr ins Bett gegangen sein, äußerst zuwider war. Und wieso sollte es soviel besser sein, wenn er das mit Cheryl tat? Die Mutter eines zehnjährigen Sohnes, du meine Güte. Gut bürgerlich. Hat nie Pot geraucht. Hat überhaupt nicht geraucht. Verheiratet. Älter als er. Alt.

»Geht dir die Party auf die Nerven?«

Dan war da, hinter ihr, die Arme um ihre Taille geschlungen, die Lippen an ihrem Ohr.

»Vielleicht werde ich zu alt, um so lange aufzubleiben.«

»Mhm. Dann bringe ich dich besser ins Bett. Ich werde der Meute sagen, sie soll sich stillschweigend verdrükken, wenn sie genug hat.«

»Dan!« Sie drehte sich in seinen Armen um und sah ihn

an. »Wir können doch nicht einfach verschwinden. Was werden sie denken?«

»Wahrscheinlich genau das, was du auch denkst. Na und? Hör zu, diese Bande ist so mit Geschwafel und ihren eigenen Angelegenheiten beschäftigt, daß sich morgen keiner mehr daran erinnern wird, wer heute nacht hier war – und noch viel weniger daran, wer mit wem verschwunden ist. Und vergiß nicht, deshalb bist du hierhergekommen!«

Sie wandte sich wieder dem Käse zu.

»Eigentlich weiß ich's nicht.« Sie wollte, sie hätte Zwiebeln geschält. Das wäre eine Erklärung für ihre belegte Stimme. »Dort draußen gibt's eine Menge Mädchen, die was von Kunst verstehen, die nicht verheiratet und wesentlich jünger sind – und . . .«

». . . und die alle einen schlechten Teint haben und kein Make-up benutzen und keine Laurel-Burch-Emailohrringe tragen. Ich kenne den Typ, Cheryl. Um Himmels willen, ich bin vier Jahre lang mit ihnen auf der Akademie gewesen. He – dreh dich um. Ich bin verwöhnt. Das kommt davon, wenn man sich einem so dekadenten Gewerbe wie dem Modellstehen zuwendet. Ich mag einfach Frauen, die aussehen, als würden sie mit ihren schräg über das eine, leicht beschattete Auge gezogenen Hüten und mit geraden Säumen mitten in den Nebel hinein verschwinden.«

»Ja, klar. Mich und Ingrid.«

»Und Bette und Katharine und Lauren. Ich mag deinen Stil gern, Cheryl, ich mochte ihn vom ersten Augenblick an, als ich dich sah.

Die Lady hat Klasse, dachte ich, und ich fragte mich, warum sie diese Beine für sich behält . . .«

»Hast du dich gar nicht gefragt.« Jetzt lachte sie leise. »Wenn ich dir erzählen würde, was ich über dich gedacht habe . . .«

»Komm ins Bett und tu's.«

»Dan – du wirst es nicht glauben – es muß dieser Potqualm und alles übrige sein, aber ich habe brüllende Kopfschmerzen. Jetzt ist es drei Wochen her – und ich bekomme Kopfschmerzen.«

»Dagegen kenne ich eine Methode.« Er ergriff ihre Hand und führte sie den dunklen Flur entlang. Unter ihren Füßen dröhnte die Musik aus den an der Decke befestigten Lautsprechern. Sie betraten ein Zimmer und Dan schaltete eine Lampe mit einem Schirm aus Rubinglas an. Warmes, rosiges Licht überflutete ein Bett auf einem niederen Podest. Cheryl kam sich wieder einmal albern vor, als Dan sie darauf zu sich hinabzog. Erwachsene Leute schliefen in Betten, auf denen sie auch sitzen konnten.

Ihr Kopf pochte schmerzhaft ob des plötzlichen Hinabsinkens in die Horizontale, aber Dans kräftige Finger massierten sanft ihre Schläfen, während er ihr Gesicht, ihren Hals, ihren Mund küßte. »Armes Baby«, murmelte er. Seine Hände, die irgendwie unter ihren Pullover geglitten waren, fühlten sich auf ihrem Magen warm an, und er preßte sich an sie, ihre Beine waren ineinander verschränkt. Und er begann ihr zuzuflüstern, wie sehr er nach ihr verlangt habe bei all ihren keuschen kleinen Ausflügen, und wie glücklich er sei, daß sie nun bei ihm sei, und Cheryl murmelte fortgesetzt das törichte kleine »Ich auch«, das alles zu sein schien, was sie hervorbrachte. Ihre Kopfschmerzen reduzierten sich auf ein schwaches Pochen, sie hatte keine Angst mehr davor, jemand könnte sie stören, denn sie beide waren irgendwo an einem besonderen und fernab gelegenen Ort. Und als sie von Dan neben all dem, was er ihr mit Händen, Lippen und Worten mitteilte, auch noch den abgedroschenen Satz: »Ich liebe dich« hörte, wurde Cheryl nicht einmal bewußt, wie oft in der Weltgeschichte er zu wie vielen Leuten gesagt worden war. Für sie war es etwas völlig Neues und eine absolute Offenbarung. Sie begriff es zum erstenmal und spürte, wie ihr Herz als Antwort darauf wie rasend klopfte und hatte das Gefühl, irgendwo in weiter Ferne einen Blitz zucken zu sehen. »Ich liebe dich auch«, murmelte sie an seinem Mund.

Die Kopfschmerzen waren verschwunden.

18

»Endlich.« Ruth Benedict stützte die Ellbogen auf den Tisch, faltete die Hände und legte das spitze kleine Kinn darauf. »Also – warum ist es neuerdings so schwer, mit dir eine Lunchverabredung zu treffen?«

Ruth hatte sich für ›Eier Benedikt‹ entschieden, als kleine Verbeugung vor ihrem eigenen Nachnamen. Cheryl hatte ihren Spinatsalat noch kaum angerührt.

»Na?« Ruth nippte an ihrem Glas. »Was ist in letzter Zeit mit dir los? Mach schon, schütte die Schale deines Zorns über den abwesenden und unbeweinten Sonny aus und erleichtere dein Gemüt. Ich garantiere dir mein Mitgefühl.«

»Es dreht sich gar nicht um Sonny.«

»Nein? Du meine Güte, sollte sich der kleine Teufel derzeit gut benehmen? Laß mal überlegen . . . Widerwärtige Arbeit bei Maxwell's. Oder Al Johnson ist dir wieder auf die Zehen getreten.«

»Nein, seit Louis Maxwells Schriftstück am Vatertag hat er mich strikt in Ruhe gelassen.«

»Na schon, dann hör auf, die Serviette auf deinem Schoß auszuwringen und lege Hände und Karten auf den Tisch. Cheryl, um Himmels willen, ich merke doch, daß irgendwas nicht in Ordnung ist . . .«

»Aber das ist es ja.« Cheryl begann zu kichern, was sie mit ihrer Serviette zu ersticken versuchte. »Es ist ja alles okay. Wie es so schön im Lied heißt: ›Ich liebe, ich liebe, ich liebe einen wun-der-vol-len Mann . . .« Cheryl warf die Serviette auf den Tisch und sah Ruth an.

Diese stellte vorsichtig ihr Weinglas auf die helle Tischplatte. »Aber nicht – Sonny, nehme ich an.«

»Ganz bestimmt nicht.«

»Aha. Wer ist der Glückliche?«

»O Ruth, benimm dich nicht so zivilisiert. Es ist ein so heilloses Durcheinander.« Cheryl griff wieder nach ihrer Serviette, ballte sie zusammen und biß anschließend geistesabwesend darauf.

»Liebt er dich auch?«

»Er sagt es. Aber . . .«

»Aber was?«

»Ich weiß, daß es so ist, aber ich bin verheiratet . . .«

»Wenn man es sehr genau nimmt, ja.«

». . . und es ist ein Schritt von solcher Tragweite, wenn man versucht, sich scheiden zu lassen. Und dann ist da immer noch die Altersfrage . . .«

»Alter?«

»Sieh nicht so interessiert drein, das Ganze ist nicht so pikant, wie du glaubst. Ich kann es dir ebensogut gestehen – ich habe – nein, eine ›Affäre‹ mag ich nicht sagen, ich hasse das Wort – ich habe mit Dan geschlafen.«

»Ich bin einfach sprachlos.«

»Und?«

»Laß mich nachdenken.«

»Ich weiß schon – du bist schockiert. Ich meine, wer würde mir schon zutrauen, daß ich vom geraden Weg abweiche, und das auch noch mit jemandem, der bei mir mehr oder minder angestellt ist, mit einem gutaussehenden jungen männlichen Modell . . . Ich sehe ja nicht gerade wie Katharina die Große aus . . .«

»Mit Dan . . . Na ja, er ist ein Schatz, ein Charmebolzen.«

»Das weiß ich. Junge, wenn *ich* das nicht weiß! Die Frage ist nur – was tue ich jetzt?«

»Genießt du's wenigstens?« erkundigte sich Ruth und hob kaum merklich die eine Braue. »Nein, zwangsläufig bist du entschlossen zu leiden. Na schön, warum willst du deinen Kuchen nicht sowohl behalten als auch essen? Dan ist schwerlich der Typ, der dich zu einer Scheidung drängt. Arbeite einfach gut weiter wie bisher und bleibe diskret, so braucht Sonny nie was davon zu erfahren. Glaub mir, Unmengen von Frauen haben das vor dir auch schon geschafft.«

»Die Sache ist bloß, Ruth – die Sache ist, ich glaube nicht, daß ich meine Ehe weiter aushalten kann, daß ich jetzt noch mit Sonny – schlafen kann, ganz gleich, was mit mir und Dan wird.«

»Hm.« Ruth nippte erneut an ihrem Weinglas und fuhr sich dann mit der Zungenspitze über die Lippen. »Cheryl, ich bin drauf und dran, etwas so Unerhörtes zu machen, daß ich mir ganz bestimmt morgen früh deshalb die Haare raufen werde. Ich werde dir nämlich die Wahrheit sagen.«

»Ruth, du bist meine Freundin. Hast du mir nicht immer die Wahrheit gesagt?«

»Ah ja, Freundin. Die Wahrheit. Jedenfalls so viel davon, wie man Leuten eben in Gesellschaft höflich mitteilt. Ich habe nie den Versuch unternommen zu verheimlichen, was ich von Sonny halte, und das war eine Form von Wahrheit. Deshalb konnten wir auch trotzdem befreundet bleiben. Aber ich habe dir nie gesagt, was ich von dir *und* Sonny denke, denn das hat möglicherweise zu den kleinen, unausgesprochenen Grenzen gehört, die wir innerhalb unserer Freundschaft beibehalten haben. Aber jetzt werde ich auspacken, bevor du mir all die pikanten Details erzählst, damit du weißt, daß das, was du hören wirst, schon immer das war, was ich gedacht habe.«

»Es klingt ganz so, als stünde mir ein unruhiger Abend bevor.«

»Ja, Schätzchen, leg' den Gurt an. Cheryl, du bist eine

bezaubernde Person. Vermutlich habe ich immer versucht, die guten Patentante bei dir zu spielen, weil ich, nun ja, seit Jahren gesehen habe, was das Zusammenleben mit einem Egomanen wie Sonny Rossi bei einem gutartigen Menschen bewirken kann. Du bist herumgerannt, hast dich seinen Forderungen gebeugt und es mit allem aufgenommen, hast den Haushalt bewältigt und die Familie zusammengehalten. Das ist alles dein Verdienst gewesen, und keineswegs das von Sonnys Geld. Ich halte ihn für einen widerlichen Menschen, ungefähr ebenso sensibel wie ein Preßlufthammer. Ich finde, er hat dich nach Strich und Faden ausgenützt und innerlich fast zerstört. Meiner Ansicht nach tust du gut daran, dich seiner zu entledigen, und wenn du jemand so reizenden und anziehenden an der Hand hast, der dich schließlich dazu bringt, etwas dagegen zu unternehmen, so kann ich nur ›Bravo‹ sagen. Und was das Alter betrifft, so weiß ich eines: Dan ist über einundzwanzig Jahre alt und alt genug, um für sich selbst zu entscheiden, ob er deine gefurchte Stirn glätten oder sich lieber jemandem zuwenden möchte, der von vornherein eine glatte Kinderstirn hat. So, das wär's. Ich habe gesprochen.«

»Was – ist mit Jayson?«

Ruth seufzte tief. »Kinder. Wir wollen doch immer das Beste für sie, wir Eltern, nicht wahr? Manchmal vergessen wir darüber, daß das Beste für sie bedeuten kann, erst einmal das Beste für uns selbst zu tun. Ich will dir was sagen, Cheryl, ich hatte die üblichen zwei. Es sind großartige Kinder, ich liebe sie innig und – nun ja, sagen wir einmal, wenn sie sieben Jahre alt sind, kannst du dich innerlich von ihnen verabschieden. Vielleicht ist es heute noch früher. Wir haben einen Sohn in Dearbon und eine Tochter in Quincey, und Enkel haben wir auch. Aber diese Kleinen begannen ihren eigenen Weg zu gehen, sobald sie in den Kindergarten gesteckt wurden. Das haben wir allerdings erst fünfzehn Jahre später gemerkt. Was soll also mit Jayson sein? Die Eltern anderer Kinder sind auch geschieden. Er ist ein guter Junge, erstaunlich, daß ein Sohn von Sonny so gut gerät – ich schiebe das auf dich –, jedenfalls ist er okay, und wahrscheinlich wird er das auch bleiben, ganz gleich, was geschieht.«

»Du erteilst mir nicht gerade viele ausgewogene Ratschläge, Ruth.«

»Ach was. Wenn man so alt ist wie ich, ist man geneigt, das zu sagen, was man denkt, was man eigentlich immer gedacht hat. Ich sage – richte dich nach deinen Gefühlen; und allem nach, was du mir erzählt hast, hast du das bereits getan.«

»Aber vielleicht handelt es sich auch bloß um – Sex.«

Ruth legte den Kopf zurück, bis der Rand ihres Huts ihre Augen beschattete und legte die beringte Hand unters Kinn. Die Diamanten blinzelten Cheryl zu. »Wenn die Kinder aus dem Haus sind, was ist dann noch da? Würdest du, wenn du Jayson ins College verabschiedet hast, bei der Rückkehr auf der Schwelle deines Hauses lieber Sonny oder Dan antreffen?«

»Ich sollte *Dan* ins College verabschieden«, murmelte Cheryl in ihre Serviette hinein und warf sie dann erneut auf den Tisch. »Okay, du behauptest, meine Seitensprünge seien das Beste für mich. Aber Sonny wird Jayson nicht ohne Kampf aufgeben, und ich kann nicht auf ihn verzichten ... Es wird eine scheußliche Sache werden, und das wird keinem von uns irgendwie helfen, nicht einmal Sonny.«

Ruths Hand umschloß die Cheryls, die auf dem Tisch lag. »Cheryl, wenn du auf nichts von dem gehört hast, was ich gesagt habe, dann höre wenigstens auf eines: Nimm dir einen guten Rechtsanwalt, was immer du vorhast. Oscar kennt die besten in der Stadt. Laß es uns einfach wissen, und wir werden alles arrangieren. Ja, Sonny ist reich, und er ist dickköpfig, aber das spielt bei einem Scheidungsprozeß keine Rolle mehr.«

»Und wie steht es mit Ehebruch?« Cheryls blaue Augen blickten hell und scharf in die Ruths, während sie das brutale Wort aussprach.

»Heutzutage zählt das, was für das Kind das Beste ist, und eheliche Treue hat damit nichts zu tun. Außerdem, woher willst du wissen, ob dir Sonny all die Jahre über treu gewesen ist? Ach, sei doch glücklich, Cheryl, du warst es vorher wirklich nicht sehr, weißt du. Bald wird es zu spät sein.«

»Siehst du«, platzte Cheryl heraus, »ich *bin* zu alt für Dan.«

»Wenn er dich haben möchte, bist du alt genug, um es besser zu wissen.«

Cheryl grübelte, während sie die Skizzen für den Segelsport-Modekatalog durchsah, über das nach, was Ruth gesagt hatte. Sie hatte ihres Jobs wegen ihr Dasein immer auf die Zukunft eingestellt. Die meisten Leute in Minnesota stellten sich im Oktober innerlich auf den Winter ein, während Cheryl bereits die Werbung für papageienbunte Badeanzüge und Bikinis in Angriff nahm.

Sie ließ die Blätter auf den Schreibtisch gleiten und starrte vor sich auf die mild getönte Wand. Am Samstag morgen war sie in Dans niederem Bett erwacht und hatte an die Decke gestarrt, die hoch, ein bißchen rissig, blau bemalt und mit goldenen Sternen versehen war – von der Art, die man in der Grundschule für gute Arbeiten bekommt. Es hatte lange gedauert, bis sie begriffen hatte, daß sie in bestimmten Gruppen angeordnet waren und die Konstellationen der echten Sterne darstellten. Beim Anblick der typischen drei nebeneinander auf dem Gürtel des Orion dämmerte es ihr endlich.

Dan kam herein, lediglich mit einer Jeanshose angetan, eine große Tasse in der Hand. »Kaffee«, verkündete er.

Cheryl lächelte, streckte sich und richtete sich auf, wobei sie versuchte, sich nicht daran zu stören, daß die

Laken hoffnungslos um ihre Taille herumgewickelt waren, und daß ihre Kleidung in einem unordentlichen Haufen auf dem Boden lag. Sie umschloß die dampfende Tasse mit beiden Händen und nippte daran.

»Der ist wirklich gut.«

»Hoffentlich trinkst du ihn schwarz. Er ist importiert, und ich brühe ihn in meiner alten Porzellankanne auf ...« Dan glitt zu ihr ins Bett, sah sie an und lächelte. »Ich habe vor, irgendwann mal ein Dachfenster einzusetzen, damit – wir die richtigen Sterne sehen können. Das hier ist der Ersatzhimmel des armen Mannes.«

»Du hast eine Menge Pläne«, sagte sie und dachte, wie nett es war, wenn einem als erstes am Morgen etwas gebracht wurde, wie herrlich es war, faul und nackt dazuliegen und sich nicht die geringsten Gedanken über irgend etwas zu machen. Dan nahm ihr schließlich die Tasse ab, während sie beobachtete, wie die Muskeln seines nackten, noch immer vom Sommer her braunen Rückens spielten. Sie machte es sich in seinen Armen bequem. »Was hast du sonst noch vor?«

»Ich möchte auch ein Bad mit Dachfenster haben, und eine Menge Hängepflanzen. Auf der anderen Seite des Flurs drüben gibt es ein ideales Zimmer. Diese Behausung hier kann eines Tages ganz fantastisch werden. Aber erst muß ich noch ein bißchen Geld zusammenscharren.« Seine Hand streichelte geistesabwesend die Außenseite ihres Schenkels, bis sie sich zärtlich an ihn heranschlängelte. Dan lächelte auf ihr gegen seine Brust gepreßtes Gesicht hinab. »Ich habe heute früh meine Post durchgesehen. Gestern habe ich's der Party wegen vergessen, und weil du gekommen bist – da gibt es eine Firma in Ohio, die einen Skulpturen-Wettbewerb für ihr neues Hauptgebäude ausgeschrieben hatte. Ich glaube, ich habe gewonnen.«

»Dan – das kann doch nicht wahr sein!« Sie richtete sich so aufgeregt auf die Knie auf, daß die alten Bettfedern quietschten. »Und du bringst mir in aller Seelenruhe Kaffee . . .«

Er nickte, sein blondes Haar war noch immer leicht zerzaust von der Nacht, die grauen Augen von scheuer Freude erwärmt. »Ja – das ist bis jetzt meine anspruchsvollste Arbeit, und ich bekomme ausreichend Geld, um sie gut zu machen. Ein weiterer Schritt auf der langen Leiter zu den Sternen hinauf . . .« Er wies mit dem Kopf nach oben. »Also laßt uns feiern.«

»Wie denn?« fragte Cheryl, und ihre Augen funkelten, während sie in die seinen blickte. Sie empfand etwas, das sie außer auf Jayson noch auf niemanden empfunden hatte – Stolz. Sonny erwartete Bewunderung, davon schien er nie genug bekommen zu können. Dan sah aus, als freue er sich mehr über ihre Reaktion auf die Nachricht als über die darin enthaltene Tatsache selbst.

»Wie wohl?« Er stand auf, öffnete den Reißverschluß seiner Jeans, und sie glitten an seinen schlanken Beinen herab auf den Boden. Cheryl preßte sich gegen seinen warmen, leicht behaarten Körper, nachdem er sich neben sie gelegt hatte, und sie traten erneut die einzigartige Reise über den grenzenlosen Ozean der Faszination an, die ihre Körper aufeinander ausübten.

Alt, zum Teufel, dachte Cheryl. Jede Frau, die ein solch wunderbares Phänomen bei einem Liebhaber wie Dan hervorrufen kann, wie ständig bereite Erektionen, braucht sich nicht die geringste Sorge zu machen. Ihr Blick war auf die funkelnden Sterne am Deckenhimmel oben gerichtet, während sie die Anzeichen für den unausweichlichen Höhepunkt herannahen spürte. Ihre Muskeln spannten sich gegen die überwältigende Flutwelle – und sie kam, ihre Körper sanken entspannt mit ineinander verschlungenen Gliedern in sich zusammen. Es hätte nichts ausgemacht, wenn es für sie während ihrer Vereinigung nicht dazu gekommen wäre. Dan wußte, wie er es anstellen mußte, daß es auch hinterher noch geschah, und sie begann zu lernen, wie sie mit ihrem eigenen Körper umgehen mußte. Irgendwie brachte das Bemühen um die individuelle Befriedigung sie einander näher in einer Intimität, die keine falschen Geheimnisse mehr zuließ.

Cheryl legte den Kopf aufs Kissen zurück und fand, daß der heitere blaue Himmel ihre eigene Seelenstimmung reflektierte. Sie wandte das Gesicht Dan zu, das so nahe und ebenso befriedigt war wie ihr eigenes. »Dan . . .«

»Hm?« Er wickelte eine ihrer Haarsträhnen um die Finger und blies ihr eine andere sacht aus dem Gesicht.

»Wie alt bist du?« Ihre Stimme klang noch immer träumerisch.

Er stützte sich auf einen Ellbogen, blickte auf sie herab. »Dreißig. Zufrieden?«

»Sehr«, sagte sie.

Cheryl starrte lächelnd auf die kahle, sternlose Wand vor sich – in modernem Büro-Beige gehalten. Zu dem Zeitpunkt war es so leicht gewesen zu glauben, daß es keine Rolle spielte. Jetzt grübelte sie. Fünf Jahre. Wenn sie fünfundfünfzig war, wäre er fünfzig; fünfundsiebzig – siebzig; neunzig, fünfundachtzig . . . Na schön, warum nicht? Warum sollte sie keine Träume für die ferne Zukunft ausspinnen? Wem schadete es? Niemandem. Nur die Gegenwart schmerzte. Sonny. Jayson. Vielleicht sogar auch Cheryl und Dan.

Das Telefon klingelte.

»Cheryl? Hier ist Betty, Mr. Maxwells Sekretärin. Er würde Sie gern um zwei Uhr dreißig sprechen, bitte.«

Sie sagte wie benommen zu, von plötzlicher innerer Kälte erfaßt. Vielleicht hatte es irgendwelchen Klatsch gegeben, Gerede in der Stadt, ihr Job war in Gefahr . . . Ach was, lächerlich. Keiner kümmerte sich heutzutage noch sonderlich um Bettgeschichten, abgesehen von den Betroffenen.

Trotzdem brachte Cheryl nicht mehr viel zustande bis zu dem vereinbarten Zeitpunkt. Sie traf zwei Minuten zu früh in den Büroräumen der Direktoren im zwölften Stock ein.

Maxwell empfing sie sofort. Sie war noch nie im Büro des Präsidenten gewesen, mit seinen riesigen orientalischen Teppichen, den Ledersesseln und -sofas. Maxwell selbst war ein gepflegter Mann – wie so viele aus der Einzelhandelsbranche, und wirkte merkwürdig zwergenhaft zwischen den massiven Symbolen der Macht um ihn herum. Sein Gesicht schien schlaff infolge zu guten Lebens, und war mit tiefen Linien an Stirn und Mund von zu vielen Sorgen durchzogen. Aber der Gesamteindruck war doch zweifellos der eines geschäftlich erfolgreichen Mannes, trotz all der Anstrengung, die das erforderte.

»Setzen Sie sich, Cheryl.« Er winkte mit etwas in seiner Hand, bevor er es auf den gewaltigen Schreibtisch warf. Es war ein Probeexemplar des Weihnachtskatalogs. Dans elegantes Abbild sprang ihr in die Augen, und selbst in diesem Augenblick der Unsicherheit bezüglich ihrer Karriere empfand Cheryl eine Aufwallung von Verlangen. Besorgt warf sie einen Blick auf ihr eigenes Bild. Konnte Maxwell sie vielleicht doch erkannt haben? War dies hier eine Konfrontation, gefolgt von einer Kündigung?

»Sie erkennen das ganz sicher.«

»Es ist die erste Ausgabe des Weihnachtskatalogs. Ich habe ihn selbst noch nicht gesehen.«

»Das werden Sie heute nachmittag nachholen. Ich habe es mir zum Prinzip gemacht, alles als erster zu sehen.« Maxwells Munds verzog sich zu einem knappen Lächeln. »Erstklassige Arbeit, Cheryl. Vermutlich vorwiegend Ihr Verdienst.«

»Ja, ich habe das Ganze entworfen . . .«

»Erstklassig. Stilvoll, aber nicht zu stilvoll für den Mittelwesten. Wir haben hier eine sehr spezielle Sorte Kunden, wie Sie sicher wissen. Es bedarf einer kleinen Verführung, dann eines bißchen Gehätschels. Die Leute sind konservativ, aber sie können Qualität erkennen. Ich habe einen neuen Job für Sie. Vielleicht sollte ich sagen – es handelt sich um eine neue Position.«

Position. Das Wort bedeutete soviel wie Beförderung. Nie zuvor hatte sie eine ›Position‹ gehabt. Abwarten, bis sie das Dan erzählen konnte! Cheryl richtete sich auf ihrem Stuhl auf und lauschte angestrengt.

Im Verlauf der nächsten zwei Jahre sollte das Haus in der Innenstadt für zwanzig Millionen renoviert werden. An Kosten würde man nicht sparen. Das Flaggschiff des Konzerns bedurfte einer gründlichen Überholung. Das Gebäude selbst war stabil und groß genug, um dem Abriß und Neuaufbau zu entgehen, und die Lage war ideal, also kam eine Verlegung nicht in Frage. Es würde mit ihm das gleiche geschehen wie mit den grandiosen alten Häusern von Kenwood und der Summit Avenue in St. Paul – es würde liebevoll restauriert und das Endresultat soll sowohl Vergangenheit wie auch Gegenwart hervorragend repräsentieren. Eine sehr aufregende Zeit für alle bei Maxwell's Arbeitenden, erklärte er.

»Aber wir brauchen jemand Cleveren bei der Werbung während dieser Zeit, solange der Verkauf nur in Abteilung sechs und sieben stattfindet. Hier habe ich Sie eingeplant. Ich möchte, daß Sie die Leute herbeilocken und daß sie bereit sind, den Baustaub zwei Jahre lang in Kauf zu nehmen, während wir in Etappen die Restaurierung vornehmen. Das wird nicht leicht sein. Die Waren werden von einem Ende des Gebäudes zum anderen geschleppt und zusammengepfercht werden, die Leute werden durch Gehämmer und wer weiß was sonst für Unannehmlichkeiten belästigt werden. Aber wir müssen unsere Kunden in der Zwischenzeit behalten, und ich bin für jeden Vorschlag, den Sie machen können, offen. Ich weiß nicht recht, wie ich Ihre neue Stelle bezeichnen soll – sagen wir mal ›stellvertretende Werbedirektorin für die

Renovierung‹. Wenn die Sache zu Ende ist, dürfte es für Sie hier vermutlich einen noch besseren Job geben. Al geht auf das Pensionsalter zu. Was halten Sie von 24 500 fürs erste Jahr?«

Seine Erläuterungen waren plötzlich vorüber.

»Vierundzwanzigtausend . . .« Cheryl runzelte überwältigt die Stirn.

»Ach, runde Zahlen sind mir lieber. Sagen wir fünfundzwanzigtausend.« Sein schön manikürter Finger tippte auf den Katalog auf seinem Schreibtisch. »Ich bin überzeugt, daß Sie mehr als das wert sind.«

»Schön. Wann fange ich an?«

»Jetzt. Reden Sie mit Johnson. Er wird Sie mit der Konstruktionsfirma zusammenbringen. Wir wollen alles erstklassig haben. Echte Kunstgegenstände für alle Abteilungen importieren. Eine Agentur für die Luftlinien, einen Verkaufs-Patio im Haus und ein Restaurant. Sie werden schon sehen.«

»Vielen Dank, Mr. Maxwell. Ich freue mich sehr, daß das Gebäude erhalten bleibt. Ich liebe dieses Kaufhaus, und ich glaube, die Leute von Minneapolis brauchen eine Insel der Stabilität, ganz gleich, wie störend . . .«

»Insel. Das gefällt mir. Vielleicht ein gutes Thema für einige Werbespots – wir schaffen eine Insel der Eleganz in einem Meer besonderer Privilegien . . . Sie werden sich schon was einfallen lassen.«

Er machte eine verabschiedende Handbewegung, die Sache war erledigt. Cheryl wanderte einigermaßen benommen zu den Aufzügen zurück. Als die breite Tür aufging, ließ sie sich von der Menge der spät vom Lunch zurückkehrenden Angestellten in den Lift hineinschwemmen.

Wem sollte sie es zuerst erzählen? Ach, sie wäre so gern zu Dan hinübergefahren, um es ihm persönlich zu berichten, aber der Lincoln war in der Reparaturwerkstatt, und sie war im Bus zur Arbeit gekommen. Sie würde anrufen müssen. Und Ruth – sie mußte es Ruth erzählen. Fünfundzwanzigtausend. Selbst Sonny müßte wenigstens ein bißchen beeindruckt sein ... Obwohl er wütend über die Zeit werden würde, die das Ganze in Anspruch nahm. Na schön, je weniger sie derzeit von ihm sah, desto besser. Und sie würde dafür sorgen, daß für Jayson ausreichend Zeit blieb. Vielleicht hätte sie den Job doch nicht annehmen sollen. Position – bei fünfundzwanzigtausend handelte es sich um eine ›Position‹. Wo würde Dan sich da einfügen? Es mußte irgendwie möglich sein ...

Sie befand sich wieder in ihrem Büro, ohne richtig zu wissen, wie sie dorthin geraten war.

»Endlich!« Mary Lou Wallace verschaffte sich mit Lautstärke Zugang zu Cheryls Bewußtsein. »Cher-yl – wach auf! Du siehst aus wie eine Schlafwandlerin. Aus dieser Schule ist gerade für dich angerufen worden. Die Nummer liegt auf deinem Schreibtisch, Herzchen. Es scheint dringend zu sein. Du rufst besser gleich zurück. *Cheryl*!«

»Schule! Du meinst Jaysons Schule?«

Mary Lous Handschrift war schauderhaft, und es war ihr plötzlich unmöglich, sich an die Telefonnummer der Schule zu erinnern. Sie entzifferte mühsam das Gekritzel auf dem Zettel, der auf ihrem Schreibtisch lag und wählte, plötzlich vor Erregung zitternd. Schule? Dringend? Jayson – o Gott ... Nein!

»Hier spricht Mrs. Rossi, Jaysons Mutter ...« Nur wenn sie Gespräche mit den Leuten in der Schule führte, bezeichnete sie sich als Mrs. Rossi, dessen wurde sich Cheryl plötzlich mit sinnloser Klarheit bewußt.

»O Mrs. Rossi, Gott sei Dank. Hier spricht Delores Campbell, die Krankenschwester der Schule. Ich habe Jayson hier in meinem Zimmer. Er hat im Schulhof einen Unfall gehabt. Nichts schrecklich Ernstes, glauben wir, aber er sollte zur Untersuchung ins Krankenhaus. Vielleicht könnten Sie ihn abholen und sich mit seinem Arzt hier treffen? Wer ist das?«

»Doktor, Doktor – äh, Reaney, Smith und, und – im allgemeinen ist er bei Dr. Reaney ...«

»Gut. Ich rufe dort an und bitte ihn, sich mit Ihnen im Fairview-Krankenhaus zu treffen – ich glaube, dort praktiziert er ...«

»Ich weiß nicht – ja, ja, Fairview. Aber was ist ...«

»Die Jungen haben Softball gespielt. Jayson ist mit dem Schläger an den Kopf getroffen worden. Es ist eine Verletzung – er ist bei Bewußtsein, liegt hier neben mir. Aber es ist besser, wenn alles untersucht wird ...«

»Natürlich. Ich bin gleich dort. Sofort.«

Sie legte auf, hatte vergessen, auf Wiedersehen zu sagen.

»Was ist?« Mary Lou sah sie mit einem Gesicht an, das zum angemessenen Ausdruck bereit war – ob nun Erleichterung oder Mitgefühl.

»Jayson. Er hat einen Schlag am Kopf abbekommen. Mit einem Schläger. O Gott, wo ist meine Handtasche? Ich muß sofort zu ihm. Ich komme nicht zurück. Sag Peg Bescheid. Nein – ich habe nicht mal einen Wagen. Mary Lou ...«

»Tut mir leid, Schätzchen, ich bin mit dem Bus gekommen ...«

Cheryl wählte bereits die Telefonnummer, die sie inzwischen so gut kannte, ihre zitternden Finger fanden irgendwie die richtigen Löcher. Rufzeichen. Laß ihn bloß da sein. Bitte. Rufzeichen. Sie ging auf und ab, solange das Telefonkabel reichte ...

»Dan – es ist Jayson. Er ist in der Schule mit einem Schläger am Kopf getroffen worden, und ich habe den Wagen in der Werkstatt, aber ich muß Jayson ins Fairview-Krankenhaus bringen ... Nein, keine Ambulanz, sie scheinen dort anzunehmen, es sei das Richtige für ihn, wenn ich ihn hinbringe, aber es eilt ...«

Sie legte auf. Achte Straße hatte er gesagt. Ich hole dich in sieben Minuten am Eingang an der Achten Straße ab.

Sieben Minuten. Nicht zehn – sieben. Sie sah auf ihre Uhr. Mary Lou beobachtete sie noch immer mit dem gequälten Blick der nutzlos Mitfühlenden.

»Alles okay, Mary Lou. Ich habe jemanden, der mich fährt. Ich – ich gehe jetzt besser runter.«

»Viel Glück, Schätzchen. Soll ich versuchen, deinen Mann telefonisch zu erreichen?«

»Danke. Es hat keinen Sinn, er ist verreist. *Ciao.*«

Cheryl bahnte sich ihren Weg durch das Gebäude und ging nervös vor dem vereinbarten Eingang auf und ab. Drüben über der Straße war die Bar, in der sie am Abend nach den Titelbildaufnahmen mit Dan gewesen war. Benommen betrachtete sie das grelle, jetzt am Tag unbeleuchtete Schild. Vielleicht war dies die Strafe für ihre Liebe zu Dan, ihre Sünde wider die Heiligkeit der Ehe . . .

Sein Toyota hielt neben ihr, das Art-deco-Muster verschwamm vor ihren Augen. Sie rannte auf die Straße, riß die Wagentür auf und stieg hastig ein. Dan hatte sich daran erinnert, daß die Achte eine Einbahnstraße war und war von der rechten Seite her gekommen. Cheryl überlegte flüchtig, ob sie, wenn sie nun hätte fahren müssen, die nötige Gelassenheit aufgebracht hätte, daran zu denken; sie war sich nicht sicher.

»Wo ist die Schule?« Auch Dan verzichtete auf jede Grußformel.

»Am River Boulevard. Beim Minnehaha-Park.«

Der Wagen war in dem sich ruckweise fortbewegenden Verkehr der Innenstadt eingekeilt. Dan nahm jede Lücke wahr, die sich ihm bot, sein gutgeschnittenes Gesicht hatte einen grimmigen Ausdruck.

Nachdem sie endlich in den weniger verstopften Straßen angelangt waren, fuhr der Wagen schneller. Dan warf ihr einen Blick zu.

»Danke, daß du gekommen bist, Dan. Hoffentlich hast du nicht gerade an irgend etwas Schwierigem gearbeitet – ich habe nicht einmal danach gefragt.«

»Nein, und es hätte auch keine Rolle gespielt. Wie geht es ihm?«

»Sie wollen, daß ich mich mit unserem Arzt im Krankenhaus treffe. Sie haben ihn angerufen – Dr. Reaney. Es ist eine Kopfverletzung. Alles Nähere werde ich ja wohl erfahren, wenn ich dort bin.« Cheryl schloß die Augen vor den vertrauten Straßenszenen der Innenstadt von Minneapolis, spürte nur das leichte Schlingern des Wagens, dem sich ihr Körper hilflos anpaßte. Nun fuhr sie dorthin, wohin sie gehörte – zu ihrem Sohn, der verletzt war . . .

Dan sagte ebenfalls nichts.

19

Es war ein sehr verängstigter kleiner Junge, der auf der mit orangefarbenem Vinyl bezogenen Couch im Zimmer der Krankenschwester lag; sein Gesicht war blaß, die Augen rund, ein blaues Handtuch hielt er mit einer Hand an die Stirn gepreßt.

Cheryl ließ sich vorsichtig neben ihm nieder. »Hallo, Jace. Du hast wohl ein paar Sternchen vor den Augen tanzen sehen, wie?«

Er wollte nicken, unterließ es aber mit einer Grimasse des Schmerzes.

»Nun, Kopfverletzungen bluten ziemlich heftig, Mrs. Rossi. Du mußt das Handtuch gegen die Wunde drücken – nein, sieh nicht hin. Aber presse nicht zu fest dagegen. Der Knochen scheint auch ein bißchen verletzt zu sein . . .«

Das Handtuch war bereits mehrere Male gewendet worden. Die Unterseite war mit Blut getränkt, das sich auf dem blauen Frottee violett verfärbte.

»Kann er gehen – oder soll ich ihn tragen?« Dan war

Cheryl in die Schule gefolgt, und nun wandten sie sich ihm zu.

»Eigentlich müßte er gehen können, aber er hat einiges an Blut verloren. Wenn Sie es schaffen könnten, Mr. . . .«

»Englund«, sagte Cheryl schnell. »Dan hat mich hierhergefahren. Jace, möchtest du selbst zum Wagen hinausgehen oder . . .«

»Ich kann schon gehen.« Er richtete sich langsam auf und zuckte dann zusammen. »Vielleicht besser doch nicht, Mom, ich fühle mich so komisch . . .«

Dan kniete neben der Couch nieder und schob die Arme unter Jaysons Knie und Rücken. »Warum zu Fuß gehen, wenn man es nicht muß?« Er stand langsam auf, um den Jungen zu schonen. »Halte einfach das Tuch am Kopf fest, und überlaß alles andere uns, ja?«

Jayson lächelte schwach, als Dan sich umdrehte und so schnell hinausging wie nur möglich, ohne seinen Patienten zu erschüttern. Cheryl folgte ihm mit der Schwester.

»Ich möchte Sie nicht erschrecken, Mrs. Rossi«, sagte letztere leise, als sie durch die leeren Flure der Schule gingen, »aber es könnte nötig sein, einen Gehirnchirurgen beizuziehen . . .«

Cheryl blieb schlagartig stehen. Plötzlich war sie sich nicht mehr sicher, ob sie selbst überhaupt noch gehen könnte. »Einen Gehirnchirurgen . . .« Sie setzte sich wieder in Bewegung, um Dan einzuholen und einen ängstlichen Blick auf Jayson zu werfen. Die Schwester hielt sie zurück, bis sie wieder außer Hörweite waren.

»Der Schädelknochen hat – äh, einen kleinen Sprung durch den Schlag bekommen . . . ich weiß es natürlich nicht genau, aber Sie sollten jede Vorsichtsmaßnahme ergreifen. Ganz sicher können Sie sich an Dr. Reaneys Ratschläge halten.«

»Bestimmt.«

Sie blieben vor dem schwarzen Toyota stehen, die Krankenschwester öffnete die Wagentür. Cheryl stieg ein, und Dan reichte ihr Jayson hinein. Er war schwer – es war lange her, daß sie ihren Sohn auf dem Schoß gehabt hatte. Ihre Arme umschlossen ihn fest, sie wand sich so lange, bis sie ihn neben sich auf den Sitz gleiten lassen konnte. Dan stieg auf der anderen Seite ein und ließ den Motor an.

»Vielen Dank, Mrs. . . .«

»Campbell. Machen Sie sich keine Sorgen. Fairview hat die besten Einrichtungen von allen Krankenhäusern hier. Leb wohl, Jayson, wir sehen dich bald wieder in der Schule . . .«

»Wie geht's dir denn?« fragte Cheryl leise.

»Okay.«

»Nur okay?«

»Es hat schlimm geblutet.«

Mehr Ausdruck wollte er seinem Kummer nicht verleihen, mit blassem Gesicht saß er eng an sie gepreßt im Wagen.

»Tut mir leid«, sagte Dan und schaltete vorsichtig. »Das Ding hier ist mehr ein Transporter als ein Krankenwagen.«

»Jetzt wäre dieser verdammte weiche Lincoln endlich mal zweckmäßig gewesen«, sagte Cheryl verbittert.

»Wie geht's unserem Patienten?«

Cheryl warf einen besorgten Blick auf Jaysons verkrampftes, weißes Gesicht. Seine dunklen Augen sahen sie düster, aber ausdruckslos an. Er hatte Angst. Sie drückte leicht seine Schulter. »Der reine aufrechte Zinnsoldat. Kein Mucks, was?«

Dan manövrierte den Wagen durch die Seitenstraßen, und in wenigen Minuten waren sie an der Autostraße angelangt.

»Dieser elende Verkehr um die Stoßzeit«, sagte er.

Cheryl sah auf die Uhr. »Jetzt um drei?«

»Da beginnt der Massenverkehr auf der Schnellstraße schon«, sagte er, riß das Lenkrad herum und jagte mit dem Wagen auf die leere Zubringerstraße zu, die parallel verlief. Der Motor heulte auf, als er in den höchsten Gang schaltete und in Autobahngeschwindigkeit weiterraste. Jayson machte große Augen; er versuchte sich ein bißchen im Sitz aufzurichten.

»He – wir haben aber einen Mordszahn drauf!«

»Verhalte dich lieber ruhig.« Cheryl drückte ihn enger an sich, und er wehrte sich nicht, aber er reckte den Hals, um die vor der Windschutzscheibe vorbeifliegende Szenerie zu beobachten. Nach kurzer Zeit tauchten die blaßroten Backsteinflügel des Fairview-Krankenhauses vor ihnen auf, und Dan bog in Richtung der Notaufnahme ein.

Überall stand ›Parken verboten‹, aber Dan hielt trotzdem und rannte auf die andere Wagenseite, um die Tür zu öffnen. Cheryl ließ Jayson so sanft wie möglich in seine Arme gleiten.

»Das war 'ne Fahrt.« Jaysons Augen glitten über die schnittigen schwarzen Konturen des Toyota. Er konnte den Lincoln auch nicht ausstehen. »Machen wir das noch mal?«

»Verlaß dich drauf«, sagte Dan, drehte sich mit ihm um und eilte durch die sich automatisch öffnende Eingangstür. Cheryl folgte den beiden.

Die Schwester am Empfang ließ Jayson sofort in ein Zimmer bringen, in dem in einer Reihe drei Betten standen. Dan ließ ihn sachte auf das Bett am Fenster hinabgleiten.

»Dr. Reaney ist benachrichtigt; er wird gleich da sein.«

»Danke«, sagte Cheryl zu der Krankenschwester. Sie sank auf den Stuhl neben dem Bett, ein Anmeldeformular auf dem Schoß, das ausgefüllt werden mußte. Dan folgte der Schwester hinaus. Ihr schien die Zeit lang, während sie dasaß und die Fragen auf dem Blatt mit Jaysons Lebensdaten ausfüllte. Alter. Beruf der Eltern. Allergien. Dan tauchte gelegentlich an der Schwelle auf und schüttelte den Kopf. Noch kein Doktor in Sicht. Jayson war wach, aufmerksam und besorgt. Einmal versuchte Cheryl, das bauschige Handtuch zurechtzurücken und spürte seine feuchte Schwere – ein ganzes Handtuch voller Blut. Und er blutete noch immer.

Jemand anderer wurde zum Bett neben der Tür geführt. Cheryl hob den Blick und senkte ihn dann schnell wieder. Ein Mann in Bluejeans mit langem, fettigem, blondem Haar und nackten, muskulösen, tätowierten Armen betrachtete sie mit zusammengekniffenen Augen. Eine Frau, die ebenso schmuddelig aussah, wurde aufs Bett gehievt, das T-Shirt spannte sich um ihre Brust, die schwarze Lederjacke klaffte auf. Motorradrowdys, dachte Cheryl angewidert. Sie blickte erneut auf. Vier Männer drängten sich um die Frau, alle groß und ungekämmt, mit Akne-Gesichtern und Zigeunerlook; ihre Augen glitten mit schmierigem Ausdruck über Cheryl und ihren Sohn, zumeist aber über Cheryl. Sie unterhielten sich leise miteinander ...

Sie wandte den Blick ab und konzentrierte sich auf Jayson. Wann würde der Arzt endlich kommen? Ein Blick auf ihre Uhr informierte sie, daß erst zehn Minuten seit ihrem Eintreffen verstrichen waren. Die Schwester kam herein, gefolgt von Dan. Die Männer an der Tür rückten kaum beiseite, damit sie eintreten konnten, aber die beiden achteten zu ausschließlich auf Cheryl, um das überhaupt zu bemerken.

»Der Arzt muß gleich da sein«, sagte die Schwester in beruhigendem Ton. »Wie geht's unserem Jungen?« Sie legte einen Augenblick lang die Hand auf Jaysons Arm, nahm dann das Formular und eilte wieder hinaus. Krankenschwestern waren wie Nonnen, sie verursachten sofortige Stille. Selbst die Lederjackenträger am anderen Ende des Raums hörten vorübergehend auf zu tuscheln.

»Dan – müssen wir in diesem Zimmer hier bleiben?«

»Was ist los?«

»Diese Kerle dort an der Tür. Sie – sie haben mich angesehen. Du weißt schon. Ich möchte nicht, daß Jayson ihnen ausgeliefert wird.«

Dan wandte den Kopf über die Schulter zurück. Cheryl wünschte, er hätte das nicht so offensichtlich getan. Das dort waren Typen, die nach einer Herausforderung förmlich gierten.

Dan bückte sich und hob Jayson auf. »Komm.« Als er an der Tür angelangt war, hatten sich die vier Burschen davor versammelt, die tätowierten Arme arrogant übereinandergeschlagen, die Beine gespreizt. Dan blieb vor ihnen stehen und richtete sich auf. Cheryl, hinter ihm, hielt den Atem an. Dies hier war ein elementares männliches Ritual. Die anderen wußten, daß sie Dans Freundin war und wollten demonstrieren, daß sie dies ändern könnten. Mein Sohn ist verletzt! hätte sie am liebsten geschrien. Ihr blöden Biester . . .

Sie hatte jetzt um beide Angst – sowohl um ihren Sohn als auch um Dan –, als sie jetzt in diesem zivilisierten Krankenhauszimmer sich vier Feinden, Außenseitern, gegenübersah. Etwas in den Augen Dans mußte sich den vier Rowdys mitgeteilt haben. Sie traten auseinander, sehr langsam wichen sie zurück, dann war die Tür frei. Dan drängte sich, die eine Schulter vorgeschoben, seitlich durch, damit Jaysons Füße nicht gegen den Rahmen stießen. Cheryl trippelte hinter den beiden her wie eine Geisha und spürte die schleimigen Blicke der vier auf ihrem Rücken.

»Wir brauchen ein anderes Zimmer«, sagte Dan kurz zu der Schwester am Empfang. Sie blickte den Gang entlang, erspähte Lederjacken und langes Haar an der Tür und nickte.

Sie führte sie in ein Privatzimmer, und bald darauf kam der Arzt und schickte Cheryl und Dan hinaus. Sie setzten sich im Korridor auf zwei der dort aufgereihten Stühle. Während sie warteten, erschien erneut die Krankenschwester, ein offiziell aussehendes gelbes Formular in der Hand. »Ich brauche Ihre Versicherungsnummer und eine Unterschrift, Mr. Rossi«, sagte sie zu Dan.

Die beiden starrten sie an.

Cheryl sprang auf. »Ich – ich werde das unterschreiben. Warte hier«, sagte sie zu Dan. Sie blieb am Empfangstisch stehen und sprach nervös mit der Schwester, während sie in ihrer Handtasche nach dem richtigen Ausweis suchte und die Nummer in die dafür vorgesehene Spalte eintrug. »Papierarbeiten erledige ich«, erklärte sie überflüssigerweise. »Er – ähm – haßt das.«

»Nun ja, vermutlich muß man in einer Baufirma in seiner Position nicht viel mehr tun als Unterschriften zu leisten«, sagte die Schwester mit freundlichem Lächeln.

Cheryl starrte auf das ausgefüllte Formular. Jaysons Name, der seiner Eltern, Beruf – alles war säuberlich beantwortet. Sie blickte zu Dan hinüber, der an der Wand saß. Bisher hatte sie noch nicht einmal wahrgenommen, was er am Leib trug. Levis-Jeans, Stiefel, kariertes Hemd, Daunenweste. Er sah aus wie – sie glaubten ... Sie glaubten, er sei Sonny, der gerade von einer Baustelle gekommen wäre. Sie glaubten, er und sie seien *verheiratet.*

Sie kehrte zu ihm zurück und setzte sich neben ihn. Er sah sie an, es war der erste wirkliche Blick, der besagte: ›Wie geht es dir – nicht Jayson, nein, dir?‹ Sie spürte, wie ihr die Tränen in die Augen stiegen. Er griff nach ihrer Hand. Sie lächelte. Niemand kümmerte sich darum, ob Mr. und Mrs. Rossi in der Notaufnahme eines Krankenhauses Händchen hielten. Sie blieben so sitzen, bis Dr. Reaney herauskam und ihnen mitteilte, daß Jayson operiert werden müsse, und daß er sich entschlossen habe, einen Gehirnchirurgen beizuziehen. Es handele sich um eine relativ geringfügige Verletzung, aber bei gesplitterten Knochen wüßte man nie ... Aller

Wahrscheinlichkeit nach bräuchte der Chirurg kaum mehr als zwei Stunden – und zwar noch heute –, und Jayson müsse hinterher lediglich ein paar Tage im Krankenhaus bleiben, sagte er

Und so hielten sie während des größten Teils des Nachmittags und Abends einander bei den Händen. Sie sahen, wie die verletzte Motorradfahrerin von ihren bulligen Leibwächern umgeben aus dem Zimmer hinkte, hörten einmal das Jaulen eines Krankenwagens und wie jemand mit einem Schwarm von Wärtern an ihnen auf dem Rollwagen vorbeigeschoben wurde. Jaysons Behandlung bedurfte größerer Planung. Der neue Arzt kam und sprach mit ihnen, ebenso der Anästhesist. Cheryl schien es, als ob sie die längste Zeit ihres Lebens auf diesem Krankenhauskorridor vor Jaysons Zimmer zubrächte, den Ärzten zuhörte, nickte, ruhig blieb, das Beste hoffte und Dans Hand hielt – ganz fest.

Als Stunden später alles vorbei war und der Chirurg lächelte und mit professionellem Stolz erklärte, wie er den eingedrückten Knochen wieder an die richtige Stelle befördert hätte, und daß es eigentlich keine Komplikationen geben dürfte, obwohl ›wir ihn für eine Weile besser nicht Skateboard fahren lassen sollten‹ . . . Erst da wurde Cheryl bewußt, daß sie völlig vergessen hatte, den verreisten Sonny zu benachrichtigen. Sie hatte ihn keinen Augenblick lang gebraucht.

20

Es war dunkel, als Dan sie nach Hause fuhr. Er hielt im Torweg, und sie führte ihn durch die Seitentür in die Küche.

»Kaffee?«

»Ich dachte, ich hätte für den Rest meines Lebens genug Kaffee in der Cafeteria zu mir genommen, aber ja – gern. Zeig mir, wo alles ist, ich mache ihn.«

»Das kannst du nicht. Ich habe eine dieser hypermodernen Kaffeemaschinen, die man ständig hätscheln muß.«

Das Licht in der Küche war hell; Cheryl wandte Dan absichtlich den Rücken zu. Obwohl sie sich den größten Teil der letzten sechs Stunden buchstäblich an ihn geklammert hatte, hatte sie ihn doch nicht wirklich angesehen, abgesehen von diesem seltsamen Augenblick am Empfang des Krankenhauses – wo sie ihn sich als ihren Mann, Jaysons Vater, vorgestellt hatte. Anscheinend war er für beide dieser Rollen weder zu jung noch zu gut aussehend . . . Cheryl hatte schließlich die Kaffeemaschine in Gang gebracht und wandte sich wieder Dan zu.

Dieser hatte sie ebenfalls nicht angesehen. Er hatte die Küche, den Ausguß aus nichtrostendem Stahl und Chrom und die glitzernden Fassaden des Mikrowellenherds, des Doppelbackofens und all der teuren Einrichtungsgegenstände betrachtet, die da glänzten und gleißten – dank ihrer eigenen Schinderei.

»Dan?«

Er hatte die Hände in die Hosentaschen gesteckt, sein Kopf war leicht gesenkt.

»Was ist denn?«

»Das Haus – ich wußte gar nicht . . .«

»Du wußtest nicht, daß ich mit der Baufirma Rossi verheiratet bin?« In ihrer Stimme lag ein harter und bitterer Unterton. »Möchtest du gern den Rest des Hauses sehen? Warum nicht – es ist wirklich ein Schaustück.«

Sie führte ihn durch die Diele, der Reihe nach durch die Räume im Erdgeschoß.

»Vier Meter hohe Decken, geschnitztes Mahagoni, Kirsche und Walnuß, tatsächlich sind sieben verschiedene Holzsorten in diesem Haus verwendet worden. Eßzimmer. Das Büfett stammt aus einer Antiquitätenauktion, angeblich hat es mal James J. Hill gehört. Der Tisch kann für zwanzig Personen ausgezogen werden . . . Hier ist der ›Mediensalon‹, Fernseher mit Superschirm. Kein Stereogerät. Ich hatte für kurze Zeit eines, aber Sonny will ein besseres besorgen . . .« Ihre Stimme brach. »Ob du es glaubst oder nicht, du siehst hier die Königin von Kenwood vor dir.« Sie befanden sich wieder in der mit Fliesen belegten Diele; Cheryl blieb auf der untersten Stufe der nach oben führenden Treppe stehen und legte mit der leicht affektierten Grazie eines Mannequins die Hand auf die erste Säule des Geländers. »Und wie wär's mit dem oberen Stock? Möchtest du gern das Hauptschlafzimmer sehen? Siebeneinhalb Meter lang mit Fensternische, und natürlich auch einem Bett . . .«

»Cheryl.« Dan griff nach ihren Händen und zog sie wieder hinab. »Ich habe das einfach nicht realisiert. Ich habe natürlich den Wagen gesehen, aber ich wußte nicht, was sonst noch alles damit zusammenhängt, das ist alles. Komm jetzt, der Kaffee ist wahrscheinlich fertig.«

Er ging ihr voran in die hellerleuchtete Küche zurück. Sie ging zum Ausguß und holte mit großem Geklirr die Tassen heraus, den Rücken ihm zugewandt. Eigentlich brauchte sie keinen Kaffee, sie war sowieso schon reichlich überdreht. Zuerst Jayson und alles, was damit zusammenhing, und nun Dan in ihrem eigenen Heim, wo er erkennen mußte, was für ein Abgrund zwischen ihnen klaffte. Wie konnte sie auf den Stufen dieser Villa sitzen und von einem restaurierten Feuerwehrhaus träumen? Sie war ein umgekehrtes Aschenbrödel, zu reich, um mit einem Happy-End rechnen zu können. Und es war nicht fair, es war ja nicht einmal ihr eigenes Geld – es war das Sonnys.

Dan war hinter sie getreten, das konnte sie spüren. Die Tassen wurden eingegossen, ohne daß sie etwas verschüttete oder zerbrach, aber sie hegte ebensowenig

Bedürfnis nach Kaffee wie er. Sie wußte, wonach sie verlangte – und das gebieterischer als je zuvor, selbst bei ihm.

Sie drehte sich um und war in seinen Armen. Sie selbst umschlang ihn unter der Daunenweste, um seine Kraft und Stabilität noch stärker zu spüren. Ihre Lippen begegneten sich in dem leidenschaftlichen, fast ungeschickten Versuch, zwei Elemente zu einem einzigen zu vereinen. Dan schob sie schließlich von sich weg und hielt sie auf Armeslänge.

»Ich weiß, ich weiß«, sagte sie. »Es ist schrecklich zu einem solchen Zeitpunkt. Aber ich möchte – komm mit hinauf, es gibt da noch andere Zimmer, andere Betten . . .«

Sein Zeigefinger legte sich auf ihren Mund. »Jetzt nicht. Du bist aufgeregt. Ich würde gerne bleiben, aber es ist das Beste, wenn ich gehe. Du brauchst deine Ruhe. Ich werde dich morgen anrufen. Oder ruf du mich an, sobald du kannst.«

Ruf mich an, sobald du kannst. Nun waren sie wieder dabei angelangt. Es lag an ihr, wie immer. Er senkte den Kopf, küßte sanft ihre trockenen Lippen. Sie klammerte sich eine Minute lang an ihn, als wollte sie ihn zu mehr verführen.

»Ich bin schrecklich, nicht wahr?«

»Nein, wundervoll. Aber nicht heute nacht.«

Er öffnete selbst die Seitentür, und sie stand da und starrte lange Zeit durch das nachtdunkle, vorhanglose Fenster über dem Ausguß. Jemand könnte sie durchaus gesehen haben, dieser Gedanke kam ihr schließlich, aber es war ihr gleichgültig. Sie goß den lauwarmen Kaffee in den Ausguß, wo er brandyfarbene Tropfen auf dem rostfreien Stahl bildete. Schließlich beschloß sie, ins Arbeitszimmer zu gehen und Sonny anzurufen. Er hinterließ immer auf dem Notizblock neben dem Telefon die Nummer seines Hotels, wenn er verreiste.

Nichts in ihr treibt mich dazu, ihn anzurufen, dachte sie, während sie die Nummer wählte. Sie gab dem Angestellten am Empfang seine Zimmernummer an und wartete, während immer wieder das Rufzeichen ertönte. Zehn Uhr. Wahrscheinlich war er bei einem späten Abendessen. Sie ging nach oben, um zu baden und es hinterher noch einmal zu versuchen.

Aber auch um zehn Uhr dreißig, zehn Uhr fünfzig und elf Uhr fünfzehn meldete sich niemand. Sie war schließlich doch beunruhigt, wollte Sonny unbedingt noch in dieser Nacht erreichen, um ihm zu erzählen, daß sein Sohn im Krankenhaus lag. Oder hatte er, Sonny, ebenfalls einen Unfall gehabt? Sie wählte eine andere Nummer, eine, die sie noch nie gewählt hatte, die Privatnummer Maxines, seiner Sekretärin.

»O Maxine – hoffentlich habe ich Sie nicht aus dem Bett geholt. Hier ist Cheryl Snow – ich meine Rossi. Ich habe versucht, Sonny im Hilton zu erreichen – alle zehn Minuten –, aber er meldet sich nicht. Ich muß ihn aber sprechen, Jayson hat einen Unfall gehabt. Er liegt im Krankenhaus . . .«

Cheryl begriff innerhalb der nächsten Sekunden, weshalb Sonny Maxine so schätzte. Sie beruhigte Cheryl, stellte ein paar informative Fragen und erklärte dann, sie würde versuchen, Sonny telefonisch zu erreichen, ob Cheryl noch ein paar Minuten neben dem Apparat warten wolle?

Zehn Minuten später klingelte das Telefon, und es war Sonny.

»Cher? Was zum Teufel ist los? Was ist mit Jayson passiert?«

Sie erzählte es ihm.

»Dann ist im wesentlichen also alles in Ordnung.«

»Bis jetzt ja.«

»Meine Güte, du hast mir einen Heidenschrecken eingejagt. Ich kann so was nicht brauchen. Nimm dich zusammen. Ich komme morgen sowieso nach Hause. Also nimm's nicht so tragisch, ja?«

Das war das Äußerste, was Sonny Rossi ihr gegenüber an Gefühlen ausdrücken konnte, dachte Cheryl, während sie auflegte. ›Nimm's nicht tragisch.‹ Na schön, sie hatte ihre Pflicht erfüllt. Jaysons Vater war ordnungsgemäß benachrichtigt worden. Cheryl ging ohne Dan ins Bett, also war der Moral Genüge getan ...

Auf halbem Weg die Treppe hinauf blieb sie stehen. Wieso hatte Maxine ihn so schnell erreicht, wenn es ihr, Cheryl, nicht möglich gewesen war... Sie drehte schnell wieder um und kehrte ins Arbeitszimmer zurück, wo sie sich in den tiefen Ledersessel niederließ, das Telefon neben sich, die Nummer des Hotels auf dem Schoß. Elf Uhr dreißig. Zeit für alle braven Jungen und Mädchen, um im Bett zu sein. Allein. Es sei denn ...

Sie rief erneut im Hotel an, sehr kühl und sachlich, und bat, sie mit Sonny Rossis Zimmer zu verbinden. Sie wartete lange Zeit. Niemand meldete sich. Dreißigmal das Rufzeichen und keine Reaktion. Das Mädchen in der Vermittlung schaltete sich einmal sogar ein und erklärte ihr, es melde sich niemand. Cheryl bat, noch ein paarmal aufklingeln zu lassen, aber ohne Erfolg.

Sie saß da und grübelte. Maxine wußte Bescheid. Maxine hatte immer Bescheid gewußt. Sonny war als Vater nicht gewissenlos. Er war nie gänzlich unerreichbar, wahrscheinlich hatte er schon vor Jahren ein entsprechendes System entwickelt. Jahre ... Cheryl hatte das Gefühl, ebenso ungerührt und zuverlässig zu funktionieren wie ein Maschinengewehr. Erneut wählte sie Maxines Nummer. Sie stellte sich Jayson vor, wie er ausgesehen hatte, als sie zu ihm in das Zimmer der Schwester in der Schule gekommen war. Als sie zu reden begann, zitterte ihre Stimme recht wirkungsvoll, aber schließlich war sie nervös, da sie von Natur aus keine Lügnerin war und Maxine zudem nicht ernsthaft in Schwierigkeiten bringen wollte ...

»Maxine – ich bin es wieder, Cheryl. Es tut mir so leid, Sie noch einmal zu stören. Sonny *hat* angerufen, aber inzwischen hat man vom Krankenhaus aus wieder telefoniert. Es ist Jayson. Sie müssen dringend eine Operation am Kopf vornehmen, und sie brauchen die Einwilligung der Eltern. Nein, nein, *beider* Eltern, das ist eine neue Vorschrift, es hat was mit der Haftpflichtversicherung zu tun. Um Himmels willen, ich kann das jetzt nicht alles erklären, aber ich habe erneut versucht, Sonny im Hotel zu erreichen, und es ist mir nicht gelungen ... Ja, natürlich, es *ist* wichtig. Sie befürchten ein Koma, wenn nicht sofort operiert wird. Wie haben Sie – gut. Ja, ich habe einen Bleistift. Ja, ich weiß, Sie tun nur Ihre Pflicht. Wie ist die Nummer?«

Sie schrieb sie nieder, legte auf, wählte erneut. Die gleiche Vorwahl wie die des Hotels, aber im übrigen eine andere Nummer. Das Rufzeichen ertönte zweimal. Eine Frauenstimme meldete sich.

21

Dan rief sie am Freitag in der Firma an.

»Ich habe eine ganze Weile nichts von dir gehört. Wie geht es Jayson?«

»Es hat sich eine Menge ereignet. Jayson geht's gut. Sie lassen ihn am nächsten Dienstag hinaus. Ich habe viel zu tun. Sobald ich kann, setze ich mich mit dir in Verbindung.«

Das Schweigen verriet ihr, daß er sich verletzt fühlte.

»Klar. Wie du meinst, Cheryl. Ruf mich an, wenn du kannst.«

Es tut mir leid, Dan, dachte sie und behielt den Hörer in

der Hand, bis der Wählton im Apparat zu dröhnen begann. Langsam legte sie auf. Es ist die einzige Möglichkeit, sagte sie ihm – und sich –, nachdem Dan schon lange eingehängt hatte.

Das Gerücht von ihrer neuen Position hatte sich bei Maxwell's herumgesprochen, und sie wurde mit Gratulationen überschüttet. Alle akzeptierten ihre Geistesabwesenheit, ohne viel zu fragen. Sie hatten durch Mary Lou von Jaysons Unfall gehört und faßten sie mit Samthandschuhen an.

Alle mit Ausnahme von Sonny, wie vorauszusehen gewesen war.

»Stellvertretende Werbedirektorin«, explodierte er. »Das ist nur eine Methode, um dich noch härter und länger arbeiten zu lassen. Warum schmeißt du den Krempel nicht hin, du hast das doch alles nicht nötig.«

»Es ist mit einer hübsch fetten Gehaltserhöhung verbunden.«

»Die brauchst du doch auch nicht.«

»Oh, ich weiß nicht . . .«

In der Nacht am Montag, bevor Jayson heimkommen sollte, wandte sich Sonny ihr im Bett zu und betätschelte ihre Brüste, ein Zeichen, daß er zum Sex bereit war.

»Ich habe Kopfschmerzen«, sagte sie.

»Ach, komm schon, Cher, die alte Ausrede hast du bei mir nie benutzt.«

Das stimmte. Es war eine Frage ihres persönlichen Stolzes gewesen, ihn nie auf Grund von Kopfschmerzen abzuwimmeln. Aber sie wußte jetzt aus Erfahrung, daß besagte Kopfschmerzen nachlassen konnten, wenn man mit dem richtigen Mann schlief.

»Ich habe aber Kopfschmerzen«, sagte sie gelassen.

Sie spürte Verwunderung aus seinem darauffolgenden Schweigen heraus und lächelte.

Am Dienstag kehrte Jayson, blaß und mit einem Verband

um den Kopf zurück, ausgestattet mit einem Helm, den er bei allen wilderen Spielen aufsetzen sollte.

»Das Ding ist Mist«, erklärte er.

»Tu so, als seist du ein Motorradfahrer«, riet ihm Cheryl. »Nur Angsthasen tragen 'nen Helm.«

»Na, Rugbyspieler tragen auch Helme, und das sind keine Angsthasen. Und was ist mit Hockeyspielern? Das sind die Abgebrühtesten.«

Er verzog das Gesicht, war jedoch infolge seiner Operation noch genügend eingeschüchtert, um sich der Vorsichtsmaßnahme zu beugen. Zur Belohnung ließ sie Jeeves in seinem Zimmer schlafen.

Am Dienstag rief sie Dan an.

»Hallo.«

»Cheryl.« Seine Stimme klang erleichtert. »Ich habe mir solche Sorgen um dich gemacht . . .«

»Mir geht's gut. Deshalb rufe ich an. Jace fängt an, unter den Beschränkungen seines normalerweise so unbekümmerten Daseins zu leiden. Ich wollte ihn am Samstag zum Lunch mitbringen, sozusagen als Wiedergutmachung. Vielleicht könnten wir uns treffen und hinterher zu dir gehen – ich habe das Gefühl, er würde es dort ganz toll finden.«

»Ja, klar. Wo willst du essen?«

»Oh, das überlasse ich dir.«

»Okay, dann Becky's Cafeteria. Ich glaube, so was wird ihm gefallen. Und warum das Ganze?«

»Nun, vielleicht ist es auch so was wie eine kleine Feier. Ich bin gerade zur stellvertretenden Werbedirektorin befördert worden. Ich werde dir am Samstag davon erzählen.«

»Okay. Und strikt getrennte Kasse?« neckte er sie.

»Keineswegs. Diesmal geht alles auf meine Rechnung. Bis dann also.«

Sie lächelte, als sie auflegte. Armer Dan, er war immer so ausgeglichen, so bereit, sich anzupassen. Es machte irgendwie Spaß, ihn ein bißchen aus dem Gleichgewicht zu bringen, wenn auch nicht ernsthaft.

Jayson war natürlich hingerissen von dem Gedanken, auswärts zu Mittag zu essen. Und als sie ihn in Becky's Cafeteria führte mit diesem Papierblumendekor, den vergoldeten hohen Hockern und dem bunten Kitsch, der jede freie Stelle zierte, fühlte er sich wie im Paradies.

Dan traf sich mit den beiden an der Tür, sie stellten sich bei der Schlange der Gäste hinten an und trugen ihre Tabletts vorsichtig zu einem Tisch, von dem aus man auf die Straße blicken konnte. Alles war aus Holz und altmodisch, abgesehen von den Tabletts.

Jayson hatte sich ein seltsames Assortiment aus zu vielen Desserts und zu wenig Proteinen ausgesucht, aber Cheryl äußerte sich nicht darüber und aß ihre Suppe.

»Das ist gut.«

»Hmm.« Dan beobachtete sie mit verzehrendem Blick. Cheryl überlegte, daß sie es genießen konnte, sich einmal in der umgekehrten Situation zu befinden.

Sie sah zu Jayson hinüber. »Du tust gut daran, deinen Apfelstrudel aufzuessen, sonst gibt's keinen Spinat zum Nachtisch.«

»O Mom . . . Sie albert mal wieder rum«, erklärte er zu Dan gewandt mit der Würde des Mannes, der sich mit einem anderen Mann verständigt.

»Ja, finde ich auch, Jayson«, sagte Dan, lächelte und vertiefte sich in seine eigene Suppe.

Sie fuhren in Dans Wagen zu dessen Haus.

Jayson hüpfte gemäßigt auf dem Vordersitz auf und ab. »Können wir nicht wieder über die Autostraße fahren, Dan? Rrrummm . . .« Er führte pantomimisch schnelles Gangschalten aus.

»Nur wenn jemand verletzt ist. Sonst kriegen wir nämlich einen Strafzettel.«

»Von einem Bullen mit Motorrad. He – die Kerle tragen ja auch Helme, Mom.«

Cheryl lächelte zu Dan hinüber und zog den verhaßten Kopfschmuck heraus. »Er hat das Ding für Rugby und andere Sportarten verschrieben bekommen. Möglicherweise muß er es ein halbes Jahr lang tragen, armer Junge.« Sie zauste Jaysons dunkles Haar. Es hatte für die Operation nicht wegrasiert werden müssen, und er trug nur noch ein Kopfband um die Stirn. Eine Narbe würde nicht zurückbleiben, hatte der Arzt gesagt.

»Uii – ist das dein Haus? Prima ... Ich hab' gar nicht gewußt, daß du jemanden kennst, der so interessant wohnt, Mom ...« Er rutschte vom Sitz herunter und rannte auf die rote Tür zu.

»So viel über Kenwood«, stellte Cheryl im Flüsterton fest.

Dan lehnte sich gegen den Toyota und sah abwechselnd Jayson und dann Cheryl an. Vorwiegend aber sie.

»Du hast – dich verändert.«

Sie lachte. »In zehn Tagen?«

»Vielleicht hat es schon ein bißchen früher angefangen.«

Jayson brannte darauf hineinzugehen, und sie folgten ihm zur Tür. Im Innern strebte Jayson schnurstracks dem Atelier zu.

»Ui – was ist das denn? Und das – und das hier?«

Cheryl lächelte in sich hinein, während Dan jede Frage geduldig und logisch beantwortete. Eine Azetylenlampe, ein Schweißgerät. Ein elektrisches Irgendwas. Je mehr Antworten Dan gab, desto mehr Fragen stellte Jayson. Dan würde schon noch seine Erfahrungen sammeln.

Danach versuchte Dan, sich auf sie zu konzentrieren, zu definieren, was an ihr so anders geworden war, aber Cheryl knüpfte nur ihre Jacke auf, warf sie über einen Sägebock, steckte die Hände in die Hosentaschen und überließ es ihm, Jayson zu unterhalten.

Endlich hatte sie Mitleid mit ihm.

»Dan, willst du Jayson nicht dein *pièce de résistance* zeigen?« schlug sie vor. »Du weißt schon – ssst . . .« Sie imitierte jemanden, der plötzlich in die Tiefe verschwindet.

Dan zog Jayson hinter sich die Treppe hinauf und führte ihn zur Feuerwehrstange. Cheryl folgte ihnen.

»Mensch, super! Kann man da noch runterrutschen?«

»Wenn du willst«, sagte Dan.

»Mom, darf ich's versuchen? Darf ich, ja?«

»Ich weiß nicht recht. Dr. Berryman hat gesagt, du sollst deinen Helm tragen, für den Fall, daß – na schön, von mir aus, wenn Dan dich unten auffängt.«

»Okay.«

Dan trat an die Stange heran, hielt sich an ihr fest und glitt nach unten. »So mußt du's machen, Jace«, rief er herauf. »Halte dich fest und rutsche langsam runter. Sonst darfst du's nicht tun.«

»Ich verspreche es.« Jayson hing schon halb an der Messingstange. Er warf Cheryl einen leicht nervösen Blick zu, schrie dann: »Geronimo!« und rutscht aus ihrem Blickfeld.

Sie beugte sich vor und sah ihm nach, aber Dan wartete unten und fing den Jungen mit Leichtigkeit auf.

»Jetzt du, Mom.«

Sie trat vor und gab ein gutes Vorbild für Jayson ab, indem sie die Stange fest umfaßte, so daß sie wesentlich langsamer als er nach unten glitt. Dan fing auch sie auf, obwohl das nicht nötig gewesen wäre.

»Darf ich noch mal, Mom? Ja?«

»Aber nur ganz langsam.« Er war schon weg. »Jayson – renne nicht so die Treppe hinauf!« Das Stampfen seiner Tennisschuhe verlangsamte sich gehorsam.

Dans Arme umschlangen sie noch immer lose.

»Cheryl, was ist los? Du bist so geheimnisvoll . . .«

»Wieviel Uhr ist es?«

Er selbst trug keine Armbanduhr, deshalb hob er ihr Handgelenk an, um nachzusehen. »Drei.«

»Sonny müßte inzwischen zu Hause sein und seine

Vorladung vorgefunden haben. Ich lasse mich von ihm scheiden, Dan.«

»Platz da!« schrie Jayson, der von oben her auf sie zuglitt. Dan schob Cheryl hastig beiseite, um ihn unter den Armen aufzufangen. Jayson rannte sofort wieder auf die Treppe zu.

»Lang-sam!« rief Cheryl hinter ihm her.

»Scheidung? Bist du ganz sicher . . .«

»Absolut.«

»Und – wir?«

»Ich weiß nicht. Ich lasse mich nicht unseretwegen von ihm scheiden. Ich mache es meinetwegen. Und Jaysons wegen.« Sie seufzte. »Es wird nicht einfach. Sonny kann widerwärtig sein, wenn er will. Und darauf wird es hinauslaufen – Jaysons wegen. Der Anwalt wollte nicht, daß ich ausziehe, bevor die gerichtliche Vorladung da ist, denn aus technischen Gründen muß ich mit Jayson im Haus bleiben, um den Anspruch darauf erhalten zu können. Aber ich ziehe, sobald ich kann, in eine Wohnung, die ich ohne Mühe sauberhalten kann. Das wird nötig sein, so wie ich in Zukunft in meine Arbeit eingespannt sein werde. Ich dachte an eine dieser Wohnungen beim Loring-Park drüben. Nicht zu weit von der Guthrie und Walker Street entfernt.« Sie warf ihm einen Seitenblick zu. »Das müßte für Jayson die richtige kulturelle Umgebung sein.«

»Wenn wir schon vom Teufel sprechen«, unterbrach Dan sie grimmig, hob die Arme und fing Jayson erneut auf. »Gibt dieser Knabe eigentlich niemals auf?«

»Nein. Das tun Zehnjährige nie.« Sie blickte an der glänzenden Messingstange empor und wartete auf die nächste Fahrt ihres Sohnes in die Tiefe. »Ich glaube, er mag dich.«

»Ich mag ihn auch. Vermutlich werde ich ihn ja nun häufig zu sehen bekommen.«

»Er ist Bestandteil der Situation. Keine Heimlichtuerei

mehr, keine illegitimen Nächte außerhalb der Wohnung, sofern wir nicht einen Babysitter angestellt haben. Glaubst du, daß du das ertragen kannst?«

Sie warf ihm einen abschätzenden Blick zu, der nur halb ihre Besorgnis verbarg. Jayson kam wieder heruntergesaust, diesmal noch schneller. »Langsamer, Tiger, sonst fährst du in den Boden hinein«, sagte sie. Er stapfte mit übertriebener Langsamkeit erneut der Treppe zu.

Dan legte die Arme um ihre Taille. »Ich werde es ertragen müssen.« Er küßte sie endlich – so, wie sie es viel zu lange schon hatte entbehren müssen. »Du hast mir eine Weile richtige Angst eingejagt, als du offenbar weder mit mir reden noch mich sehen wolltest.«

»Ich mußte alles in die Wege leiten. Eine Scheidung wird möglicherweise zwei Jahre in Anspruch nehmen, auch wenn nicht auf Schuld plädiert wird. Mein Job wird ungefähr ebenso lange mörderisch hart sein, und du wirst dich deines Auftrags wegen häufig in Ohio aufhalten. Zwei Jahre sollten ausreichen, um einander wirklich kennenzulernen. Mach langsam und halte dich fest. Du sagtest selbst, daß es das einzig Richtige ist.«

»Und dann?«

»Gibt es ein ›Und dann‹, Dan? Siehst du, ich weiß nicht einmal, was du wirklich willst, abgesehen davon, daß wir zusammen sind, einander lieben und miteinander schlafen, heute, morgen, vielleicht auch noch nächste Woche . . .«

»Rechne mal mit dem Jahr 2001.«

»Ich habe es schon ausgerechnet. Da bin ich dann vierundfünfzig und du . . .«

»Was das betrifft, so sage ich noch immer, du sollst den Mund halten.«

Sie küßten einander, lang, bedächtig und zärtlich wie damals vor vielen Wochen vor Sonny Rossis schwarzer Lincoln-Limousine. Sie, Cheryl, würde Dan von ihrer Ehe – oder dem Mangel an wirklicher Ehe – von Sonny und von sich selbst erzählen müssen. Aber das hatte noch viel Zeit. Und vielleicht würden sie und Dan gar nicht heiraten. Das schien nicht so wichtig, obwohl sie sich Dan durchaus vorstellen konnte, wie er ihr gegenüber muffig wurde und darüber redete, was für Jayson das Richtige sei und was nicht ...

Jayson!

Sie hatten seit geraumer Zeit nichts von ihm gehört oder gesehen. Cheryl riß die Augen auf und blickte an Dans Kopf vorbei die Messingstange empor. Kein Jayson. Sie schob Dan von sich und wandte sich dem Korridor und der Treppe zu.

Dort stand Jayson, halb verdeckt von der Wand – ganz so, wie er sich in der Nähe der Türschwelle herumzutreiben pflegte, wenn er offenbar Zeuge einer elterlichen Auseinandersetzung gewesen war – so daß man dann nie genau wußte, wieviel er gesehen und gehört hatte. Oder ob er überhaupt etwas gesehen oder gehört hatte. Cheryl spürte, wie Dan langsam die Arme von ihr löste.

Da standen sie nun, zwei auf frischer Tat ertappte Erwachsene, schweigend und von Angesicht zu Angesicht einem kritischen Zehnjährigen gegenüber. Jaysons Gesicht drückte vorsichtige Neutralität aus, die sich aber unrettbar in die eine oder andere Richtung entwickeln konnte. Cheryl versuchte zu lächeln, aber es wurde nichts Rechtes daraus.

Jayson kam auf sie zu, setzte vorsichtig einen Tennisschuh vor den anderen, so als balancierte er auf einem unsichtbaren Drahtseil.

»Ich glaube, ich sollte mich mal ausruhen«, erklärte er. »Der Doktor hat's doch gesagt.« Er senkte die dunklen Augen auf den abgetretenen Holzboden, dann blickte er schließlich wieder auf.

»Ich hab' mir's überlegt, Mom«, sagte er bedächtig. »Nicht mal die Taylors haben 'ne Feuerwehrstange.«